中国小小说名家档案

一路莲花

闵凡利◎著

吉林出版集团股份有限公司

总 策 划：尚振山
策划编辑：东　方
责任编辑：陈振佳
封面设计：三棵树
版式设计：麒麟书香

图书在版编目（CIP）数据

　一路莲花/闵凡利著．—长春：吉林出版集团
股份有限公司，2010.4
（中国小小说名家档案）

　ISBN 978 – 7 – 5463 – 2856 – 0

　Ⅰ.①—… 　Ⅱ.①闵… 　Ⅲ.①小小说 – 作品集 –
中国 – 当代 　Ⅳ.①I247.8

　中国版本图书馆 CIP 数据核字（2010）第 069705 号

书　　名：一路莲花
著　　者：闵凡利
开　　本：710 mm × 1092 mm　1/16
印　　张：15
版　　次：2010 年 5 月第 1 版
印　　次：2017 年 6 月第 2 次印刷
出　　版：吉林出版集团股份有限公司
发　　行：北京吉版图书有限责任公司
地　　址：北京市西城区椿树园 15–18 号底商 A222
　　　　　邮编：100052
电　　话：总编办：010–63109269
　　　　　发行部：010–63104979
印　　刷：北京一鑫印务有限责任公司
书　　号：ISBN 978 – 7 – 5463 – 2856 – 0
定　　价：30.00 元

一种文体和一个作家群体的崛起

——《中国小小说名家档案》序

　　最近几年，由于工作的关系，我开始接触并关注小小说文体和小小说作家作品。在我的印象中，小小说是一种非常古老的文体，它的源起可以追溯到《山海经》《世说新语》《搜神记》等古代典籍。可我又觉得，小小说更是一种年轻的文体，它从上世纪80年代发轫，历经90年代的探索、新世纪的发展，再到近几年的渐趋成熟，这个过程正好与我国改革开放的30年同步。我觉得这是一个非常有意义和非常有意思的文化现象，而且这种现象昭示着小说繁荣的又一个独特景观正在向我们走来。

　　首先，小小说是一种顺应历史潮流、符合读者需要、很有大众亲和力的文体。它篇幅短小，制式灵活，内容上贴近现实、贴近生活、贴近群众，有着非常鲜明的时代气息，所以为广大读者喜闻乐见。因此，历经20年已枝繁叶茂的小小说，也被国内外文学评论家当做"话题"和"现象"列为研究课题。

　　其次，小小说有着自己不可替代的艺术魅力。小小说最大的特点是"小"，因此有人称之为"螺丝壳里做道场"，也有人称之为"戴着镣铐的舞蹈"，这些说法都集中体现了小小说的艺术特点，在于以滴水见太阳，以平常映照博大，以最小的篇幅容纳最大的思想，给阅读者认识社会、认识自然、认识他人、认识自我提供另一种可能。

还有非常重要的一点，小小说文体之所以能够迅速崛起，离不开文坛有识之士的推波助澜，离不开广大报刊的倡导规范，离不开编辑家的悉心栽培和评论家的批评关注，也离不开成千上万作家们的辛勤耕耘和至少两代读者的喜爱与支持。正因为有方方面面的共同努力形成"合力"，小小说才得以在夹缝中求生存、在逆境中谋发展。

特别是 2005 年以来，小小说领域举办了很多有影响力的活动，出版了不少"两个效益"俱佳的图书，也推出了一批有代表性的作家和标志性的作品。今年 3 月初，中国作家协会出台了最新修订的《鲁迅文学奖评奖条例》，正式明确小小说文体将以文集的形式纳入第五届鲁迅文学奖短篇小说奖的评奖。而且更有一件值得我们为小小说兴旺发展前景期待的事：在迅速崛起的新媒体业态中，小小说已开始在"手机阅读"的洪潮中担当着极为重要的"源头活水"，这一点的未来景况也许我们谁也无法想象出来。总之，小小说的前景充满了光耀。

在这样的历史背景下，《中国小小说名家档案》的出版就显得别有意义。这套书阵容强大，内容丰富，风格多样，由 100 个当代小小说作家一人一册的单行本组成，不愧为一个以"打造文体、推崇作家、推出精品"为宗旨的小小说系统工程。我相信它的出版对于激励小小说作家的创作，推动小小说创作的进步；对于促进小小说文体的推广和传播，引导小小说作家、作品走向市场；对于丰富广大文学读者特别是青少年读者的人文精神世界，提升文学素养，提高写作能力；对于进一步繁荣社会主义文化市场，弘扬社会主义先进文化有着不可估量的积极作用。

最后，希望通过广大作家、编辑家、评论家和出版家的不断努力，中国文坛能出更多的小小说名家、大家，出更多的小小说经典作品，出更多受市场欢迎的小小说作品集。让我们一起期待一种文体和一个作家群体的崛起！

中国作家协会党组成员、书记处书记
中国作家协会副主席
中国作家出版集团管委会主任

何建明

目　录

■ **作品荟萃**

■ 作品评论

■ 创作心得

■ 创作年表

一路莲花

神 匠

和尚双手合十，唤了声：阿弥陀佛。

神匠见是和尚，就问：出家人，有啥事就说吧！

和尚说：我为神事而来。

神匠说：我只塑女身。

和尚说：我要塑尊女神。是观音。

神匠只塑女神，这是方圆百里人人皆知的，神匠的女神塑得活。以前神匠也塑男身，塑得也挺有名。可自从妻子死后，他就只塑女身了。神匠的女神塑得真，就像一位真神那么慈祥地站在你的跟前，听你的苦，听你的忧。

神匠就随和尚到了一座庙。庙很新，和尚说：这是我化了二十年的缘才盖起来的，目的就为塑这尊神。和尚说得很凄凉。和尚从怀里掏出一张发黄的纸，说：照图上女人的样子塑，一定要塑活。图上是挺俊秀的女人。神匠觉得很面熟。很面熟。

和尚说：把她塑成观音吧！你行的。

神匠没有言语。

神匠一连三天都在喝酒。和尚在念他的经，念得很专一。

第四天，神匠就开始找料了。找料是为"搭骨架"。神匠选料和别人不同，他除主要躯干是两根硬木外，剩下选的都是白蜡、桑之类有弹性、有韧性的软木。神匠认为：女人的柔不在皮肤，而在骨子里。

骨架搭好了，神匠就开始培泥。泥培得很快，不到三天，形状就出来了。

和尚一直在前堂念他的经。只有吃饭的时候才在前面唤他过去吃饭。

也不问他进展如何。神匠觉得这样很好。

这一天到"洗尘"了。就是给神洗澡：从头上洗一盆清水。洗去尘世的灰垢，好干干净净地做神。神匠不这么认为，他说神是人变的，他给神洗尘，是洗神味。

洗尘是最神圣的时刻，神匠把门和窗都用布遮得严严实实。这是他的绝活，就是往神身上涂抹他的汗水。他妻子问过他：你的神塑得那么活，有绝招吗？他在酒后告诉妻子。他对妻子说：神有了人味神才是神。神才活。

神匠要给观音涂抹汗水了，神匠很激动。这时，门推开了。和尚气喘吁吁地站在门口。神匠心里一凉，他觉得他的一种东西就像夏天里的一块冰，正在慢慢地融成水。

和尚说：用我身上的汗吧，你看，我身上都是水呢！

神匠想拒绝。神匠想我是神匠，哪能用你的呢！可神匠身上的汗没了，神匠就觉得身上发冷。他有一种被打败的感觉。神匠没有流露出。

和尚看着观音，就对神匠说：她身上能有我的味，我就知足了。我这二十年就没有白苦。

神匠的心一颤，泪差点流了出来。

天秋了。神匠看着落叶，心想：该走了，真的该走了。别留恋了。

该给观音"安心"了。

神匠的女神塑得活。神匠认为：那是有心的缘故。人有心才能活，神也是，神没有心怎是神呢？那只是一具泥胎。别的神匠认为他这是多此一举，他们说世人活得苦，活得浮躁，有个寄托，有个作揖叩头的对象就行，有心无心都是泥胎，都是自己骗自己，骗局何必费那么多心思呢！

神匠不那么想，他说：神是人变的。人和神都是一样的，都有心。没有心哪能活呢！

那天，神匠对恋在观音前不愿离开的和尚说：安完心神才是神，你现在拜的是泥胎。和尚不解。神匠说：你出去吧，我这就给观音安心。

和尚看了看观音，就出去了，不一会儿，神匠就听到前堂传来木鱼声。声很乱。

神匠知道自己该干什么了。神匠就用手从头到下抚摸着他的活儿，泪涟涟地流下来。

神匠看着观音。观音也望着他，甜甜地笑。笑得神匠心里空空落落的，神匠扑腾就跪下了。神匠从没有给他的活儿跪过，这次不同，他跪下了。

神匠看着观音说：他就是爱你的那个人呢！你知道吗？他就是为你而出家的那个人！

观音还是一如既往地笑着。很博大很宽容。神匠说：他在和我斗呢！说实在的，我不想赢他，可不赢不行，你是我的女人……

神匠重新看他的那尊观音。猛然，他想起自己还有一件事没有做。就自言自语道：该走了……

一炷香后，和尚推开了门。和尚看到神匠倒在血泊里。神匠的心没有了。

和尚看到观音的心口有一颗鲜红的心，正在有节奏地跳着……

和尚就看着观音，观音笑得更美了，更真了。和尚觉得在观音的笑容下，他只有永远低着头。

和尚猛然间明白了他为什么永远拥有不了那个女人。他知道自己一辈子只有当和尚了。和尚便很苦地呼了声：阿弥陀佛。

真爱是佛

事儿是去年冬天的一个晚上。那天下着雪。雪不是很大，但从容不迫，很缠绵。那天因为一点家庭琐事我和老婆斗起了嘴。老婆的嘴很厉害，机关枪似的，吵得我头都大了，我就感觉我像一个气球，要爆炸了。一气之下，我甩手走出了家门。

外面白茫茫的一片。出了门我才想起，去哪儿呢？看了看家的方向，我知道家里还弥漫着硝烟，是不能回的。唉，很久没去好伯那儿了，到他家坐坐吧！

好伯今年七十多了，一个人住在村子的边上。以前我常去他那儿的，在他那儿，我学了很多做人做事的道理。好伯是一个很智慧的人。

好伯见我进门，很惊讶。就笑着对我说：你可是有好长时间没来了。

我说是的，有很长时间了。天天写，忙啊！

好伯递给我一个马扎，让我坐下。我苦笑着说，好伯，很久没听你讲古了，讲一个吧！

好伯笑着看了我一会儿说好吧。接着就讲了——

说的是在很久以前，有一对母子相依为命，当儿子长到二十来岁的时候，迷上了修仙成佛。由于年轻人心思都在烧香念经上，所以家里地里的活儿都落在他母亲身上。有一天，年轻人听说在千里之外的龙山上有一个开悟的和尚，是天下最有智慧的得道高僧，世上没有难得住他的事。年轻人就想：我天天这么虔诚地烧香念经，为什么就是见不到真正的佛呢？不行，我得去龙山。

当然那也是个冬天，年轻人就瞒着母亲，偷偷地打点了行囊，悄悄地去龙山了。

年轻人翻了很多的山，蹚了很多的河，终于来到了龙山，见到了那位开悟的高僧。年轻人虔诚得像见了佛祖一样纳头便拜，请高僧给他指点迷津。

年轻人问高僧：我天天烧香磕头，天天念经祷告，可我一次佛也没见到，世上到底有没有佛呢？

高僧说：有。怎么没有呢?!

年轻人问：怎样才能见到我一心参拜的佛呢？

高僧问明年轻人的身世和他的状况，知道年轻人是一个很虔诚的修炼者。高僧就说：佛其实很好见，关键是你的眼睛能不能看到啊！

年轻人说我的眼睛非常非常好，就是在漆黑的晚上我也能看个百米以外。

高僧笑了笑说：佛其实很好找，就是为你赤脚开门的那个人！

年轻人从此就踏上了寻佛的路。他专门在夜晚去敲旅店和客店的门，敲亮着灯或是没亮着灯的门。可每次出来给他开门的人都不是赤着脚的。转眼一年过去了，年轻人没有遇到一个赤脚为他开门的人。年轻人就有些失望了。年轻人想，也许这世上没有佛吧。于是年轻人开始踏上了回家的路。

那天也像今天一样，也是下着雪。那天的雪要比今天大。来到村子时，已是深夜了。年轻人就敲响了自家的门，年轻人说：娘，开门！我回来了！

年轻人话音没落，门很快就打开了。他娘满脸泪花地站在年轻人的面前。他娘有些不相信地说：我儿，真的是你回来了？真的是你回来了！

年轻人说，娘，真的是我回来了！年轻人这时才发现：娘是光着脚的——

望着光着脚的娘，年轻人猛地明白谁是佛了……

好伯给我讲完有好大一会儿不说话。好久才说：天很晚了，回家吧，过日子哪能都是上坡呢！回家吧，晚了，小孩的妈牵挂！

我只好踏上了回家的路。现在雪很厚了。别看着雪小，其实一个劲儿地下，照样是大雪的。我敲响了家的门。我说：开门！开门！

门很快打开了，老婆站在了门口，老婆看见我，眼里的泪哗地流了下来。

我这时才发现：老婆是光着脚给我开的门！我的心湿润了。

我转身把门关上，然后轻轻地抱起妻子……

真　佛

从前有座山，叫悬心山。山很高，都高到云里去了。山腰上有座庙，庙不大，也不新，看样子是有些年岁了，门上的朱漆都老黑了。庙里有两个和尚，一个老一个小，老的有很大岁数了，胡子都老白了，白得很长，都长到老和尚的胸前了；小的呢没多大，十四五岁的样子，眉朗目爽的，很清秀。

每天天一亮，老和尚就领着小和尚做早课。早课就是诵经。念九九八十一遍的阿弥陀佛。念的时候，小和尚敲木鱼，老和尚敲磬。小和尚一边念着阿弥陀佛一边敲着木鱼，唪唪唪唪——只不过这唪唪声之间的间距是均等的，木鱼声就显得是那样祥和，老和尚的磬就敲得非常的轻松。一个佛堂里就都是祥宁和虔诚的声音。老和尚就很满意。老和尚就闭着眼，享受着这份安宁，这份幸福。

小和尚的木鱼也不是回回敲得这么稳当，有时小和尚不高兴了，木鱼声就会敲得没了章法，不光急，还乱，杂杂的。老和尚虽闭着眼，可心里看得清清楚楚：这是心里有事呢！心里没事哪儿能敲出这样的木鱼声呢？一定是有事，或是心里不愉快。老和尚就在心里叹了声：唉！当然，老和尚这声叹叹不出口，他是师父，师父是不能叹出口的。老和尚一大把年岁了，这个，老和尚懂。

这一天，小和尚在做早课，木鱼又敲得没章法了，不光急、乱，还有着一些怨气，好像心里有多少委屈和意见似的。老和尚睁开一只眼，是微微睁开的。老和尚看到小和尚在看着自己的草鞋，草鞋的鞋底都烂了，而系在脚面上的鞋带却完好如初。老和尚知道是小和尚这段时间天天下山的缘故。下山是化缘，是去善良人家收获善果的。老和尚知道，凡尘有很多播种善种的人，种子种了，如若不收，那善人们的所种和心血就都随水而逝了，这是一种罪过，这是对善人的亵渎，这是出家人的失职。老和尚就望了望庙门外的路。路是山路，陡陡峭峭，弯弯曲曲，漫漫而迢迢。可这是唯一一条通向下面镇子的路，是庙门走向尘世的路。老和尚知道这条路不好走，其实，世间的哪条路是好走的呢？好走，我们就不会来当和尚了。老和尚就又叹了一声。当然，老和尚的这一声叹是叹出声的。

老和尚说：唉！老和尚重重地敲了一下磬。

小和尚抬头看了一下师父。师父还是闭着眼诵经。小和尚又望着自己脚上的草鞋，小和尚知道师父已经知道了自己的那点心思。师父过的桥比我走的路都多呢！小和尚开始老实地敲自己的木鱼了，哪、哪、哪……

做完早课，用完斋饭，小和尚又该和昨天一样，下山化缘了。小和尚有点不想去，收拾自己有点慢慢腾腾的，老和尚望了一下远方山下烟雾缭绕的村镇，说：该下山了。

小和尚说：师父，下山的路太难走了！

老和尚知道小和尚为什么这么说。庙门前的这条路真的难走，作为出家人，能有一条路让走，这就是福了，小和尚小，有很多事不懂，他这么大的年龄能懂什么？除了知道路不好走，还能知道什么呢？老和尚明白现在还不能向小和尚说这些。说了，小和尚的木鱼会一辈子都敲得没章法。一次两次木鱼声敲得乱，没关系，如若一辈子的木鱼声都敲得没章法，那是罪过啊！老和尚不敢想了。

老和尚说：缘还好化吗？

小和尚说：化是好化。就是路太难走了。你看，我的草鞋！

老和尚其实早看到了。可老和尚还是弯下腰看了眼小和尚的草鞋，老和尚就又叹了声：唉！

老和尚知道，叹完这一声小和尚心里一定会熨帖好多。老和尚还知道，小和尚虽说是空门之人，可他还不把自己当成和尚来看。他还把自己当做是红尘中的小娇娃。可你早就不是了。你早就被红尘抛弃了，我的孩子。老和尚想，小和尚还小，有些事是需要悟的，可有些事还是需要说的。不过，说也得找准机会。找准机会，听者才会悟得透，悟得深。

老和尚望了一眼佛像说：今天，师父就陪你一块下山吧！

而在此时，庙门口来了今天的第一位香客。

香客是个拖巴子。拖巴子就是两只脚都没有而用手走路的人。拖巴子走路很有意思，他先把身子趴下，两只手在前面抓着路面，然后身子向前一弓，两条没有脚的腿就走了一"步"。拖巴子走得满头大汗。两条腿被山路刮磨得血淋淋的。拖巴子四十多岁的样子，浑身脏兮兮的，一个脸上毛茸茸的，唯一给人印象的是他的眼睛，好像里面有钢钩，看什么都狠狠的，都想一把抓住似的。看到这个眼神，老和尚心里一惊。这是一双不屈的眼睛啊。老和尚知道，自己在这双眼睛跟前是惭愧的，是抬不起头的。

小和尚定定地看着这位香客，香客身上背着一炷香。香在拖巴子的肩上随着他的走动一起一伏。那双眼神让小和尚一颤，小和尚手里拿着的背袋掉在了地上。

小和尚就忙跑了过去，他想去搀拖巴子。拖巴子望着小和尚伸过来的手，摇了摇头。然后，又独自"走"进了庙门。"走"进了佛堂。

拖巴子把背上的香取下，递给了小和尚说：小师父，麻烦把香给我上上吧！

小和尚把香点着插入佛前的香炉中。拖巴子双手合十，然后深深地弯下腰，磕了一个响头。

拖巴子说：他们都说我是没脚的人，说我上不了悬心山，说我不能来给你上香，我不信。我知道，我虽然腿有残疾，但我的心没有残。我一定能上了悬心山。我爬了整整七天七夜。在这七天七夜里，我没让一个人搀扶我，我就是靠着我的一双残腿走上来的。佛啊，我是个穷人，我今天什么也没给你带来，只给你带来一炷香。

老和尚说：阿弥陀佛，施主，这就够了。我想，佛祖看到你能来到他的身边，他就很高兴了，别说你又给佛祖上了一炷香。

拖巴子说：那我就谢谢佛祖了。说完就又看了看佛祖，然后默默转身，向回路"走"去。

老和尚说：施主，你不向佛求什么吗？

拖巴子停下了，摇了摇头。然后又一"步"一"步"向山下走去。

老和尚对着拖巴子的背影念了句：阿弥陀佛！

老和尚望着拖巴子的背影对小和尚说：他是最懂佛的啊！

小和尚不明白，用眼望着师父。

老和尚知道小和尚为什么望着他。老和尚就又说了句：其实，他就是佛啊！

小和尚还是不懂。老和尚说：每个人都是自己的佛，关键是我们自己能不能找到啊！找到了，那就是自己的福啊！

而那个拖巴子，已消失在下山的路上了。

小和尚低下了头。再抬起时，小和尚眼里充满了泪。老和尚知道，小和尚那是惭愧的。

小和尚说：师父——

老和尚说：你不要说了。你现在明白就不晚。走，师父和你一块去！

小和尚摇了摇头。小和尚说：师父，不了。接着就拿起背袋和饭钵，敲着木鱼下山了。

木鱼声清脆嘹亮，节奏急缓有序，响彻悬心山上。老和尚听着木鱼声，对着小和尚的背影深深地念了一声：阿弥陀佛！

一路莲花

小和尚经常见师父望着西方膜拜，小和尚心里就充满了好奇。小和尚就问老和尚：师父，你这是干什么？

老和尚说：我这是在拜佛。

小和尚那时刚到寺里不久，小和尚还不知佛是什么。小和尚那时只知道：佛就是他们天天参拜的泥胎，天天那么庄严地端坐在莲花座上，那么微笑着。佛其实什么也不管。佛管什么呢？佛又不能给你粮食供你吃，又不能给你布匹管你穿。有一天，小和尚把这个想法说给了师父。老和尚听了只是说你还小，你还不知道活着还有比吃穿更重要的东西。小和尚问师父是什么，老和尚说，你大了就明白了。

又是几年春水绿。那时小和尚除了哭和笑之外又知道了皱眉头。小和尚就明白了师父话里的意思了。不过，小和尚还是有些不明白：佛，他到底是什么呢？

是个冬天，有一位从南方来的施主给师父送来了一包冰糖。恰巧那天，小和尚又问了师父这个问题。小和尚问：师父，我们怎样才能认识到我们天天参拜的佛？我们怎样才能知道佛法无边而佛又是无处不在呢？

小和尚说：师父啊，我读的经书这么多，书上虽然说得很透彻，可还有没有更简单的方法来说明这个问题呢？

老和尚自言自语道：该给你说了，该给你说了。

老和尚就让小和尚用钵盛来一钵水，把几块冰糖放在钵里，老和尚用手搅了搅水，不一会，冰糖就完全溶化在水里了。老和尚对小和尚说：你把我刚才放下去的冰糖取出来吧！

小和尚看了看钵里的水，清清澈澈，什么也没有。

老和尚对小和尚说：你尝尝钵里的水，味道如何？

小和尚端起钵喝了一口说：好甜啊！

老和尚又对小和尚说：你再尝尝底层的水是什么样的。

小和尚就又用勺子舀了钵底层的水尝了，说：师父，一样甜的。

老和尚说：孩子，假如说佛涅槃成这块冰糖，而钵内的水就是咱们居住的这个红尘，孩子啊，你所尝到的甜其实就是佛啊！

小和尚听了恍然大悟说：师父，我明白了。我明白了！

从那之后，小和尚就认认真真地做事，踏踏实实地念佛。转眼之间，小和尚已长成大人了。老和尚也就更老了。也就在那个时候起，老和尚和小和尚作出一个决定：去灵山朝圣！

灵山在很远很远的西方，那得走很久很久的路，受很多很多的罪，吃很多很多的苦。师徒俩下定决心，不论遭受什么样的磨难，一定要在阴历四月初八佛祖的圣诞日那天赶到他们的圣地——灵山。

师徒二人在一个阳光明媚的日子踏上了征途。他们一边化缘一边赶路，晓行夜宿，马不停蹄，不敢有半点的倦怠。日复一日，月复一月，年复一年，太阳升了又落，花儿开了又谢，草木枯了又荣。师徒二人不知走了多少时日，这一天，师徒二人来到了沙漠中。就在这时，小和尚病倒了。为了完成他们的心愿，开始老和尚搀扶着小和尚走。小和尚的病越来越厉害，老和尚就背着小和尚走。这样一来，他们行进的速度就慢了下来，开始是两天走不到原来一天的路程。后来是三天走不了原来一天的路程。再后来是五天走不了原来一天的路程。小和尚的病越来越厉害，已是病入膏肓，气息奄奄了。这一天，小和尚感觉自己快不行了，就流着泪央求老和尚：师父，弟子罪孽深重，无法完成我对佛祖许下的誓愿了。并且连累了你。师父啊，请你不要再背我了。赶路要紧哪！

老和尚的泪哗地流了下来。老和尚望着小和尚那张被疾病折磨得已经变形的脸，又毅然把小和尚背在身上，老和尚望着西天的漫漫征途，他一步一个脚窝，艰难地行进着。一边走一边说：孩子啊，到灵山朝圣是我们向佛祖许下的誓愿，到佛祖跟前能跟他上一炷高香那是我们的目标。我们已经上路了，并且我们在走，孩子啊，那灵山就已在我们心中，佛祖就已在我们的眼前了。孩子啊，也许我们一生都不会到达灵山，也许我们马上会到达灵山。无论怎样，我们的走是在表明我们的决心，表明我们的意志和坚强。孩子啊，挺起来吧，只要你的心中装上了佛祖和灵山，不论你走了多远，不论你到与不到，你都已经抵达了，你都已经完成了你的誓愿。孩子啊，放下吧，放下你所有的病痛，放下你所有的负担，放下你的悲观，就像师父我一样，向前走。一直向前走。能走多远就让我们走多远吧！

小和尚听了老和尚的这番话，他猛然间开悟了。他说：师父，我明白了。我明白了！

那时他们已经走出沙漠。小和尚的病却奇迹般慢慢地好了。就在他们已接近灵山的时候，老和尚却圆寂了。老和尚圆寂之前没有什么征兆，当老和尚看到灵山时，老和尚长出一口气，诵了一句：阿弥陀佛。接着就见老和尚像燃完油的灯捻慢慢倒了下去。小和尚连忙去抱老和尚，老和尚笑着对小和尚说：到了，终于到了。说完，老和尚就圆寂了。

小和尚把师父放好，他把自己身后一直背着预备在佛祖跟前要上的那炷高香请了出来，点上，放在了师父的跟前。

香烟冉冉升起，在烟雾中，小和尚看到了佛祖。佛祖坐着莲花座，浑身放着金光，佛祖望着小和尚，微笑着，像要向小和尚说什么。

小和尚对着佛祖诵了声：阿弥陀佛。阿弥陀佛啊！

接着，小和尚对着师父拜了九拜，又对着灵山的方向拜了九拜。之后，小和尚就收拾了一下自己，回了。

于是，小和尚的身后开满了一路的花，是莲花。

洁白的莲花。

最爱就是"逃跑"

这是好伯给我讲的一个故事。

是二十世纪六十年代初期的事了，有这么一对夫妇，他们都是地质勘探工作者。他们非常恩爱，常常形影不离在一块做勘探。中国的东南西北，都被这对夫妇的足迹踏遍了。所以他们夫妇一直到了三十五岁才结的婚。为了能和丈夫天天在一起，妻子在生产完孩子一个月后就跟着丈夫又踏上了勘探之路。那时我们国家建国没多久，还属于一穷二白，这对夫妇为了给国家多寻找矿藏，让我们的国家尽快地繁荣富强，可谓是披肝沥胆，不辞劳苦。他们不分日夜，踏高山，穿森林，足迹遍布了中国的每一片深山密林。

有一天，这对夫妇为了寻找新的矿藏又走进东北的一处高山。山上密布着森林，森林里虎狼成群。这对夫妇走着走着就和伙伴们失去了联系。好在这座山他们在一年前踏过，也就没当回事，只是想着在天黑之前赶到营地就行了。这对夫妇就紧张地投入勘探工作中去。从树影里筛下的阳光看，他们知道已是下午了。夫妇俩在这儿勘探出了一座铁矿，若开采，那将是一座大铁矿，在当时，我们国家的钢铁有很大一部分是靠进口的。夫妇两人为今天的发现高兴。他们决定把今天的结果尽快地告诉给大家。好让大家高兴，好让祖国高兴。于是他们收拾好机器就开始返回了。可当夫妇两人爬过以前他们走过的那个小山坡时，两人顿时呆住了：在他们的前面，有一只老虎正注视着他们。老虎的肚子瘪瘪的，看样子是有几天没有打着食了。老虎气势汹汹地看着他们俩。他们夫妇身上只带着一些机器，没带猎枪什么的，因为他们勘探的有专门的枪的，可他们与他走丢了。两人光仗着以前来过，熟悉这儿，也就把保护他们的持枪人不在身边不当回

一路莲花

事了。如今，老虎在前面虎视眈眈，逃跑是不可能的。夫妇俩脸色煞白，俩人对视了一下，只好一动不动地看着老虎。老虎也站着，也一动不动地看着他们。就这样僵持了不知多少时间，是老虎打破了这个僵局，老虎向他们走来了，走了几步，老虎就小跑了。在这时，妻子想到了丈夫。因为丈夫是她的最爱，是她遇到的最优秀的地质勘探工作者，是新中国最年轻的地质勘探专家。不论怎样，为了丈夫，为了孩子，为了国家，自己都应该牺牲。于是妻子就慢慢地向老虎走去。丈夫想拉妻子，没有拉住。就在这时，那个做丈夫的突然对妻子喊了一声，就自个儿跑开了。奇怪的是已经快跑到妻子跟前的老虎突然改变方向，向那逃跑的丈夫追过去。不一会儿，就听从男的逃跑的方向传来了惨叫声。后来那女的哭着平安地逃了回来。

当好伯一停下话头，我说了声活该。我说天底下怎么还有这样的男人！好伯等我发泄完了问：你知不知道那位丈夫喊的是什么？我说：老婆，我先逃了。好伯摇了摇头。我又说：老婆，你往另一个方向逃。好伯也摇了摇头。我说：老婆，对不起，我会年年给你烧纸的！

好伯把头摇成了"拨浪鼓"。好伯问我：你知道老虎的特性吗？我摇了摇头。好伯说：你都说错了。那个男的对他妻子喊的是：照顾好孩子，好好地活着！说到这儿，好伯眼里涌出了泪。那泪很浑很稠，盈在了他那深如古井的眼里。我很愕然，好伯知道我的心思，他接着说：知道动物园里为什么人们常常往老虎园里扔活鸡活兔吗？我说：那是锻炼老虎的野性。好伯说：在那种特殊的情况下，老虎绝对只攻击逃跑的人。这是它的特性。最后好伯说：那一对夫妇就是我的父亲母亲。在生命攸关的时刻，我的父亲就是用这种逃跑的方式表达了他对我母亲的真爱和最爱。请问：在那种最危险的时刻，世上还有什么方式比"逃跑"更能表达最爱的呢？

我摇了摇头说：没有。世上真的没有！因为那"逃跑"就是最爱啊！

我亲爱的你啊，为了你的爱人，快用"逃跑"向她（他）表示你的爱啊！

我是幸福的

妻子正在用针缝着我衣服上的一个破洞。

我从电脑前抬起了头，长长地叹了一口气。唉！

妻子问：累了？

我又唉了一声。

妻子说：累了就歇歇吧！

我无奈地笑了笑。

妻子问：你知道前村那个叫宏图的男孩吧？

我说：知道，我和他爸关系还挺不错的呢。我们都是闵楼联中的学生，他爸比我大两届呢！

妻子说：你知道吗？宏图死了！

我一惊问：怎么回事？那可是一个好孩子啊！

妻子说：是个好孩子。他在临死之前做了一件事，让我感动了很久。

我问：什么事？

妻子问：你想听？

我点了点头。

妻子说：你也许不知道，宏图得的是白血病。在滕州人民医院住院期间，他和临床的一个叫玫瑰的女孩成了好朋友。玫瑰也是得了和宏图一样的病。在医院治疗的那段日子里，他们两人相互鼓励，共同微笑着面对病魔。终于有一天，医院告诉他们，病情已经发展到了不可收拾的地步。他们两人就都各自回家了。在宏图和玫瑰分手的时候，两人都哭了。哭过之后，他们两人就相互手拉手约定了一件事：相互写信报平安，只要收到对方的信，就证明对方还活着。另一方就没有理由不活下去！

三个月后，玫瑰手里握着宏图的信，满面微笑地离开了尘世。伤痛欲绝的母亲在整理女儿遗物的时候，发现了一大沓已经贴好了邮票还没有寄出的信。其中有一封是专门写给妈妈的。妈妈忙打开了信，在信中玫瑰告诉妈妈：她在住院期间曾和宏图手拉手有过一个约定，那就是相互写信鼓舞对方，以此来度过人生的最后岁月。玫瑰在信中请求妈妈，让妈妈替她履行对宏图的诺言，把她写给宏图的信陆续地寄给他，让宏图知道她玫瑰还活着。

玫瑰的信陆续地寄完了，玫瑰的母亲就学着玫瑰的笔迹给宏图写信。玫瑰的母亲也每周准时地收到宏图的来信。就这样过了半年多，玫瑰的母亲觉得自己有必要见一见宏图，并让他知道，有一个女孩要他好好地活下去！

玫瑰的母亲来到宏图家，宏图的母亲把她领进了屋，玫瑰的母亲问宏图在哪儿？宏图的母亲指了指墙。墙上有一个黑色镜框，镜框上蒙着黑纱。镜框中有一个笑得像春天一样美好的男孩。宏图的母亲拿起桌上的一沓信哽咽地说：宏图在半年前就走了。他临走的时候交代我，让我在每周的周一准时把他写好的信寄给玫瑰，因为那个叫玫瑰的女孩得了和他一样的病，正在家里等着他的信他的鼓舞！宏图的母亲说：后来宏图写的信寄完了，我就学着宏图的笔迹给玫瑰写信，你看，这是我刚刚写好的……

玫瑰的母亲看着桌上写的信，泪刷地流了下来！她流着泪告诉宏图的母亲：玫瑰已于半年前就走了！宏图每周收到的信，是她替女儿写的！……

妻子讲完这个故事，无言地望着我。妻子的眼里盛满柔情。我的心一阵激动，我说：你也歇歇吧！

妻子点了点头说：你衣服上的这个破洞快缝好了。

我的心热热的，我上前握住了妻子的手，妻子的手满是老茧。我说：谢谢你了！

妻子说：谢什么，我是你妻子！

我说：为了这个家，你累了！

妻子说：虽然累，但比起宏图和玫瑰，我是幸福的！因为，我还和你在一起！

妻子说这话的时候，脸上荡着笑，那笑是那样的悠远，那样的迷人。

张三奇遇记

首先告诉你，我叫张三。说实话，我这人呢，品质还是不错的，能力没多大，也没多少坏心眼。长相呢，也不是多出色，当然，也不是多丑，是一般化的那种。也就是说你把我放到人潮中，即使戴着八百度的老花镜，想找出我来也是很不容易的。我之所以这么说，无非想告诉你，我是一个普通而又平常的人。

说起来这也不是奇遇，可这比奇遇还要奇怪。有时我就想，人真的很渺小，说不准什么时候你就不是你了。

开始那是春天，那是一个阳光明媚的日子，那天的阳光像刚刚在心里有了恋情的女子，脉脉含情地融化了我。那时我走在善州的大道上。我心里很快乐。春天了还能不快乐？不快乐那是傻瓜！我这样的人是不会成为傻瓜的，我的优秀我知道。

我走在善州的大道上。善州的大道很宽敞，我走了一身汗水。而就在这个时候，我的裤腿被什么扯住了。低头一看，是一个跪在地上乞讨的孩子，十二三岁的样子，浑身脏兮兮的。我说，你放开我！

他说，叔叔，可怜可怜我吧，我一天没吃东西了。

我说，你没吃东西与我有什么关系呢？放开！

孩子看到我的眼光严厉，怯怯的，就把手放开了。放开的时候，眼里涌着泪。我抬起腿，用手抽打了几下小孩抓过的地方。我发现，我每抽打一下，小孩都要眨一下眼睛，好像我每一下都是抽打在他的身上。我哎地叹了一声。当然，我的这声唉叹很夸张，很无可奈何。我接着从口袋里掏出五毛钱，放到了小孩跟前的茶缸里。小孩眼里的泪刷地流了出来，“啷”地给我磕了一个头，说谢谢叔叔！谢谢叔叔！

我说不用谢不用谢。就快步走开了。

再次遇见这个孩子是夏天的事了。那是一个晴朗的日子，是个下午，那时我走在回家的路上。我是骑着自行车的。我把自己刚领的稿费放在了包里，我把包又放到车筐里，我唱着一首名叫《东风破》的流行歌曲匆匆赶路。我很动情地唱着：谁在用琵琶弹奏一曲《东风破》，任岁月剥落墙头看见小时候……这时我发现一双小手猛地伸进我的车筐里，抓起我的包跑了，兔子一样。边跑边回头看了我一眼，我发现那双眼睛，惶惶的，很熟悉，我想起来了，就是扯住我裤腿问我要钱的那个孩子。

我说，我的包。我的包！我的包被人抢了！人们围了上来，我用手指着茫茫的人海说，刚才，我的包被人抢了。是个小孩，我认识的，就是以前向我乞讨的那个。大家看着我，就像看一只正在表演的猴子。我急了，我说你们怎么了，我的包被人抢了，你们快去替我追啊！

大家都不做声。

我说难道你们没耳朵吗？没有听到我刚才说的话吗？

大家都点了点头。

我说怎么会呢，怎么会呢？你们怎么会没耳朵呢？

大家都笑了，都指着我的耳朵。我说你们别指我，我的耳朵在这儿呢！

大家听我这么说笑得更响了。我被他们笑蒙了，笑得对自己没有信心了，我只好抬手摸了一下自己的耳朵。奇怪，我的耳朵怎么没有了？我说，怎么回事，怎么回事，我的耳朵怎么没有了？……

就是这样，我是在什么都不知道的情况下失去了耳朵。后来，我也不知怎么回事，嘴巴也弄丢了。

耳朵丢的时候我懊恼了很多天。那些天，我一个劲儿地想骂人。他妈的。他妈的。我在骂着他妈的的同时，我的嘴巴丢的。

丢的时候我不知道嘴巴丢了。住我对门的一个叫李四说，张三呀，你天天张着嘴巴，你到底在说什么呀？

我说，我说他妈的。

李四说，你怎么光张嘴不出声？难道哑巴了吗？

我说你才哑巴哪!

李四说,你看,没有声音吧。我说呢,你原来真哑巴了!

我要用拳头打李四。李四一看,撒丫子跑了。

回到家,我问妻子,你能听到我说的话吧?

妻子摇了摇头。

我用手指了指我的嘴巴问,难道我哑巴了?

这次妻子点头了。

我大吃一惊。我说,怎么会是这样呢?

妻子光给我打手势,我说,难道,你也哑巴了吗?

妻子点了点头。忘了告诉你了,我妻子在县委里工作,是个公务员。

我说,怎么会这样呢?当然,我说这话妻子是听不到的。

以上说的事都是真事。可我并没当回事,没耳朵没嘴巴对我没多大的影响。我是名作家,只要不把我拿笔的手丢了,我是都不会计较的。大人物是不计较小事的。别说我张三这样的作家了。我还是每天写我的作品。我发现,自从我丢了耳朵和嘴巴,我的作品比以前写得多了。当然了,银子就挣得多了。我这人还是很热爱银子的。看到银子,我的眼里会发出一种很强的光,就像南极的极光。银子刷刷地往腰包里进,我就整天咧着嘴笑,弥勒佛一样。有很多的人批评我这人没出息,来一分钱了就咧着嘴,不是干大事的料。特别李四,批评得最甚。他说,张三,你真小家子气,一点小钱就把你激动成这样,你如果当了领导,还不得经常休克?我说,你说得对。

秋天是丰收的季节。我的稿费单就像落叶一样刷刷地往我腰包里落。那天是秋高气爽,风轻云淡。我到邮局里取我这段日子的稿费,我取了厚厚的一沓,心里滋滋的,就往家里回。刚走到一个胡同时,我的面前蹦出了一个持刀的人,持刀人说,抢劫!

我一看持刀人,乐了。这人我认识,就是上次抢我包的那个小孩。我说:怎么这么巧,又是你?我上次让你把包抢了,没有追究你,就是对你额外开恩了,你怎么还再来抢劫呢!

小孩看出了是我,眼里很惊慌,拿刀子的手就有些抖。小孩说,你到底拿不拿？别光张嘴不说话！

看到小孩的那个紧张相，我就想笑，我看着小孩在不停地哆嗦。我就走上前去，想趁机把小孩手中的刀子夺下。当我来到小孩跟前时，小孩的眼中的光突然硬了起来，手中的刀子在我没有提防的情况下进入了我的身体，我只听得"哧"的一声，接着，一股冰凉钻进了胸腔……接着我就觉得我不是我了，我发现我是鸟了，我会飞了……

小孩把我放倒后就拿着刀子跑了，不一会儿就无影了。当我倒下时，我才明白了一个道理：人是脆弱的。世上最脆弱的东西就是生命！

最先发现我的是一位戴老花镜的老头，他很惊慌地说：这不是李四吗？他用手拭了一下我的鼻息，大声喊了起来说：大家快来啊，李四被人杀了呀！……

我知道老头喊错了，我想对老头说：老人家，我不是李四，我是张三。我在一旁喊了很长时间，可没有一个人听到。我这才想起，我是没有嘴巴的。我想，不要说了，等李四的老婆来了就一切都明了呀！

李四的老婆是一路哭着来的，哭得很动听，我想，自己要有这样的老婆那该有多好啊！李四的老婆来到就趴在了我的身上，大着嗓门哭。我想，李四家里的，你哭我不反对，你可要看一看你所哭的人是不是你的李四，是不是经常和你睡在一起和你做爱生子的丈夫！

人是有心灵感应的。这一点我是承认的。我正这么想着，李四家里的好像知道了我的心声，就好好地把我的脸摆正，细细地看着我，边看边用手抚摩着我的脸说，我的李四呀，你怎么就这么走了呢？你咋走得这么惨呢？你走了我以后可怎么过呢？

接着李四家里的就用洒过香水的手绢给我一点一点拭擦脸上的尘土。把我的脸擦得很干净。李四家里的仔细地端详着我说：李四呀，我的李四呀，我今后可怎么过呢！……

当然了我被放到了李四的家里。后来我又被埋到了李四家的祖茔上。

直到如今，我还不知道我张三怎么就成了李四的。怪不得人们常说：人世上的事是永远也弄不明白的。以前我以为我是作家，自以为比别人能，比别人聪明，没有自己不清楚的事，现在想想，我连自己是谁都没弄明白，弄清楚，我真是太愚蠢，太无知了！

　　谁能告诉我，我怎么就是李四的？如若你知道，那么就给我打电话吧，我的电话：0632 - 2661778。

小呀小姐姐

张秀才大号张君瑞，善州王朝人氏。

张秀才生得唇红齿白，貌似潘安，一身儒秀。用现在的话说，帅呆了，酷毙了。

张秀才在善州街上一走，就晃一街人的眼，特别是女子，心都不在自己身上了，都随着张秀才一颤一颤地走。

就有很多的女子睡不好觉，吃不香饭。最甚者当属善州城里王员外的千金风儿。

风儿长得不美，个子不高不说，脸上也不整洁，滴滴答答的雀斑像夜空的星辰。眼儿呢，一只大一只小，大的是双眼皮，小的呢是单眼皮。

风儿知道自己丑。知道丑就明白自己不能爱张秀才。可明白归明白，自己就是不争气，所以风儿心里就很难受，一难受风儿就怨，就怨那次庙会。风儿想，假如没有庙会，自己也许就不会这样了。那天自己怎么就去了呢？真该死呀！

开始是不想去的，庙会有什么赶头呢？拥拥挤挤的。她是小姐，是千金。千金就有很多的讲究，诸如笑不露齿了、行不露足了等，规矩很多。

可那天风儿心里很乱。乱得她难受，坐卧不安的。怎么会这样烦呢？风儿想不明白，当时只想，也许是春天的缘故吧！后来呢，风儿就走出了绣楼。

后来就去了庙会。是和丫鬟一起偷偷去的。当她俩走到明月酒楼的时候，就见一个胖者拉着一个青年的手，要他留副对联。丫鬟告诉她，那个青年就是咱善州第一才子张君瑞。风儿听说过张君瑞的事。于是她就注意看那公子。只见那公子眼里闪着光，光很温馨，很暖人。那公子稍一沉思，然后说：七不好八不好九好，喜也罢忧也罢喝罢。张秀才摇着一把纸扇，神采飞扬的，很酷！

看了这一眼风儿就丢不下了。后来风儿摇了很多次的头，想把张秀才甩开，可每次摇过头之后，张秀才不光没甩开，反把自己甩丢了。张秀才反在自己的脑海里更清楚了，特别那眼神。风儿就偷偷地骂自己：死小妮子，你完了。你完了呀！

骂也无用，还是想，想得很厉害，后来就病了。

开始没好意思告诉给爹和娘。话丑，说不出口呢，等到想说时，病就很厉害了。丫鬟就告诉给了王员外。王员外很疼闺女。老员外一辈子就这么一个闺女，眼珠子似的疼。就差人去张家提亲。回来的人告诉王员外，张秀才在三岁的时候就和城北赵家的闺女定了娃娃亲。

王员外就犯愁。有人就给出了个主意：找一个和张秀才面貌相似的人代替他不就解了小姐的念。王员外一听，对，对呀！

真找了一个。长得和张秀才挺像的，穿起蓝衫，活生生的一个张秀才！

那天王员外就领着那个"张秀才"去见风儿。风儿先是惊了一下慌忙起来，她就牢牢地盯着看，看着看着风儿就笑了，很苦地笑，笑得很失望。就给王员外摆手，让那人走。

风儿对爹和娘说：不是那个人。不是那个人呀！

娘说是的。爹也说是的。大家都说是的。

风儿说：娘啊，瞒不了儿的心啊！

大家就不好再说什么了，就挥了挥手，把那人领走了。

这次，王员外真的犯愁了。风儿的病越来越重，王员外的心越来越疼。没法，老两口就在一天的傍晚，去了张君瑞家。

当时张秀才正在家里读《春秋》，王员外老两口一见张秀才先是在心里颤了一下，想，怪不得，不怨女儿呀！接着就给他跪下了。张秀才就有些措手不及。忙拉。王员外说：求你个事！

张秀才说你快起吧，有什么事时咱们好说呀，你这样是在折杀我呢！

王员外说，去我家去一趟吧，我家的风儿就要毁了呀！

张秀才只好去了。

风儿看到张秀才，眼里满是惊诧。以为这是在做梦。接着就揉眼睛，才发觉这是真的。风儿眼里就出现一种光芒。像夏日正午的阳光。她向张秀才伸出了一只手，接着又伸出了一只。张秀才看到那双手很瘦，很白。可这一切，都是因为他啊！张秀才的心就开始抖，泪就在眼里汇，接着眼里就结出了两颗珍珠。张秀才就把手伸给了风儿。风儿紧紧地握住了，很幸福。

张秀才这时才感觉她的手是一团火。

张秀才没有吭声，只是他的那粒泪吧地掉下来，被风儿捧在了手上。

风儿笑了笑对张秀才说：谢谢你，能有你为我流的这粒泪，我就足了，足了……此时风儿眼里的光正一点一点地烈，一点一点地亮，接着就像断了油的灯捻，什么也没有了。

张秀才只好把手抽了回来。他仔细地看了看自己那双被风儿握住的手。长叹一声说：罪过，罪过啊！

张秀才就给王员外打作说：对不起啊，真的对不起啊！

王员外看了看自己的女儿，又看了看眼前的张秀才，忙说：你没错的，真的，你一点错都没有！

张秀才说：我知道我没错。难道我没错就对了吗？

王员外又看了眼自己的女儿，女儿睡着了，嘴角汪着笑，很调皮。王员外说：这个，我，我不知道。王员外说的是真心话。

张秀才知道王员外说的是真心话。

第二天，张秀才就去了善州南面的山。

山是悬心山。山上有座庙。

后来，那个庙里的烟火很旺。

丢不开手中的那粒果

是前段时间的事。我的一个官场上的朋友突然给我打来电话，说想见我。我说你可是好久没有跟我联系了。他说是的。我说我又不是总统主席的，想见你就来吧。他说好。接着就打的过来了。

这个朋友原是一个局的副局长，我们原是很好的文友，后来他弃文从了政。我呢，还是写我的破文章，交往就不如以前多了，但时不时地还联系。有时像做梦似的给我来个电话，说正和谁谁谁在哪里喝酒呢，一提就提起你了。还有一次，他从广东给我打来了电话，说正和一位老板谈投资项目呢。老板有文学情结，爱看小说，知道你的大名呢！我说你替我谢谢人家。这年月如果还有人看书，那这个人不是人精就是疯子。但老板看书，可就不能小嫌视之，绝对是一个可圈可点的人啊！

朋友是从一个农民起步，一步一个脚印走上来的，没有后台没有银子，全是靠的能力。混到如今，能混到副局长，在我们这个小县城，也算是个人物了。平时挺着个小将军肚，很有成就感的。但我这人有个臭毛病，就是不喜和官人们打交道，特别是不喜和在任上的官人打交道，落魄的我还是愿交往的。因为他们是失落的人，是需要安慰的人。

朋友到了我处，看得出来，朋友受了很强大的刺激。来到我处，就是光吸烟，一支接一支地吸，不一会儿就把我的屋子吸得硝烟滚滚。朋友为什么这样，我也没问，他想让我知道的一定会给我说的，不然，你问也问不出什么的。这个道理，我还懂。

晚上，我本想光做点晚饭吃不喝酒的，朋友不愿意，非要喝。我虽然不能喝，但也只好舍命陪君子。朋友喝着喝着就喝多了，就说他的疼与痛。原来这次我们市进行调整，按他的能力和威信，本来他们局的局长该退了，局长私下和公共场合说过很多次他退了就让他顶上来。再说了朋友在局里是二把手，也理该是他。可这次调整的结果一公布，原来他们局排在最后的那位当了一把手。可朋友恰巧和他又不融洽，新上任的局长一组阁就把朋友弄了个闲职，朋友那个气啊，就请了病假。

我原以为是什么大事呢，一听是这么回事，就觉得朋友有点小题大做。朋友问我：难道这个不是大事？我说作为你是大事，可作为我却是小菜一碟。我告诉他人活着什么都要看开，有些岗位让你干有让你干的道理，不让你干有不让你干的原因。什么事都要随缘的！

朋友听了我的话没言语，我知道他心里有想法，还有一些是不服气。官场上的人我见得多了，都觉得自己是普天下最优秀的，哪有几个是很清醒的？朋友的那点小心胸，我再看不透，我还写什么东西？回家卖红薯去了！

这时我的手机响了，是猎人王打来的，问我明天有空吗，跟着他去龙山捉能猴去。

猎人王是我的一个很好的朋友，住在龙山脚下以打猎为生。但他最会捉能猴。能猴是龙山上专有的一种猴子，特聪明，像下套子、挖陷阱之类的根本捉不到它。但猎人王捉能猴是一绝，只要想捉，没有他捉不到的。好多次我问他到底是用的什么办法，他都是对我一笑，什么也不说。只是说，有机会，他会带着我一起去捉。

我问猎人王还要我带什么吗？他想了想说，你就带一大瓶的那个香槟吧，咱们很长时间没在一块喝酒了，好好喝一下。

第二天我和朋友一大早到超市里买了香槟就骑着摩托到了龙山。从我这里到龙山有一个多小时的路程。现在又都村村通公路了，很好走的。猎人王正在家里等我们。他老婆正在用油锅炸花生豆，没进家门我就闻到花生的香味了。猎人王说，咱们到山上喝酒去，我让你嫂子准备点下酒的菜。没多大会儿，嫂子给我们准备了四个菜，我让官人朋友拿着菜，我扛着小炮弹一样的香槟，猎人王两手空空在前面领路，我们就上龙山了。

爬了两个多小时，我们又累又饿，这时到了山半腰的一个比较宽敞的地方，猎人王看了看树枝和地上丢的一些野果说，这儿是能猴经常出没的地方。并告诉我们，市动物园给他说几次了，要给他们捉一只能猴。他一直没给捉，这不马上到暑假了，动物园催得急，只好今天请我们一起来捉了。我们能帮你什么？他说，什么也不要帮，只要陪我喝酒就中。咱们只要把这一大瓶的香槟喝了就算帮他的大忙了。我们又饿又渴，就打开香槟喝起来，香槟哪是酒啊，简直是红糖茶，没多大会，就被我们喝了个底朝天。猎人王接着又变戏法似的从口袋里掏出三瓶红星二锅头，说，没喝足再喝这个，我们就一人一瓶又喝起来。喝着喝着，猎人王好像想起什么似的说，对了，你们先喝，我去办点事，说完拿起我们喝空的香槟酒瓶，又抓起一把油炸的花生，到一边去了。没过几分钟回来了，我们就又接着喝，我们正喝得兴高采烈，忽然听到不远处传来吱吱声。猎人王说捉到了，起身就朝发出声响的地方跑去，不一会儿，就见猎人王牵着一只小猴过来了。猴子的一只手伸在我们刚刚喝空的香槟酒瓶里，手在紧紧攥着拳头，就是不松手……

我们都很纳闷，猎人王到底是怎么抓到能猴的？猎人王说，抓能猴其实非常简单，第一能猴最爱吃花生，还有一样就是，只要是它手抓到的东西，就永不会松手。我呢就把花生果放到酒瓶里，然后把酒瓶用两块大石头固定住，能猴闻到酒瓶里有花生果，就努力地把手伸进瓶里，去抓里面的花生，它的手臂很有伸缩性，手会很容易地进入瓶内，只要抓住花生，它就不会松手，就是人捉住它了，它也不会松手的，你们看！我们仔细看了，能猴的小手真的攥得很紧——因为它手中正攥着一颗或几颗让它一辈子都吃不到的花生果。

看到能猴那紧紧攥着的手，我的官人朋友的脸刷地红了。在回来的路上，他偷偷告诉我，其实，那只能猴就是他啊！

自己的天空

静心寺的了空老和尚抱回无了，那是在一个大雪纷飞的夜晚。

了空老和尚去山下的镇子给一个员外做法事。回来的路上，老和尚发现了无了。无了那时正躺在雪天里哇哇地哭。无了的哭声很凄厉，好像很不愿意到这个尘世来似的，非常非常的委屈。雪花在飞舞，寒风在怒号，无了的哭声放在它们中间是那么的微弱和不堪一击。本来老和尚是不会发现无了的，一般晴朗的日子老和尚是走山后的那条小路，那条小路虽不好走，并且还远，可老和尚爱走。老和尚一般都走那条路。老和尚走得扎实稳健，面色红润。为此寺里的很多和尚们都想不透老和尚的心思。都说老和尚费解。

那天深夜老和尚走了山前的那条大路。这条路不光平坦而且宽敞。老和尚走着就听到了无了的哭声。无了那时刚出生不久，正躺在路边，用一个竹筐盛着，无了就在那个竹筐里哭。老和尚年纪虽然老了，可耳朵没老。老和尚听到了。出家人慈悲为怀，老和尚走到竹筐前。老和尚又转身看了看前后和左右，周围都是茫茫的风和雪。老和尚念了句阿弥陀佛。老和尚就抱起了孩子。说也怪，老和尚一抱，那孩子就不哭了。老和尚就叹了声说：这孩子与佛有缘呢。然后，老和尚就脱下了身上的袈裟和棉衣，包紧了孩子。接着，老和尚就把无了抱回寺里来了。

无了是寺的和尚们拉扯大的。他那时还没名字，大家都叫他小家伙。一寺的和尚们都小家伙小家伙地叫。小家伙稍稍懂事了，有一天，小家伙问老和尚：师父，他们都有名，为什么我没有呢？

老和尚知道，小家伙已经不再是小家伙了，小家伙该有个名了。于是，老和尚就给小家伙起了一个法名叫无了。

无了那时没有理解老和尚给他起这个名字的含义，只觉得他也有名了，不再是小家伙了。无了那时很勤快，每天他比谁起得都早，先去庙前的山溪里挑水，水缸挑满了，再去打扫佛堂和庭院。打扫完了，做早课的钟声也就响了。无了就开始诵《炉香赞》《楞严咒》《心经》《三皈依》《韦驮赞》《阿弥陀佛经》等，当然有时还念《大悲咒》《弥勒尊佛经》什么的，念过之后，无了就觉得心里特清凉，轻松，接着就用斋。用过后，无了就被老和尚安排到山下的镇子去买寺里一天所需的日常物品。回来后，还要干一些杂活。接着再跟老和尚做晚课。完了，无了还要读经。还要听老和尚讲经。有时一读就到深夜。就这样，在晨钟暮鼓中，十年弹指间逝去了。

有一天，无了稍稍有了一点空闲，便和师兄师弟们在一块闲谈。闲谈中无了发现别人都比他过得清闲，只有他一人忙忙碌碌。他还发现，虽然别的和尚也会被分派到山下购物，但他们去的是山前的村镇，走的都是庙前的那条又近又平坦的大路，买的也都是些轻便好拿的东西。不像他，这十年来，老和尚一直让他走庙后的那条崎岖的山路，路难走不说，还得再翻两座山，蹚一条河，回来时肩上自然还要背很多的物品。无了就很委屈，明明有近路，师父为什么要这样折磨我呢？难道就因为我是一个没爹没娘的弃儿吗？无了想不通了，他就去找老和尚。老和尚那时已升为方丈。无了不解地问方丈：师父，为什么别人都比我自在呢？没有人强迫他们干活念经，而你为什么要求我干个不停呢？方丈听了只是念了一句佛号：阿弥陀佛。然后就走开了。

第二天中午，当无了扛着一袋食盐从后门进来时，发现方丈在门口等他。方丈说：放下东西后随我去前门，我告诉你想知道的东西。无了把食盐交了，然后来到前门，方丈打坐在门的一侧，闭目不语，无了不知师父要告诉他什么禅机，便侍立一旁。方丈睡着了一样，无了就小心地陪着，他知道，师父让他来要告诉他的答案他得耐心地去等。

转眼间太阳已从一个火球变成了一个大橙子，庙前的山路上出现了几个和尚的身影。当他们看到打坐在庙门口的方丈时，都吃了一惊，方丈的睡眼一下子睁开了，他把几个和尚唤到身前平和地问：我让你们一大早下山去买布匹和灯油，路这么近，又都是坦途，你们咋到这时才回来呢？几个和尚面面相觑，其中一个身上背着布匹名叫无尘的说：师父，我们每天都是这个时间回来的呀！方丈问：十年多了，你们都是这个时间回来的？无尘说：是的，我们在路上说说笑笑，看看风景，一般回来都是这个时间。

了空就问无了：寺后的那条路说起来要比这条路长两倍，况且还要翻山越岭，蹚河涉水，道路还非常坎坷崎岖，你身上的物品又比他们的重，为什么你每天回来得要比他们早呢？

无了说：我每天在路上都想着快去快回，因为肩上扛着很重的物品，每走一步，我都非常注意自己的脚下，所以，我的每一步都走得非常平稳和扎实。十年来，我已养成这个习惯了。每次下山，我心中只装着早去早回这个目标，相应的，再远再难走的道路在我的脚下已不再难走了。

了空听了诵了一声佛号：阿弥陀佛。道路平坦了，心儿反不在目标上；艰难崎岖的路途，才能磨炼一个人的心志啊！孩子啊，这个就是你想要的答案啊！

无了猛地明白师父这是在度自己。他对方丈说：师父，我明白了，我明白了。

又过了几年，了空老和尚更老了。老和尚明显地感觉自己时日已不多了，他明白，在他圆寂前，一定要为净心寺选出一个当家人。

这一天，寺里忽然严格考核众僧。从体力到毅力，从经书到心性。无了由于十几年来的磨炼，在众僧中和无尘脱颖而出。可净心寺的当家人只有一个啊，怎么办？方丈知道，现在要考他们的悟性了。

那也是个飘雪的夜晚，老和尚把无了和无尘唤到跟前，每人给了一两银子，说：孩子，我给你们的银子不多，但要你们去买一样东西，能够把这间黑暗而寒冷的禅房塞满。

无了和无尘都拿着银子出去了。没多久，两人都回来了。无尘花七钱银子买了一盏华丽的佛灯。他把佛灯点燃了，禅房立刻亮了起来。无尘说：师父，这个禅房我用灯光塞满了。了空老和尚点了点头。

这时无了也来了。无了只花了五钱银子，买的是半车木材。他把木材

一路莲花

31

搬到了禅房，用火镰把木材点着了，火光照亮了禅房，而且一个屋子像春天一样暖融融的。无了说：师父，我不光让火光塞满了这间禅房，而且，我还用温暖充实了它。老和尚笑着点了点头，他知道，谁是他要选的人了。

后来，无了成了净心寺的住持。当无了从了空老和尚手里接过袈裟时，了空老和尚对跪在佛堂里的众弟子说：只给红尘中的万千众生以光明是不够的，还要给他们温暖，要让他们凄冷的心感觉到春天的和煦、活着的幸福，那才是我佛的慈悲啊！

无了说弟子记下了。抬头再看了空老和尚，已坐化了。老和尚的笑很慈祥，佛一样的温暖。无了和众弟子对着师父深深地念了句：阿弥陀佛！

春天的风吹过来，无了感觉到了温暖。莲花的温暖。

行路的和尚

两和尚奉方丈法旨去做一件事。一个和尚叫了空，一个和尚叫了尘。

迢迢的路两人风尘仆仆地走。

路上有很多风景。风景都很美。两人看了，很羡慕。了尘羡慕得难受。可，那是红尘，不是他们的世界。

了尘是师兄。心里难受得受不了。他想，师弟小，一定比他还要难受的。

了尘就对了空说，师弟，给你讲个故事吧！

了空说，好啊，我正闷着呢！

了尘说，这是师父给我讲的。

了空抬眼望了下师兄，眼里很暖，师兄就讲了。

说有一和尚坐禅。只要他一坐下，一用功，就发现有一头很凶猛的狮子在他跟前跳舞。和尚想甩掉，可怎么甩也甩不脱。功用得越厉害，狮子的舞跳得越疯狂。和尚虽有些怕，但心里却高兴得要死。因为狮子是文殊菩萨的坐骑。文殊是智慧的化身呀！和尚想，一定是我修行得好，修炼到一定程度了，文殊菩萨在向我暗示，给我显灵呢！和尚把他的发现告诉给师父。师父是得道的高僧。听了什么也没说，只是交给和尚一把刀子。和尚不敢接。师父说，文殊是菩萨，她的坐骑不是凡物，绝对是有灵性的。师父说，假如你用这把刀子能杀死它，就说明这狮子是魔；若杀不死，就说明这头狮子是真的。不信你就试试看。

和尚信了师父的话，又一次坐禅。那狮子又来了。功用得越厉害，狮子舞得越激烈。和尚见狮子舞得忘乎所以，心想，时机来了，就猛地挥刀向狮子刺去……

了尘讲到这儿，问师弟，你说刺在什么地方了？

了空说，也许刺在坐禅和尚的腿上了。

了尘自语说，是刺在狮子身上的。接着就问了空，你怎么知道是刺在坐禅和尚腿上的？

了空说，我想，狮子是虚的，和尚的腿才是真的。

了尘没有吱声。

了空说，我说得不对吗，师兄？

了尘说，师父只给我讲到这儿，让我参。到现在，我还没有悟出来呢！

两人不吱声了，又走。

前边是条河。很宽，三四百米的样子，很空旷。水浅着流，清清的，有鱼在幸福地游。

一女子立在岸上。女子二八年纪，着一双红绣鞋，一条葱绿的灯笼裤。火一样燃烧的袄儿。女子有一条长辫子，梢儿调皮地指着风向。

女子看样子想过河。想到对岸去。对岸有很多的花，红的、黄的、蓝的……反正比这岸多，好。看女子的鞋，就知女子怕水，女子的鞋很新，鞋上绣着几朵桃花，很鲜，正热闹地开。女子只好站在岸边，瞅着对岸的鲜艳和缤纷，揉着自己的袄角。

了尘看到了，先叹了声，然后唤了声阿弥陀佛。

了空没有说啥，只是看着女子。

了尘望了下师弟。了尘想告诉师弟，咱是出家人，四大皆空呢！

了空没有停留走了过去。来到女子跟前。他打揖念了句阿弥陀佛。然后弯腰背起女子。

女子很诧异，但女子很高兴。她很老实地伏在了空的背上。

了空下了水。女子知道，水一定很凉。从岸上那缩着绿的草儿，女子就明白，刀子一样凉呢！

了空看了眼水，水很清，波澜不惊地流，有鱼在悠闲地游，鲜活了水。

了空背牢女人，在水中扯着走，哗啦，哗啦。

了尘望着了空的背影，双手合十，念着阿弥陀佛。很虔诚，很虔诚……

岸终于到了。了空放下女子。

女子说了声，谢谢你，师父。

了空唤了声，阿弥陀佛。

女子想和尚没听清楚呢，就又说了声，谢谢你，师父！

了空又唤了声，阿弥陀佛。接着，又往前走。

了尘一直随在师弟的身后。

女子的身影在他们的身后飘起来，红红的，一朵云。

了尘就把拉长的目光收起来。了尘就望着一直走路的师弟。了尘想，师弟会说的。

了空在走。

了尘跟着走。了尘想，师弟，你六根未净呢！出家人怎能招惹红尘呢？哎，你这样修行，很难得道，很难成佛呀！

了空只瞅着前方的路。走。

了空头上有了汗珠，了尘想，师弟，你心虚呢！

了尘就开口了，说，师弟，出啥汗呢？

了空说，热。

了尘说，是热。

了空瞅了下师兄。从师兄的眼光里，了空什么都知道了。了空笑了一下。很无奈。

了尘说，师弟，刚才你知道你干了什么了？

了空说，我什么也没干呀！

了尘说，你干了。

了空说，我没干。

了尘问，你忘了？

了空说，我忘了。

了尘说，师弟，你背一个女子过河呢！

了空唤了一声说，对了，我背了一个女子过河，不过，我背过河之后

一路莲花

就放下了，就忘了。不像师兄你，现在还背着呢！

了尘没有吱声。

了尘知道师父为什么给他起法号叫了尘了。了尘也知道，迢迢的路他只有仆仆地走了。了尘感觉他心里难受，了尘就念了句阿弥陀佛。

了空知道师兄这是在度自己呢。其实，自己怎么能度自己呢？除非船。

路上哪有船呢？只有风。

了空就笑了。其实人间有风就够了。

了空也随着师兄，念了句阿弥陀佛。

正有大朵大朵的风在路上开花。了空知道，那是莲花。

洁白的莲花。

心中的天堂

老和尚决定带着小和尚下山。

老和尚岁数很大了，是有理由不下山的。可老和尚听了小和尚说的山下那个镇上的事后，老和尚知道，他不能再坐在佛堂里念经了，他得下山了。

小和尚也没给老和尚说什么，无非是把每天在下山化缘时所见到的事说给老和尚。开始的时候小和尚说：师父啊，山下的镇上变化得不错，大家都能吃上饭了。老和尚问：还有什么？小和尚说，村民之间不像以前那样和谐亲密了，他们也好争斗了，其中我就见到两起邻居之间的争斗。小和尚最后又说，不过他们对佛祖还是虔诚的。老和尚听了脸一沉，念了一句：阿弥陀佛。没过多久小和尚又说：师父，最近山下镇子可热闹了，很多的人家都在盖新房。在我化缘这段时间，我见到了两起弟兄们打架，一起哥哥把弟弟的头打破了；另一起弟弟把哥哥的脸扇了。不论怎样，村民们还是很热衷种善果的，你看这次下山，我比上次节省一半的时间呢！老和尚听了摇了摇头，接着念了一句佛号。后来小和尚又下山，没过多久就回来了，这次又比上次快了一半时间。回来后小和尚眉飞色舞地告诉老和尚：现在山下的村民对佛祖可敬拜了，见我去了，每家都给我比上次多一半的银两。老和尚听了高声念了一句：阿弥陀佛。小和尚接着脸沉了下来，说：师父，我发现村民们之间越来越生疏。这几天里，出现过两起父子之间争吵，其中有一个忤逆之辈把父亲的牙都打掉了呢！老和尚双手合十：阿弥陀佛！罪过呀罪过呀！老和尚说完就站起身，两眼看着那满面微笑的佛像自言自语道：该下山了。我该下山了。接着就领着小和尚下山了。

小和尚有点不愿意，可没办法，师父要下山，自己能有什么办法呢？老和尚临出庙门的时候，交代小和尚别忘了带着木鱼。小和尚说知道了，就随手拿起佛桌上的木鱼。

镇子里的人听说老和尚来了，都想再来给老和尚交香火钱。老和尚一个也没收。老和尚说，我这次来不是化缘的，我是代表佛祖来感激大家的，为此，我带来了世间最美的木鱼汤给大家品尝。老和尚说：不论谁，只要喝了，他就会成为世上最有福气的人。

镇上的人都知道出家人不打诳语，再说了老和尚是得道的高僧，更是不会说假话的。于是就按老和尚说的在镇上的一个空阔地架起了火。镇上卖羊肉汤的张屠户从家里搬来了一个刚买的大锅。水房的李掌柜无偿地贡献了四桶水。木匠铺的送来了木材。于是，锅架好了，火点着了，锅里的水也在熊熊烈火中开始翻腾了。

这个时候，老和尚叫小和尚把按他的吩咐包了很多层的木鱼取开了，然后小心翼翼地放到了沸腾的水中。接着老和尚用木勺舀起尝了一口，咂了咂嘴说：太美了，我敢说这是世上最好喝的汤！一席话说得大家嘴里流出了口水。大家都想用勺子舀一些尝尝。老和尚制止住大家说：现在还不是喝的时候，如果能在汤里再加上一些盐、葱头、花椒和香菜，这木鱼汤会更好喝。几个家里有这些材料的人听了忙跑到家里取来交给老和尚。老和尚把这些东西放到锅里开始搅拌，接着又用木勺舀起用舌头尝了尝说：如果能再加些新鲜的香菇、蔬菜，那这个汤味道会更好！有这些蔬菜的人忙跑到自家的地里取来了洗净放到了锅里。老和尚又尝了汤说：如果再往锅里放一些肉丝和虾米，那这个木鱼汤会更鲜美！卖猪肉的屠户到家里割了一大块猪肉切成了肉丝用荷叶包来了，卖鱼的赵掌柜到自己的摊子上也取来了虾米……

在老和尚的指导下，镇上的人凡是家里有老和尚需要的东西都跑到家里取来了，就这样从早上一直到了晚上，木鱼汤才做好。那时的人们都饿得前胸贴后背了。当镇上的人们一人端着一碗在月光下品着木鱼汤时，他们觉得这木鱼汤真是太鲜太美了！

当老和尚问他们这木鱼汤好喝吗的时候，大家都异口同声说：好喝。

并说木鱼汤是世上最鲜美的汤。老和尚说：这锅汤之所以鲜美，关键是大家都往锅里贡献了自己家的所有，也就是你们人人都往锅里倾注了自己的真诚自己的爱啊！如果把社会和我们的生命比喻成这样一锅木鱼汤，要想让我们的社会和我们的生命像这锅木鱼汤一样被人赞美，我们大家要向社会多倾注自己的真诚和无私的爱啊！接着老和尚从锅里捞出木鱼说：其实，这个木鱼只是一段木头而已，而你们碗里鲜美的汤恰恰是你们爱的味道啊！

所有端着碗的人们都说：对啊，对啊，师父说得太对啊！其中那些好争吵的人脸上马上红了起来。那几对打过架的弟兄和父子都惭愧地低下了头。

老和尚说：佛祖的心愿是希望尘世的人，人人都能幸福快乐，只要你们能相敬相爱，相互帮扶，你们就是不给佛祖捐赠香火，佛祖也是一样高兴的；反之，你们就是把整个家产捐赠给佛祖，佛祖也是不会保佑你们的！你们的痛苦和孤独不是来自别人，而是来自你们自己。你给了别人爱，别人就是你的天堂。说到底，你们的天堂在自己的心中啊。而那个天堂就是自己无私的爱啊！

月光如洗，老和尚和小和尚走在了回庙的路上。

走着走着，小和尚突然说：师父，你今天破戒了。

老和尚问：是吗？

小和尚说：是。小和尚说你让人往木鱼汤里加肉和虾米。肉和虾米那都是生命啊！

老和尚说：孩子，知道佛祖为什么说我不下地狱，谁下地狱的话吗？

小和尚说：不知道。

老和尚说：只要能让尘世的人们都找到天堂，我就是下地狱也心甘。虽然我是下了地狱而实际上我是进了天堂。反之，我不能让人们找到心中的爱和善念，我就是进了天堂而实际上我也是下了地狱啊！

小和尚说：师父，我不懂。

老和尚摸了摸小和尚的头说：你现在还小，长大就会明白了！说完老和尚又望了一眼立在云雾深处的庙宇说：孩子，咱们走吧！

弯腰吃草

　　一只羊儿，白色的，领着只羔儿，也是白色的，在草丛中低头吃草。在饱它的奶。奶水足了，羔儿才能幸福地长。

　　那儿的草不肥，黄黄的，营养不良的样子。羊儿弯着腰。为了吃草，羊儿在很久之前就把腰弯了，把腰和腿索性弯成了直角。羊儿的头伸得很长，在草丛中找可口的草儿。羊儿吃得很认真，一口一口，嚼得很仔细，小女人似的。有蜻蜓站在一株草上，累得草一弯一弯挺着身子。蜻蜓瞪着双大眼睛，看着羊儿的嘴，一剪一剪的，草儿流出绿绿的汁。来来回回蹦跳着的蚂蚱知道，那是血。草的血。

　　羔儿不知道，蹦蹦跳跳的年龄里满是新奇，草儿是好东西，奶一样的香。羔儿的唇嚼着草的绿，草的香。羔儿只有稚嫩的唇，牙还软，叶上就残留着羔儿的口水，有着羊儿的奶香。

　　羊儿默默地吃草，在这个日子，只有吃草才是它活着的全部。羊儿感觉有些累了，就慈祥地看着羔儿，羔儿在调皮，在撒欢。一条蛇蜿蜒游来，蛇是红色的，它被羔儿的欢乐感染了，也想来分享一下。可羔儿怕，慌慌地藏在娘的身下，只留下两只眼睛惊惊地望。蛇儿想，怕啥呢，咱们是邻居。就往羊儿跟前凑，吐着舌头想和羊儿说话。羊儿叫了一声。那叫声很严厉。那叫声是在说，你吓着我的孩子了！蛇儿想告诉羊儿，咱们住得很近的。羊儿却拒绝了它。羊儿说你走吧，我的孩子还小，怕你呢！蛇儿有点不想离开，蛇儿想，我没得罪你，干吗这么凶呢！羊儿不客气了，伸出了两只角，瞪着两只眼儿，眼瞪得很圆。蛇儿很生气。只好转过身，扭着它那女人一样的腰，一步三摆地走了。

　　羊儿用舌头轻舐着羔儿。羔儿偎在羊儿的怀里，羔儿满眼的恐惧。羊儿很爱怜地看着羔儿，羊儿看羔儿那咚咚心跳的样子，很心疼。

有风徐徐刮来，水一样梳着羊儿的毛发。羔儿渐渐忘却了刚才的恐慌，又幸福地玩去了。羊儿看着羔儿，羊儿很高兴。因为羔儿毕竟不再怕了。

天上有云在飘，白色的，一群一群的。羊儿抬头叫了几声。羊儿觉得很美，仿佛谁在天上牧着它们，让它们愉快地吃草。

吃草是为什么呢？是为了长肥长大。长肥长大是为什么呢？羊儿不敢想了。一想羊儿的泪就要流。羊儿想，想那么多干啥呢？自己的先人不都是这样一步一步走过来的吗？它们之中肯定有得很多的智者，可最终怎样了？羊儿想，也许这就是人所说的"命"？羊儿信。

羊儿想，还是教羔儿怎么吃草吧！草是好东西，管肚子不饿，管自己长大。羊儿想，自己这辈子，也就是吃草的过程。有时羊儿就看着那些折腾的羊儿想：别能了，你比谁也高明不到哪去，别觉得一能就不是羊儿了，就是牛了，就是人了，憨呢！

羊儿发现这儿的草吃得差不多了，便抬头喊了一声。牧羊的是个十二三岁的男孩，听到了，看了一下羊儿。男孩正在追着一只大蚂蚱。蚂蚱们惶惶地飞，鲜活了这块草地，使这块草地满是了内容。男孩手里拿着用草茎穿着的一穗蚂蚱，就像田里沉甸甸的谷儿。羊儿又叫了一声。男孩这次仔细看了羊儿。男孩发现羊儿四周的草儿光剩下光秃秃的梗儿，梗儿硬硬地戳着天。男孩知道，该给羊儿换个地方了。

男孩又找了一个草茂的地方，比前块草地好一些。羊儿知道肚子没饱，便认真地吃。羊儿弄不明白的是，本觉得饱了，怎么一泡尿下去，肚子又瘪了。羊儿想，只要活着，就得不停地吃草，永远地弯腰吗？

男孩把羊儿拴牢又去追蚂蚱了。羊儿望着男孩，满眼的羡慕。羊儿弄不明白，他怎么就该牵着我呢？是因为我太温存了？太善良了？羊儿想不通，难道善良就该被人用绳牵着过？就该被人欺负？羊儿想不通。

羊儿想，这个造物主真是不公道。有很多的东西，从一出世就注定了。抛开自己不说，就说地上这些开着的红花、蓝花的草儿吧，长在这儿，碍着谁了？却要被嘴巴吃掉。也是很残酷的，下场也是很可怜的，羊儿的心颤了，就默默地对着草儿说：对不起呀，对不起。

羊儿觉得自己的肚子圆了，饱了。抬头望了一下太阳，太阳活在西天上，像一个熟透的香瓜，熏得整个天地都金灿灿的香。羊儿皱着鼻子嗅了几嗅，真美！

男孩跑了过来。男孩手里捉了几串蚂蚱，有大的有小的，还有怀着崽儿的。蚂蚱穿在草茎上，在作垂死挣扎。有几个把脖子都拧断了，勇士一样死在男孩的脚下。男孩没有看到，只是牵着羊儿走在回家的路上。男孩一边走一边想，让娘把蚂蚱用油炸了，又是爹的一顿下酒菜！

羊儿匆匆跟着男孩走。

羊儿是不愿走进男孩家的。羊儿知道，男孩家有把刀子，很长的一把尖刀，正灼灼放光呢！

秋日的芬芳

　　了空小和尚来到悬心山的静心寺已三载了，除了天天跟着师父悟了禅师化缘、念经、到山下去开垦荒地外，悟了禅师什么也没教给他。了空小和尚就有些急，想，我都这么大了，现在正是学东西的时候，三年过去了，什么也没学到，若这样下去，啥时才能修成正果，才能得道成佛啊！

　　了空小和尚心里一放这些，当然就不会静了，念起经来就有些三心二意，就有了些敷衍和应付。悟了禅师也是从年轻过到年老的，了空小和尚的这些心思，他懂。他什么不懂呢？这么一把年纪了，该经的都经了，还有什么能瞒他的呢？想想，真的是很少了。了空小和尚的这点想法，他在十八岁那年就有了。那是他刚入寺不久。他原是一红门秀才，生得面红齿白，潇洒偶傥，当然了，就会有很多女孩子为他怀春。那时他也爱上一个女孩。他爱上的那个女孩叫媛儿。可媛儿最终却嫁给一个财主做了小。那时他痛苦了一个春天。后来他到善州散心的时候，被一个叫玉儿的女孩看上了。玉儿长得丑，丑得他不敢去爱。当然他也就不会答应玉儿家的说合。后来那年的夏天，玉儿的父母来求他，说他的女儿要死了，临死想看他一眼。他当时很诧异，就随着两位老人来到了玉儿的床前。他看到了一个苍白憔悴骨瘦如柴的女孩。老人告诉他，女孩的病是相思病，是想他想的。那时他为玉儿流了一滴泪。可这滴泪却被玉儿捧在手里攥到了心里，玉儿临死说了一句话，而这一句话却让他痛苦了一辈子。玉儿说：你能为我流这一滴泪，我这一辈子就没有白活。听了这句话，他猛地什么都想开了。他就觉得自己的脑里空空的，什么也没有。那时他知道，红尘中的事于他来说都已了结，他该走了，于是他就来到了悬心山……

　　几十年过去了，想想就像在眼前似的。来到庙里，当时他也有成为高僧的想法，成为高僧，就可以了脱一切烦恼。直到后来他才明白，烦恼不是了脱的。烦恼是了脱不了的。烦恼就好比路上的一块石头，如果去撞它，结果只会是得到伤痕累累；如果不去招惹它，石头就不会显示它的刚性和坚韧。那时你还是完整的你快乐的你。说到底，烦恼是自找的！

悟了禅师明白，这些是靠悟的。了空小和尚是有慧根的，只要静下心，是能悟到的啊。

开始悟了禅师没有说，有些事是不能说的。悟了禅师想小和尚会慢慢平息自己的。可过了一段时间，了空小和尚不光没走出自己，反而让自己走得越来越远了。那时，悟了禅师看到太阳已发芽。禅师知道天已春了，了空小和尚需要度了。有时候，人是要悟的，真是悟不开的，那就要度。这是没办法的事。

这一天的阳光含情脉脉。悟了禅师带着了空小和尚来到山下他们开垦了一个冬天的荒地里。悟了禅师把一只大口袋放到了空小和尚的肩上问：沉吗？

了空小和尚说：沉。

悟了禅师给了空小和尚说了一个不沉的方法。禅师说：你背着口袋一直向前走。当你走到地的那一端的时候，就会感觉不到沉了。

了空小和尚问：真的？

悟了禅师说：真的。但你要记住，不论发生了什么，都不要回头，一直向前走。

了空小和尚说：我知道了。

悟了禅师说：你知道了还不走？

了空小和尚就耸耸肩。肩上的口袋很沉。小和尚又看了看一望无际的土地，土地的一端长在早晨茫茫的雾岚里。了空小和尚的心就有些沉了。就抬头又看了眼师父。悟了禅师知道了小和尚为什么看他，就说：走，其实很简单，走一步，再走一步。就这些。

了空小和尚在心里叹了声，接着按师父说的，走一步再走一步，走下去了。

再远的路，只要走，其实是很好到达的。当了空小和尚走到地的另一端时，猛然发觉肩上轻了很多，原来，是肩上的口袋瘪了……

了空小和尚回到庙上的时候，师父正在佛堂里念经。悟了禅师看着一身疲惫的小和尚说：诵经吧！

了空小和尚看了看师父，只好坐下，随着师父一块诵经。

看着身边的徒儿，悟了禅师明白：有些东西是不能马上点破的，得需要时间。就说今天的事吧，如果不到秋天，他说得再好，小和尚也是悟不透彻的。

转眼天高了气爽了，空气中传来了成熟的香味。悟了禅师知道天已秋了，该给小和尚点破了。悟了禅师就领着了空小和尚来到他们山下开垦的荒地里，荒地里如今是遍野的谷子，在秋风的吹拂下荡漾着扑鼻的芳香。了空小和尚很诧异，他跑到地里看了谷子，又看了看师父问：师父，怎么会这样？这是谁播种的？

悟了禅师说：是你。

了空小和尚说：我？我什么时候播种的？

悟了禅师说：你还记得我让你背着一个口袋在这个地里行走的事吗？

了空小和尚说：怎么不记得？是春上，你让我走一步再走一步，一直向前走。我当时走得筋疲力尽，可累坏了，对你有一肚子的意见呢！

悟了禅师说：我把口袋放到你肩上时，趁你不注意，在口袋的一角划了个口。也就是说，你走了一路，实际上你是播撒了一路。

了空小和尚说：我说呢，我怎么感觉口袋瘪了呢，口袋越来越轻，原来是把谷子都撒了呢！

悟了禅师说：其实，你的撒就是种，你的一直向前走就是你的道，你的佛啊！

了空小和尚似懂非懂地点了点头。

悟了禅师说：人其实是不应该问自己到哪儿去的。你只要走，一步一步地走下去，当你回过头来，看看你身后的那一串歪歪斜斜的脚印，你就会明白你的位置和你的收获。就像老农，只要春天播种了，浇灌了，施肥了，伺弄了，秋天一定会有收成。说起来，好收成就是他们的道，就是他们的佛啊！

　　了空小和尚如醍醐灌顶，他说师父我明白了，我明白了！

　　悟了禅师长叹了一声。他的目光越过了空小和尚的头顶，望向了遥远的天际。在缥缈的雾岚里，他看到了一滴水，他知道，那是他的泪，是玉儿捧在手里的那滴泪。那滴泪好凉啊！凉得他一颤。他知道，了空小和尚是幸福的，因为有他在度。而他却和玉儿一样，只能靠那滴泪来滋润。想到这，他只有再叹一声，向着佛祖，再诵一声：阿弥陀佛。阿弥陀佛啊！……

念经的和尚

当如麻蹲下身子去洗手上的血时，如麻猛然感到脑子里空空的。

如麻就看着水，水也在看着他，只不过，水在流。

这是条小溪。水很清。有石子在水底显示着灵性，有花在岸上芬芳着鲜艳，有鱼儿在水中游动着鲜活。

如麻就发觉，他的脑里真的空了。什么也没有，只有一片茫然。这个时候，如麻才明白师父说的话。

师父说：每一个人都是来世上做一件事的，事完了，他也就空了。

师父说：如麻，你是来世上报仇的。这是没办法的事。

真是没办法的事。如麻一家三百零八口人，在一个风高月黑之夜被人杀了三百零七口，可巧那天他去了外婆家。

父亲是武林盟主。号召着三山五岳的黑白双道。然而一夜之间，全家除他之外死了个精光，这不能不让整个武林震惊。

然而震惊也没用，谁都知杀死如麻父亲的是新任盟主白霸道。都知道，都不说。

那年如麻八岁。

如麻就仔细地洗手。手上的血是白霸道的。三十年了，白霸道终于死在他的剑下。

那时白霸道望着他的剑，白霸道很平静。像一汪水。白霸道在弹着筝。筝弹得很稳，很老到，很有韵致。

白霸道头上已是皑皑白发。白霸道只是说：我生下来就是做盟主的，所以我杀了你全家。不杀你全家，我做不了盟主，这是没办法的事。

白霸道说：我已做上盟主了，我活着的任务也就完了，从做上盟主的

一路莲花

那天起，我就等着你了，我知道你一定会来的。

白霸道说:其实杀完你全家后，我就发现少了一个你。我本想斩草除根，最后我没有。我想，我还得等着你送我上路，不然，我活着就没了盼头。

白霸道说：我等了你已三十年了，三十年，真是漫长，我感觉有好几世纪。我等得有点心焦，你如不再来，我不知还有没有精力等下去。

白霸道说：你动手吧，我早就盼着这一天了！

如麻望了一下手中的剑。三十年了。三百零七口人的生命。如麻望了一下他的剑，他发现，他的剑在哭，在喊，在颤抖。天理啊！

白霸道的手下怒目凶张，弹剑出鞘。其中当然有很多是如麻父亲手下的。白霸道手一挥，都止住了。白霸道说：这事与你们无关。你们走吧！

如麻只望着他的剑。

白霸道说：我知道，我是不该那么做的，为什么要杀那么多人呢？那都是些活生生的命，可不杀不行。因为我想当盟主，这是我的愿望。我知道要当盟主就得去做一些事，当然，包括杀人。我就杀了。因为那一年我已五十多岁了。五十多岁啊，不杀就没机会了！

白霸道说：有时我就感觉自己真无辜。白霸道说着拿起了身边的剑。

那是至尊剑，是盟主的标志。如麻知道，那是父亲的。

白霸道用手弹了一下剑背，剑像龙吟一样，很清凉，如麻就觉身子一颤，仿佛父亲在唤他，如麻呀如麻！

白霸道啧了一下口说：好剑呀，好剑！……

如麻知道，今天少不了一场恶战。如麻想，怕什么，无非不是他死就是我亡。

如麻端平了手中的剑，剑身一扭，锋如游龙，直抵白霸道咽喉。

只听扑哧一声，剑尖直入白霸道咽喉，接着尖儿从颈后出来了。

如麻没有想到。一点也没想到。做梦也想不到。白霸道竟不还手。白霸道脸上有着笑，佛一样。

如麻没有想到就这么顺利。三十年。三十年了！这一天。这一天。如麻想，报仇，真是太容易了！

如麻洗净手上的血迹时，就觉脑子空得难受。如麻想，脑子怎这样空呢？

这时，远方随风飘来了钟声。

声音很浑实，很深厚，很有蛊惑力，如麻就觉脑子在一点一点地充实。如麻望了一下钟声，钟声在风中走。走得很缓，很有根基。如麻就丢了手中的剑，剑当啷一声落在地上，地上很凉，剑翻了一个身。

如麻双膝跑跪在寺门口。如麻跪了三天三夜，还跪。七天七夜。

方丈叹了声。方丈就把门开了。方丈搀起了如麻。如麻望了一下方丈，泪就流了，泪很浑，有血在里面流。

方丈说：放下屠刀，立地成佛，其实，人活着，是放不下屠刀的。

方丈说：本来说，你来世上是报仇的。仇报了，你也该归隐了，你不该来念佛的。

方丈说：本来我不该给你说这些的，可我想，我得给你说，不然你念不好经。

如麻磕了个头。如麻说：多谢方丈指点。

如麻穿上袈裟时，方丈给如麻起了个法号叫悟了。方丈就对悟了说：有些事你是该好好悟悟了。

方丈就交给悟了一张纸，上写着"阿弥陀佛"四个字，悟了不明白，就用眼问方丈。

方丈说：那是经，念吧！

悟了问：什么，是经？

方丈点了点头。

悟了问：怎么个念法？

方丈说：用嘴念。

方丈又说：闭上嘴，念。

悟了不懂。

方丈说：很容易的，看着我。

悟了就望着方丈。悟了看着方丈在笑。那笑很慈祥，很宽广，很湿润。

悟了想，我如果能有这样的笑，那该有多好啊！

方丈说：掌竖胸中，用心念。

一路莲花

悟了就把掌竖在了胸前。悟了望着方丈。

方丈说：念阿弥陀佛吧！

悟了就念了句"阿弥陀佛"。悟了有点不明白，阿弥陀佛到底是什么意思呢？悟了就望着方丈。

方丈说：这就是经，好好念吧！

转眼间，悟了念了三个月的阿弥陀佛了，越念越不明白，师父天天让我念这一句，阿弥陀佛，怎么越念脑子越浑了呢？

方丈过来了。方丈问：悟了，脑子浑了吗？

悟了说：浑了。

方丈说：浑了好，浑了好。

悟了更不明白，问：为什么呢？

方丈说：天下皆醉独你醒，是痛苦之源。浑了，就不痛了，不苦了，就超脱了。

悟了还不明白。方丈说：念吧，念吧，都是一句经，有人念了哭，有人念了笑，有人入了魔，有人入了道。悟了还是不明白。

方丈说：人不是一下子什么都明白的。人其实很愚。人要悟。

方丈说：悟字是"心"在左边，而右边是"吾"。你就该明白，悟是用心想自己的。

方丈说：把心拿出来，想想自己吧。

悟了就想自己，哪儿做得错呢？人家杀了我全家，我活着就是来索仇的。我只不过杀了该杀的一个人。悟了想，难道人活着就该杀人和被人杀吗？

悟了想，该做的都做了，有些事不一定或对或错。有时不做不对，做了就错了。他想他现在只有一件事，就是好好念自己的经。

悟了想，入了佛门，就得念经。就好像他来到人世背着血泪大仇，他活着就得杀人一样。

悟了想，经该怎么念呢？方丈说用心念，心怎么能念经呢？

方丈说得好，把经念好，你就能心如止水，什么都明白了。

方丈说：菩提本无树，明镜亦非台，本来无一物，何事惹尘埃。万事皆空啊！

悟了就仔细地念，一丝不苟地念。

一天。一天。一天。

悟了感觉自己已把阿弥陀佛念好了。因为，阿弥陀佛他已全领会了。阿弥陀佛是什么？是宣泄。是诅咒。是安慰。是平衡。是牵挂。是善良。是亲切。是祝福……或，什么都不是！

悟了就问方丈：师父，怎样才可以成佛呢？

方丈说：像白霸道那样。

悟了不明白，白霸道怎么能成佛呢？他可是双手沾满鲜血的魔头啊！

方丈知道他想的啥，方丈说：谁的双手没有血腥呢？只要活着，就得杀生，不然人就没法生存下去。牛、羊、马、狗、猪是生命，难道一株菜、一粒种子不是生命吗？它们和我们人一样，也是这个尘世的生灵，只不过是以不同的生命姿态存活在这个宇宙里。然而，人却要吞杀它们。只有这样，人才能活下去，人的生命的壮大不正是依靠着它们的生命作为滋养吗？这是没办法的事，只要活着，就得杀生，要想停止杀戮，摆脱血腥和凶残，只有走向西方极乐世界，然而活在尘世上的人，有几个敢泰然处之面对死亡呢？白霸道敢面对，他就悟开了。他大彻大悟了。

悟了说我不明白。

方丈说：尘世太美好，谁愿离开呢？包括你，包括我。

说到这儿时方丈长长叹了口气，有泪从眼里滚了出来，接着方丈低下了头，念了句，阿弥陀佛。

悟了也念了句阿弥陀佛，念完后，悟了感觉心里顺了很多。

方丈从怀里掏出一本书。方丈说：接着吧，这也是经。

悟了没有接，悟了又念了句阿弥陀佛。悟了说：有一句阿弥陀佛也就够了，这一句我一辈子能念好就行了。

方丈听了没有说啥，只是把经书随手扔出窗外。

有风很调皮，把书翻得哗哗响，悟了就随风看书，书上一字皆无。

悟了就对着风，对着心，双手合十念了句阿弥陀佛。

那时，悟了发现了心中有泓水，很清，很清。

莲花香

悬心山下有个村子叫闵家庄。村里有个学堂。学堂里有很多的学子。当然了，这很多的学子中有用功的，还有一些不用功；有听话的，还有些是不听话的；有成绩好的，还有是不好的。一这样，学堂里的先生就会很烦恼。先生姓闵，叫星举，是个红门秀才。闵秀才就常常为此叹息。

唉！有时不听话的多了，闵秀才的叹息就会重：唉！

一到唉的时候，闵秀才就皱着眉头思考。有时很快会把一些问题想清楚。秀才嘛，脑瓜还是很灵光的，比一般人转得快。但也有转得慢的时候，闵秀才就上悬心山。山上的风清，一吹，有时问题就会吹开的。可有时风再清，也把问题吹不开，那样，闵秀才就会到净心寺，找悟了禅师。

悟了禅师一看闵秀才的表情，就知他为什么来寺里了。虽然都是痛苦，但有的痛苦是写在脸上，有的是写在心上的。写在脸上的痛苦是脸上的肉在疼，写在心里的痛苦是眼神在痛。两者是不一样的。这些，瞒不了悟了禅师。

这是春日的一天，闵秀才又上了悬心山，来到了净心寺。佛堂里光了空小和尚在。拜完佛，闵秀才就问了空：悟了禅师呢？

小和尚用手一指后院说：师父在花园里整理花草呢！

闵秀才就朝后院的花园走去。悟了老和尚正拿着剪刀在修剪花草。只见他手中的剪刀上下翻飞，此起彼落。一些花草的枝条随着剪刀的飞舞落入了尘埃。

可老和尚在修剪花草上不按常理下剪，明明是很茁壮的枝条他却剪去，但对一些枯枝浇水施肥，格外照顾。还有的明明长得很茁壮，他却把其连根拔起，移栽到泥盆中。最令闵秀才百思不得其解的是：悟了老和尚用锄在没长任何花草的空地上锄来锄去。他没问为什么，只是把眉头拧得越来越紧。

当闵秀才的眉头拧得像根绳的时候，悟了老和尚开问了：又是为学子们的事来的吧？

闵秀才没有说是也没有说不是。老和尚知道他说准秀才来此的目的了，继续说：世上万事，皆归一理。作为先生和花匠，实际上是在做着同一件事啊！

闵秀才还是没有吭声。

老和尚说：我照顾花草，等同于你教育你的学子。人是怎样培育的，花草也应该是那样的。

闵秀才摇了摇头说：师父所言差矣。花草树木是静止不动的植物，你给它水分、阳光、空气和养料，它就会茁壮成长。它又不会跟你调皮，和你玩心思啊！

老和尚说：世上万物道理都是相通的。实际上都是一样的。

秀才没有吭声。悟了老和尚知道秀才这是不服呢，就笑了笑说：照顾花草和培育学子一样。你也看到了，刚才我把那些看似繁茂，实际上是生长错乱不合规律的花草，剪其枝蔓，去其杂叶，目的是免得它们浪费养料，只有这样，花草才会发育得好，才会按人们的意愿长成人们喜欢的样子。这就好比使那些年轻的学子们收敛气焰，去其陋习和恶习，把自己的成长纳入正道一样。

闵秀才听到这儿没有说啥，只是两眼望着悟了和尚。和尚知道，他的话已把秀才打动了。和尚接着说：知道我刚才为什么把这株发黄发瘦的牡丹连根拔起栽入这个泥盆中吗？这个泥盆中的土壤我是就这株花一年所需要的养料按粪土和腐殖物的比例的多少配制的。目的是使这株花儿离开这个不适宜它生长的贫瘠土地，去接触这适宜它生长的沃土。这就好比使你的一些生活在乌烟瘴气中的学子离开其不良环境，到良好的环境中接触良师益友，获得更高的学识一样。知道孟母三迁的故事吧？

闵秀才点了点头。

悟了说：昔日孟母为了给小孟子寻找一个好的生活环境，三迁其家。

后来孟子终于成为了一代大儒。可见，环境对学子的影响是多么的重要啊！

闵秀才说：你说的这些我都能明白，但我不明白的是，你为什么要给那些枯萎的花木浇水。

悟了和尚说：给枯木浇水，实在是因为那些花木的枯萎，看似已死，实际内里却蕴藏着无限的生机。你看，悟了和尚怕闵秀才不相信，用手掐断了一枝看似枯死的花枝，就见断处正沁出新鲜的汁水。悟了和尚说，这叫皮死心不死。就好比一些调皮捣蛋的学子，不要以为他们是不可救药的，对他们灰心放弃，要知道人性本善良，只要悉心照顾，用法得当，终能使其得到重生。一位先生，教育出栋梁之才固然重要，但我认为，如果一位先生能使一些不可救药的学子得到重生，成为社会的有用之才，那是无量的功德啊！

闵秀才说：我明白了。

悟了和尚说：我知道你刚才为什么把眉头拧得那么紧。你是对我在这些空白的土地上锄地不理解。我这样做，是为了松动硬土。因为土里有我种的花种，土壤松动了，那些等待开花的种子便能萌芽，便能成长。这就好比那些贫苦而有心向上的学子一样，你帮助他们一下，他们就会破土发芽，开出鲜艳的生命之花啊！

闵秀才听到这儿给悟了和尚深深作了一揖，说：谢谢禅师，我知道自己该怎么做了。说完转身要走。悟了和尚说了声：慢！

闵秀才回过身，悟了和尚说：你跟我来！

闵秀才随老和尚来到斋房。悟了和尚指着装满水的木桶和一个小茶罐对闵秀才说：你用木桶里的水把这个茶罐灌满。闵秀才看了看悟了和尚，和尚的目光很慈祥。闵秀才就把木桶歪着，往小茶罐里倒水。茶罐不大，容积只有木桶的四分之一，但口小，不好灌。就有很多的水洒出来。秀才抬头看了看老和尚，老和尚正仔细地看着他手中的水桶。秀才只好继续灌下去，等到把木桶里的水都倒光的时候，茶罐才灌满。闵秀才看着地下的水，有些不好意思，说：你看这水洒的，一斋房都是，

悟了和尚却没管脚下的水，只是说：我让你用水桶往茶罐里灌水是想

告诉你，要想灌满这一茶罐，那得需要这一桶的水啊！面对你的学子们，要想传授给他们一茶罐的知识，你没有一水桶的学问那是不行的啊！不然，你这位先生就是误人子弟啊！这是……

闵秀才一挥手打断了悟了和尚的话，说：师父，你不要说了，我知道你要说什么，你放心，我会永远记住你的话的！说着抬头看了看太阳，说，我该走了，孩子们要来上课了！接着施了一礼，走了。

望着闵秀才急匆匆的背影，悟了和尚双手合十，很响地诵了声：阿弥陀佛！

莲花的心愿

悟了禅师去南方云游时带回了一株花。是菊花。花是黄色的，碗口那么大，风一吹，花瓣就颤颤地抖，就有清香从瀑布一样的花瓣里缓缓地溢漫出去，涌满了寺院。一个寺里就都是菊香了。香很清淡，很能滋润人的心。闻着这香，就会觉得很暖和，很熨帖，阳光似的。心里的一些苦啦或痛啦，就会觉得远了，淡了，空了。

这种菊花比别的品种开得早。才八月半，花就开了。一开，菊香就像洪水一样地漾，先是一个寺院都是菊花的香，后来，寺院盛不了，就向山下淌去。一直流到山下的镇子上。

循着香，很多人来到了寺里。他们先给佛祖上香，把刚收获的鲜果供到佛案上。然后来到后花园。看着这满院的菊花，眼里满是激动，嘴里不停地说美啊，好美啊。了空小和尚就跟着说：是美，是好美。悟了禅师只是跟着念：阿弥陀佛，阿弥陀佛啊！

闵秀才也是循着菊香来到的寺院。闵秀才这次没皱眉头，和普通的香客一样，眉宇间有着激动和兴奋。悟了禅师一看闵秀才在不停地抽搐着鼻子，就在心里笑了。可这笑没有流露出，只是诵了句：阿弥陀佛。

闵秀才来到后花园，看到了满院开得如火如荼的菊花，惊呆了。悟了禅师问：你闻到了？闵秀才拼命吸着鼻子说：闻到了，我闻到了。真香啊！悟了禅师问：好看吗？闵秀才说：好看，好看。好看死了！闵秀才就走进了花丛里，嘴里不停地说：美啊，真美啊！听闵秀才这么说，悟了禅师脸上的笑就很滋润，很醉。闵秀才在花丛里转一阵，看了看天说：哎呀，该去学堂了！接着闵秀才说，真不舍得离开啊。真美，真美啊！悟了禅师点了点头。闵秀才欲言又止，最后不好意思地说：禅师啊，我想——

悟了禅师念了一句佛号说：你不要说了，我知道你要说什么。闵秀才有些不好意思，问：可以吗？禅师说：我早就给你准备好了！说着禅师领着闵秀才来到一株开放得生机勃勃的花儿旁说：这是园里花蕾最多、开得最壮的一株。把它送给你，但愿它能给你们师生带去清新和欢乐！

闵秀才听了深深施了一礼说：谢谢大师了！

接着悟了禅师就向闵秀才交代关于育养菊花的一些花经，像开春栽根、五月扦插的繁殖法了；像怎样捉虫、怎样施肥、怎样摘采、怎样孕蕾的管理了，禅师说得清楚而认真。禅师说：花儿是有灵性的，你对它好，它就会给你开出最美的花来报答你。你对它不好，它就会用它的枯萎来回答你啊！

闵秀才说，大师，我明白了。我一定像对待学子一样来对待这株菊花！

悟了禅师听了之后对闵秀才深深施了一礼说：我代这株花儿谢谢你了！

闵秀才说：禅师啊，你这是在折杀我啊！

悟了禅师摇摇头说：施主啊，我是真的谢谢你啊！

闵秀才知道禅师说的是真心话，就看了看手中的花说：那，那我就回了！说完双手捧着菊花回学堂了。

闵秀才一要开了头，前来向禅师讨要菊花的香客就多了。他们都先夸菊花好看，接着就向禅师说想要一株栽在院子里。禅师都答应了，就把他们领进花园里，用花铲剜出，包好，然后像对闵秀才一样把怎样管理菊花的一些技巧都交代一番。香客们都点头说，放心，我们一定会好好照顾这株花儿的。悟了禅师就很高兴，就对香客们施礼，说是代表花儿谢谢你们。禅师的这一谢，弄得香客们都很感动，他们都像闵秀才一样捧着花儿回去的。

来要花的人接二连三，禅师都一一满足。在禅师眼里，这些人一个比一个亲近。最让了空小和尚不解的是，一个乞丐来讨花，师父也和那些香客一样给。小和尚本来对师父送花就有想法，但碍于香客们都是寺庙的施主，也就把一肚子的想法憋心里了。可给乞丐花儿，他穷得家都没有，往哪儿栽啊?

悟了禅师说:乞丐虽没土地,可他有心啊!

了空小和尚不懂。

悟了禅师说:有的人是用土养花,可有的人是用心养花。用土养花的人是为了眼的激动,而用心养花的人是为活着的欢乐啊!

小和尚低下了头。

花园的花儿就这样被香客们都要走了。当最后一株花儿被香客捧走之后,小和尚看着散发着新鲜泥土气息的空荡花园,想象着原来满院的生机和芬芳,再也忍不住了,"哇"的一声哭了。

悟了禅师问:怎么了?

小和尚手指着这像没有了阳光一样空寂的花园说:本来,这里该是一院菊花的,我们该是一寺菊香的!

悟了禅师念了一句佛号说:孩子啊,菊花开在我们寺里,我们是一寺菊香,而我们把菊花送给施主们,三年过后,那可是遍村的菊香、遍镇的菊香、遍野的菊香啊!

看着师父脸上那盛开得像菊花一样的笑容,了空小和尚心里一颤。是啊,遍村、遍镇、遍野的菊香,那可是比一寺菊香大多了,也香多了。那是一个天地都是菊香啊!他知道自己错了,低声叫了声师父。

悟了禅师说:孩子,与大家一起共享美好的东西,即使自己什么也没有,心里也是快乐的。因为这才是真正的快乐,这才是真正的幸福啊!

天一入冬,悟了禅师去了山下一次,来时背回了很多人们丢弃的菊花。禅师把这些枯萎的残花重又栽到花园里。了空小和尚很生气,一边帮着师父干活,一边说:他们也太势利了,花还没败呢,他们就把它们丢了呢!

悟了禅师说:别怪他们,俗世的人都这样。

了空小和尚说:难道他们都这样就对了吗?

悟了禅师说:孩子啊,这就是我们要度人们的原因啊!

小和尚不懂,问:师父,咱们这样栽好培育好,你明年还会再送人吗?

悟了禅师说：送啊！

了空小和尚说：师父，你，你怎么这样呢？你是不是太蠢了？

悟了禅师摇了摇头。

小和尚问：师父，这，这，这到底为什么？

悟了禅师看着佛堂的佛祖说：孩子，能让满村遍野荡漾着菊香，这是佛祖的心愿啊！

了空就向佛堂看去。可他眼里只看到墙。

小和尚就对着佛的方向，双手合十念了句：阿弥陀佛！

莲花的微笑

无尘法师是空空寺的一位智能出众的禅僧，在方圆百里的名山寺院里，提起他，无人不晓，不论机锋，还是禅语，都是人们数大拇指的。但无尘喜欢斗禅。只要他知道哪座山上有高僧，他一定去找其斗智。为此，他也成了各大寺院高僧们最头痛的一位。

无尘和尚听说悬心山净心寺的悟了和尚是位开悟的高僧，他决定去净心寺，找悟了交换心智。说到底，是去找其斗禅的。

是春日的一天，仆仆风尘的无尘法师来到净心寺。可巧，悟了和尚云游去了，不在。无尘叩响了山门。了空在。了空是个小和尚，十四五岁的样子，刚出家。头上的戒疤还没好利索呢！了空问：师父哪里来？

无尘说：千里之外的空空寺。

了空问：师父挂单吗？

无尘点了点头，接着问：悟了禅师在吗？

了空说：不巧得很，师父一开春就云游去了。请问，师父有什么事需要我帮忙吗？

无尘看了一下了空小和尚，眼里满是不屑，接着就哈哈大笑。

了空说：师父笑是为何？

无尘说：出家人不打诳语，我是笑你不自量力。你一个乳臭未干的小孩子，你能帮我什么？

无尘这样说自己。这是明显的看不起人呢！了空就把胸脯一挺说：你别看我年纪小，可我的智能并不小呢！一些事我能替师父代劳呢！

无尘看了空小和尚自信的样子说：真的？好，那你就回答我一下！说着用手比画了一个小圆圈。

了空看了一眼无尘和尚，心里的气一下子起来了。他想起给师父说过的话。他既出家，就和以前一刀两断。把以前在俗世的事都忘了，永不再提起。可这个和尚一比画就把他以前做什么的比画出来了，这不是明摆地揭我的疤吗！可气归气，回答还是要回答，你不是给我来哑谜吗，谁不会！了空摇了摇头接着摊开双手，画了个大圆圈。无尘心里一惊，接着他又伸出一个手指。了空小和尚一看，嘴角露出轻蔑的一笑，伸出了一只手五个手指。无尘法师心里更惊了，他忙伸出三个手指。了空一看，用手在眼前比画一下，接着哼了一下！

　　比画到这儿，无尘头上冒汗了。心想，都说悟了禅师厉害，果真不假啊！就这么个小和尚，智能就这么高，那悟了老和尚还不高到天上去。无尘抹了一把头上的汗，他对着小和尚诚恐诚惶地跪下来。了空却吓了一跳，想，这个大和尚咋回事？怎么给我下跪？转念一想，就你刚才那盛气凌人的样子，你跪就跪吧，就当你为你刚才的不敬向我赔礼。无尘和尚顶礼三拜，拜完起身要走。就在他一转身的时候，和一个人撞在了一起。那人不是别人，而是刚刚云游归来的悟了禅师。

　　悟了禅师诵了句佛号：阿弥陀佛！

　　无尘见是一个满身风尘的老和尚，愣了一下。这时小和尚惊喜地叫了一声：师父，你回来了！听小和尚这么叫，无尘知道这个老和尚不是别人，而是他千辛万苦跋山涉水要寻的悟了和尚。忙上前唤了一句佛号：阿弥陀佛！大师可是悟了禅师？

　　悟了问：正是老衲。师父是？

　　无尘说：我是空空寺的无尘。

　　悟了说：可是那机锋敏锐的智能禅师无尘？

　　无尘说：惭愧啊，惭愧！我的那点机锋哪敢称得上敏锐？和尊寺的小师父比，我都不如。大师这么说，可是笑话我啊！

　　悟了说：空门中人，哪个不知无尘禅师？禅师今天怎么说出这种话来？

　　无尘说：也许在没进寺门时你这么说，我会信。可自从和这位小师父斗了一次禅后，无论怎样我都不敢这么说了。我现在明白了什么叫人外有人,天外有天了!

悟了笑了说:禅师可从来不是这么谦虚了,如何变的,可否说来让老衲听听?

无尘就说了自己怎样千里迢迢来净心寺找其斗禅,怎样被小和尚的话激起,和小和尚斗起机锋。他说:真没想到啊,这位小师父的机锋是如此了得。

悟了说:可否说明白一点?

无尘说:我用手比了个小圆圈,向前一指,我的意思是问他:你说你的智能不小,你的胸量有多大?没想到小师父摊开双手画了个大圆圈说自己的胸量有大海那么大。我又伸出一指问他自身如何?他伸出五指告诉我受此五戒。我再伸三指问他三界如何?他用手指了指眼前说三界就在他的眼里。一个刚刚受戒,且戒疤还没好利索的小和尚就有如此机锋,回答这样巧妙,我无尘是输得心服口服了。

悟了听了念了一句佛号:阿弥陀佛!

小和尚过来了说:师父,他说的什么三界五戒的,我一句也听不懂。

无尘听了脸长说:什么?你不懂三界五戒?那你为什么这样回答我呢?说着无尘用手比画着小和尚刚才的手势。

小和尚说:我在俗世是个卖烧饼的,我现在入了空门,最讨厌别人勾起我的过去。你的眼很毒,一眼看出我以前是卖烧饼的。你用手比画个小圆圈说我当时卖的烧饼只有这么大。我摊开手告诉你我卖的烧饼其实是这么大的!你伸出手指问我一个铜钱卖吗?我伸出手指告诉你五个铜钱才能买一个。你给我讲价,伸出三个手指问我卖吗?我想你这人不地道,这么大的饼子,三个铜钱连本都不够呢!我就比了比眼睛,怪你有眼不识货。没想到你给我跪下了并向我三拜。我想谁让你一上来就看不起我呢,你拜就拜吧,就算对你不尊重的惩罚吧!

悟了听了哈哈大笑。再看无尘,只见他满脸的痛苦,喃喃地说:怎么会是这样呢?

悟了说:世上万物,一切皆禅啊!

无尘还是不理解说:怎么会是这样的啊!

悟了说：世上的东西就是这样，你把它看成简单它就是简单，你把它认为复杂它就是复杂。复杂和简单是我们自己施加给它的，这也就是我们为什么感觉活着沉重的原因了。说着悟了望了一眼莲花上的佛祖说：知道佛祖为什么面带笑容吗？

无尘摇了摇头。

无了说：他是在笑我们啊。笑我们皱着眉头在思考、在痛苦。其实世上本无事，是多事者在自扰之。

无尘猛然感觉到他的脑中开了一道门，有很强的阳光照进来。无尘说我明白了，我明白了！

他转脸去看莲花上的佛祖，那微笑更亲切更博大了！再看悟了禅师，正对着佛祖，在诵经。他忙双手合十，诵了句：阿弥陀佛，我的阿弥陀佛啊！

莲花的家乡

那是春日的一个阳光明媚的日子，张三、李四和王五三位居士来到了悬心山上的净心寺。三人满脸的愁云，像是六月的梅雨天。当时了空大和尚正在佛堂打坐，三位居士进了佛堂纳头便拜。说：师父啊，请给我们指点迷津呀！

了空和尚睁开眼，看了眼仆仆风尘的三位，问：你们哪儿有迷惑呢？

三位居士问：师父，我们怎样才能让自己活得快乐呢？

了空和尚听了说问得好啊，问得好啊！接着诵了一句佛号：阿弥陀佛！然后说：我先问一下你们三个，你们活着到底为什么？

张三第一个回答：师父，因为我不愿意死，所以我活着。

了空和尚听了点了点头说：是个不错的理由。然后又问李四：你呢？

李四说：师父，我现在还是个光棍，我想我一定能找个女人，找到属于我的爱情。我活着是为了自己到老了能享天伦之乐，我常常想，我老的时候，儿孙满堂，我一定会比现在快乐，所以，不论如何，我一定得活着！

王五说：师父，我和他俩不一样，我活着是因为我上有老，下有小，他们都得需要我养，不论如何，我不能死，我要是自己出了一点问题，他们可都要完了呀，我说什么也得活着！

了空和尚听了笑了笑说：你们当然不会快乐。因为你们活着，由于惧怕死亡，由于在等待年老，由于迫不得已的责任，所有的这些，就像一个人爬山，你如果是为了观看风景，你身上什么负担也没有，你就会一身轻松地登上峰巅。看到世间最美的景致，那时的心情是何等的快乐啊，是多么的幸福啊。可你们却是背着重负登山，你们走得嘴干舌燥，早已被重负压得筋疲力尽，再美的景致在你们的眼里也变得没有味道了。也就是说，你们不快乐的原因是迫不得已的责任，而不是由于自己真正的理想和责任，想一想，活在尘世上的人如若失去理想和责任，能过得快乐吗？

三位居士听了了空和尚的话，都点了点头说：师父，你说得太对了。的确是这样的啊！接着，他们又问了空和尚：师父，我们怎样才能过得快乐啊？

了空和尚说：要知道你们怎样才能过得快乐，我首先要问你们一个问题，那就是你们想得到什么才会快乐呢？

张三说：我认为有声誉就会快乐。

李四说：我认为有女人我就会快乐！因为她能给我爱情，给我生儿育女。

王五说：我现在迫切地需要钱，我认为有钱我就能快乐！

了空和尚听了哈哈一笑：只要你们有这些想法，你们永远就不会快乐的。

三个人问为什么？

了空和尚说：当你们有了名誉、爱情和金钱后，烦恼和忧愁就会跟在它们的后面占有你们。你们有多大的名誉和金钱，你们就会有多大的痛苦！

三个人听了都很失望，就跪求了空和尚明示。

了空和尚说：如若你们要想快乐，你们一定要改变观念，要学会在不快乐中创造快乐。金钱布施捐赠了才有快乐，爱情要肯奉献才有快乐，名誉要用来服务人们才会有快乐，因为，你那样所做的一切，都是在你们快乐的田地里栽种幸福的苗，你做了一件好事，你就种了一株。做得越多，你就种得越多，你拥有的快乐也就越多。反之，你所想要拥有的东西越多，你的烦恼就越多啊！因为那是负担啊！

三人皆如醍醐灌顶说：我们明白了。我们明白了。

听了了空和尚的开示，张三居士的心里非常清凉。张三居士的家住在山下不远的村子里。为了表示对佛的虔诚，他回家后专门在山坡上开垦了一片地，种上了很多花草。每天早上他要做的第一件事就是到花园里采摘鲜花到寺院里供奉。有一天，当他把鲜花刚放在佛殿上时，碰巧了空和尚从法堂里来了，了空和尚看到佛像前面的鲜花，响亮地诵了一句佛号：阿弥陀佛！张三见是了空和尚，非常恭敬地站在了一边。

了空和尚问：佛堂上的鲜花是你供奉的吗？

张三点了点头。

了空和尚说：依经典上的记载，常以香花供佛者，来世当得庄严相貌的福报！

张三听了不光没有高兴，反而疑惑地说：自从听了师父的开示，我对一些事物就有了一些新的心得。供奉佛祖，这是我应该的。我每次来寺里礼佛时，因为心中有了佛，就觉得心里非常的清凉，像水洗的一样。可一回到家里，面对着家中种种纷杂的家事，心情就烦乱了。师父啊，我如何在烦嚣的尘世中保持着一颗清净纯洁的心呢？

了空和尚说：你以鲜花献佛，相信你也明白一些花草的知识，我问你，你一般是怎样保持花儿新鲜的呢？

张三说：保持花朵新鲜的方法莫过于每天要勤换水，并且在换水的时候把花梗截去一截，因为花梗的一端在水里容易腐烂，一腐烂就不吸收水分了，花就容易凋谢了。

了空和尚听了说：施主说得太好了。其实，保持一棵清净纯洁的心和花儿的保鲜是一样的啊。我们的生活环境就像瓶里的水，我们每个人其实就是花。唯有不停地换水，剪掉我们腐烂的部分，不断地净化我们的身心，变化我们的气质，不断地自我检讨，改进陋习，我们才能不断地吸收到大自然的精华，使自己像花一样保持着鲜艳和芬芳。

张三听了说：师父，我明白了，我明白了。张三对了空和尚说：谢谢师父的指点，我最近正想来寺里过一段寺院里禅者的生活，真切地享受一下晨钟暮鼓、菩提梵唱的宁静。

了空和尚说：施主你所说的那只是在追求一种外在的形式，说起来，寺院里又何尝不嘈杂呢。只是换了一种方式而已。施主啊，你是一个有慧根的人，你要时时刻刻记住：你的呼吸就是梵唱，你的脉搏就是钟鼓，你的身体就是寺宇，你的两耳就是菩提，无处不是宁静。施主，心静自然静，心浮尘嚣躁，又何必要到寺宇里来找呢？

张三猛地给了空和尚跪下了，说：谢谢师父。

了空说：施主，其实你谢老衲，老衲可担当不起，因为是你自己的心智让你找到了宁静。你应该谢的是你自己啊！你自己给自己找到了家乡！那是莲花的家乡啊！

说完，了空和尚看了一眼端坐的佛祖，深深地念了句：阿弥陀佛！

一路莲花

莲花的答案

　　张居士吃斋念佛，为的是一心开悟，做个世间的明白人。他知道悬心山净心寺里有一高僧，就专门去求。那是六月天，张居士来到悬心山下的一个镇，正好赶上下雨。雨是雷阵雨，下得很急，也很大。张居士就站在一个店铺的屋檐下避雨，雨越来越大，丝毫没有停歇的意思。若不下这场雨，张居士本打算下午就能到净心寺的，可一下这个雨，如若赶到寺里，也得到晚上了，那样，山门也就关了，他得不可避免地在外面住一晚上。张居士心里很急，巴不得此时马上就到寺里去。可巧在这时，张居士看到一个和尚打着伞从后面悠悠地走来，在往山上去。等和尚来到自己身边时，张居士就喊住和尚说："师父，普度一下我吧，带我去净心寺好吗？"

　　和尚问："你去净心寺求什么呢？"

　　张居士说："师父，我去求悟去！"

　　和尚听居士这么说，心想我先试他一试，看他的悟性如何。就说："我在雨里，你在檐下。而屋檐下无雨，你不需要我度！"

　　张居士一听和尚说得在理，就走出屋檐，站到了雨里。心想，我现在已站到了雨里，看你和尚还能不带我一程。就说："师父，我现在已在了雨里，你该度我了吧！"

　　和尚知道这个居士一样的人在逼他的机锋，就随口说道："你在雨中，我也在雨中，我不被雨淋，是因为有伞给我遮雨，你被雨淋，是因为没有雨伞给你遮雨。所以不是我度你，而是伞度我。你要想被度，不要找我，你应该去找伞啊！"

　　张居士一听说我明白了。和尚问你明白什么？张居士说我明白我怎样不被雨淋了。和尚说："明白了还在雨里站着，还不快点去买伞！"

张居士买了雨伞就跟在和尚身后，两人一前一后往净心寺里去了。

来到净心寺之后，张居士才知道原来和他同行一路的和尚就是净心寺里得道高僧了空和尚了。居士就有些不好意思，他看着自己空空的双手，要是不下雨，他本打算在下面的镇子里买一些供品的，一下雨，自己光急慌慌地往山上赶了。就不好意思地说："师父，我空手而来！"

了空和尚正在打坐，他一听声音就知是张居士，就说："你放下吧！"

张居士听了一愣，和尚这是在说什么话，就解释道："师父，我可是两手空空来的啊，你要我放下什么啊？"

了空和尚随口说："你既不肯放下，那么，你带回去好了！"

张居士更是不解，说："我什么也没带，师父你让我带什么回去啊？"

了空和尚说："你就带你那个什么都没有的东西回去好了！"

张居士不解了空和尚的禅机，他也知道，了空和尚现在正在开悟他，但和尚的话他太难理解，不禁自语道："没有的东西怎么好带呢？没有的东西我怎么带呢？"

了空和尚唤了一声说："你不缺少的东西，那就是你没有的东西；你没有的东西，那就是你不缺少的东西啊！"

张居士说："师父啊，我怎么越听越迷惑呢？你给我明说好不好？"

了空和尚无奈地说："施主啊，我和你这般饶舌，目的是唤起你的佛性。可惜你没有佛性，虽然你并不缺少佛性。你想开悟，但你对一些固有的俗念既不肯放下，又不肯提起，我不知你到底是没有佛性呢，还是你不缺少佛性呢？"

张居士问："师父，你说我该怎么做？"

了空和尚又叹了一声说："一切随缘吧！"

张居士就在寺里住下了。了空和尚就让张居士去藏经阁里看护经卷。在看护经卷的过程中，居士读了大量的经书，明白了很多的事理与玄机。但有一样他自始至终不明白，那就是经典上所说的地狱和天堂。因此他对地狱和天堂产生了深深的怀疑，在人世间，哪里有什么地狱和天堂呢？于是在了空和尚一次说经的时候，张居士把自己的疑问说给了空和尚。

了空和尚没有回答他有没有天堂和地狱，只是说："你能思考这个问

一路莲花

题，这说明你的心界宽了，比以前大了。"了空和尚接着吩咐张居士去外边的潭边提一桶水过来。

当张居士气喘吁吁把水提到了空和尚面前时，了空和尚指着水桶说："你仔细地看着水，只要你聚精会神，不一会儿你就能在水桶里发现你想找寻的东西。"

张居士听空和尚这么说，就两手把着水桶的边，全神贯注地看水。桶里的泉水清亮透明，什么也没有。张居士才想起身问了空和尚我怎么什么也没发现，就在这时，来到居士身后的了空和尚猛地出手，把他的头按到了水里。张居士拼命地挣扎，了空和尚就是不放手。就在张居士痛苦得喘不过气来的时候，了空和尚松了手，在水中差一点窒息的张居士呼呼地喘着粗气，非常生气地责骂了空和尚："还是得道高僧呢，你咋能做这样的事呢？你知道不知道，你把我按在水桶里，我不能喘气不能说话，那痛苦的滋味就像在地狱里一样！"

了空和尚一点也不生气，只是问："现在，你感觉如何？"

张居士长出一口气，又美美地吸了一口气说："现在，我能自由吞吐呼吸，这感觉美极了，就像在天堂里一样美妙！"

了空和尚说："只一会儿的时间，你就把地狱和天堂都逛完了，你为什么还不相信天堂和地狱的存在呢？"

张居士猛然间发现他的心开了一条缝，正有一丝光照了进来。他知道那是智光。张居士就对着了空和尚念了一句佛号："阿弥陀佛。"

了空和尚就笑了，像莲花一样，都是答案。

老公就是前世葬你的那个佛

她和他是自由恋爱结婚的，当时他们都觉得对方是自己的另一半，今生可找到了，就非常珍惜，所以就爱得很结实。后来就有了孩子，两人就把自己的感情重心往孩子身上转移，给对方就没以前多了。孩子大了，会缠人了，一缠，把她的温柔就缠去了不少，她就开始有些脾气了，开始小，小着小着就大了。他就觉得她变了，真的，变得都不是她了，是别人了。她也觉得他不是以前的他，变得婆婆妈妈没点阳刚味了，男人没了男人味，还是男人吗？她想不是。绝不是！她就想让他有点男人味，可他就不争气，依然故我，她就感到很生气也很失望。

于是就有了第一次争吵。当然起因不是因说他没男人味，而是生活中的一些很平常的鸡毛蒜皮。事小得不值得吵，最大也是介于两人可吵可不吵之间，可两人却谁也没让谁地吵了，吵得生机勃勃兴趣盎然。吵完后两人都觉得真好，可把心里憋了多少天的怨气和委屈都倾泻出去了。爽啊！

任何事只要有了一，就有二，有三。有了开始，就会有发展。就像一出戏。人生就是一出戏，婚姻也是一出戏。他们的争吵就有时低沉有时高昂，在日子的行进中，他们两人都感觉到，争吵就似一块海绵，慢慢吸干了他们的激情和亲情。他们就感觉到了累。唉，好累啊！

每次争吵完，当他们看着对方那青蛙似的模样时，总是感觉他（她）怎么是这么的丑陋啊，当时怎么会看上他（她）啊，是瞎眼啊！嗯，是真瞎了！

一这样想，心里就豁然开朗了。就想，这是他们唯一的结局啊！

刚开始他们不好意思提，毕竟有孩子，并且孩子还不大。后来孩子大了，孩子有承受能力了，他们觉得这个话题可以作为打击对方的一记重拳了，就先从她口中说出来了：没想到，没想到啊！他根本不示弱，他说，离就离，谁怕谁啊！

她毕竟觉得他们还没到非离不可的地步。她那一次先低下了头，她说，我怕了你还不行，咱们不吵了好不好？他一听她这么说也就不再说什么了。

但吃一锅饭，睡一张床，舌头和牙这么近有时不经意还咬一口呢，别说两口子了。两口子是什么啊，是前世的冤家啊。老俗语，不是冤家不聚头，聚在一起，就是来讨前世对方欠自己的。

孩子一大，他们就吵得无所顾忌，该吵的时候也吵，不该吵的时候也吵。有时就感觉，一天要是不吵这么一架，这一天就过得很空，白过了。

刚开始吵的时候，邻居们还劝，后来邻居们习以为常了。有时他们不吵，邻居们倒觉得不正常，就相互打听咋回事，太阳从西边出来了？知道的就说，女的回娘家了或男的出差了。大家就相互一笑，把各自悬着心放回了心窝。

直到有一天他们觉得不能再这样过下去了。那一次，他们没有吵。他说，离吧，啊?! 她说：好啊！我早就盼着这一天了！

他们真的去了离婚处。

离婚处里的一位五十岁左右的中年男人接待他们。中年男人说你们来了，他点了点头。她说来了。中年男人给他们倒了矿泉水放到他们跟前说，喝吧。然后说，还是离了好。但得说说，因为什么离啊？

她先说的，说了好多，比如这，比如那……他也说了很多，当然了，不是她的优点。中年男人又问女的，你说真心话，他有优点吗？她看了看他，沉思了一会点点头。中年男人笑了笑说：说说，都是什么地方啊？她目光窃窃地说，不抽烟了，不喝酒了，很顾家了，在家里什么活都干了，还有……中年男人止住了她，不要说了，这些就够了。中年男人又问男的，她有优点吗？你也说说。他看了看她，脸就有些红了，说，凭良心说，她的优点是有的，孝敬父母，会过日子了，做事不拖拉，疼孩子了……中年男人摆摆手说够了够了，有这些就够了。

中年男人说，我有个孙女今天五岁了。每天起床她常爱打开窗口向窗外看，因为我家住在公园旁边的楼房里，是二楼。一开窗口就能看到公园里的花，闻到扑面而来的花香。可就在昨天早上，我正好在家歇星期天的，我正在看书，忽然听到在窗口旁传来孩子的哭声。我忙跑过去，问怎么了？孩子指了指她打开的窗口。我到窗口一看，原来窗外对着闹市，有一屠户在杀羊。屠户嘴里横咬着刀子，羊在绝望地喊，他正把闪着亮光的刀子往羊的脖子上插……我忙把那扇窗户关上了，接着又打开旁边的另一扇。盛开的鲜花和浓浓的花香扑面而来。我把孙女拉到窗前，说，孩子，你开错窗口了，你看，窗外的这些花儿多美啊，蝴蝶飞得多美啊！孙女看着花和纷飞的蜜蜂蝴蝶，小脸上马上盛开了笑容。她对我说，爷爷，好美啊！好美啊！孙女说，爷爷，要是奶奶和我一起在这儿看，你说多美啊！我说是的！

女的像想起什么似的问：孩子的奶奶呢？中年男人脸红了一下说：她在别的地方住。嗯，在儿子那边住。说到这儿稍停了一下，然后喝了一口水换了话题说：其实你们俩和我小孙女一样，在观看对方的时候，都开错了自己心的窗口啊！两人不解。中年男人说：每个人都有优缺点，自己的爱人也是一样的。如果把目光都放在爱人的好上，那爱人就是完美的，是值得深爱的；如果把目光放在爱人的缺点上，那他（她）就是这个世界上最值得丢开的人。婚姻中的男女，一定不能开错心的窗口啊！不然婚姻就危险了，就会和我的小孙女一样会泪流满面的。中年男人说到这儿话锋一转说：你们两人都还知道对方的优点，这就说明你们还都念着对方，只是因吵架，吵得光想对方的孬了。一旦过了气头，对方的好就又回到你们的心里。你们只要和我小孙女一样打开另一扇窗口，你们就都会看到爱情中最美好的风景，婚姻中最美丽的景色。

两人的脸红了，都低下头。她像想起什么似的问：都说两口子是前世的冤家，是不是啊？

中年男人没有说是也没说不是，只是说，给你们说一个故事吧，这是我听一个朋友讲的。说的是有一个女孩到海里游泳淹死了，后被海浪冲到海滩上，女孩就赤裸着躺在了那儿。第一天有一个男人从沙滩经过，他看了一眼女孩的身子，就装着什么也没看见，走开了。第二天又有一个男人从这儿路过，他看到了女孩，轻轻走到尸身边，叹了一口气，把自己身上的衣服脱下来，盖在了女孩身上，然后就离开了。第三天，又来了一个男人，那是一个和尚。他看到了女孩，和尚来到了女孩身边，他先给女孩念了超度的经，念后用手在沙滩上挖了一个坑，把女孩埋葬了。后来，女孩又转生到了今世，她又遇到了在海滩上遇到过的三个男人。第一天遇到的那个男人他们在茫茫的人海中擦肩而过；第二天遇到的是那个为她叹息并脱下衣服盖住她的男人，他们好好爱了一场，最后又各奔东西了。后来她嫁给了亲手埋葬她的那个和尚，做了他的妻子。

女人说，那个男人可是个和尚啊！

中年男人说，是啊，正因为那个和尚葬了她，所以才成了女人的丈夫，因为今世的男人是女人前世的佛啊！

女人听到这儿泪哗地掉了下来，她握住丈夫的手说，对不起，对不起啊！

丈夫也紧紧地把妻子的手握住说：该说对不起的是我啊！

之后他俩就一起给中年男人深深鞠了一个躬，然后牵着手肩并肩地离开了。看着两人越来越小的身影，中年男人眼里滚出浑浑的泪，他暗暗下定决心：不能再不好意思说了，今天下班，他一定要踏进他久违的那扇门，把他今天讲给这对夫妻的话给孤独的孩子奶奶讲一遍。他明白，他的她会感动的，一定会重新挽起他的手的。

他坚信：会的。一定会的！

我们的佛

佛　心

一日，佛在打坐，菩提树下来了三者：名、利、权。三者围石桌而坐。权曰：多日不见，今日难得一聚，一醉方休，如何？名利齐赞同。利看二者皆两手空空，曰：无酒，怎个醉法？名手指菩提树下的智慧井曰：那里盛的不是世上最美的酒吗？利又问：菜呢？权指着自己曰：名、利、权不是世间最美的三道菜吗？

众皆大悟，曰：妙！

权觉得有点美中不足，曰：若再来一者，就更妙了，四者，事事如意乎！

佛感到三人的喝法滋味非凡，移莲步过来，曰：我算一者，如何？

众皆欢呼曰：妙哉！

佛曰：你们三者皆拿出尘世三道最绝的菜肴，老衲也入乡随俗，献出一样。说着伸手入怀，掏出一物，鲜鲜艳艳，活蹦乱跳，是心。

四者推杯换盏，逐一品尝。佛看三者之菜鲜嫩金黄，凡心大动，便各自夹些填入嘴中，品时味美，过后，肚里异常难受，不免排出三枚臭气来。

名、利、权三者见佛心鲜红，食欲大振，皆抛箸入盘。进口皆吐，大曰：苦也！便不再问津，就吃起另三样菜肴，吃得杯盘狼藉，忘乎所以。

酒毕，唯佛心完好如出。三者齐问佛：心怎这般苦？

佛看看三者，想说说因为所以，但看三者之疑相，哈哈大笑。

佛曰：佛苦的是心，甜的是人，香的是味。

三者咋舌，只觉口内异香如兰如麝，皆大惊，忙呼佛，佛已无影。

哭 佛

很久很久以前，有一和尚，想成佛，于是，他修身养性，参禅悟玄。悟了很久，所获寥寥。和尚明白自己：一辈子只是当和尚的料了。

和尚就哭了。和尚哭得很伤心。泪也就流得很凶，像现在的自来水。哗哗的。大约流了两水缸吧。也许还多。和尚的泪流干了，和尚心里好受了很多。也明白了好多。那时和尚不想成佛了，和尚很开心。

后来，和尚成了佛。

五百年后，有位叫闵凡利的同志看三维立体画。别人两眼一斗，画就立体了。他们看得兴致盎然，热火朝天。闵凡利这位同志也想看，无论他怎么斗眼，三维画他只看到了一维。闵凡利就开始怀疑自己了：莫非患有眼疾？到医院检查，大夫曰：两眼视力均是一百五十度，何患之有？闵凡利不相信，问大夫：眼若无病，三维为何只见一维？大夫回答不上来。

闵凡利就亏。亏着亏着泪就流了。开始少，后来就凶了。闵凡利同志就开始恨三维画。就想扔掉那本三维画。可奇迹出现了：闵凡利看到了一个崭新世界，是立体的。闵凡利这家伙高兴极了。他重新斗眼，可立体世界却无声无迹了。

闵凡利就明白了，从此不再看三维画。

可后来闵凡利这家伙一闭眼就能看到立体画。真是怪事。

又过了五百年，也许还久。闵凡利的曾曾孙当了一个地方不大不小的官。这孩子一心想当个好官，想对得起五百年前的曾曾祖父那个叫闵凡利的人物。这孩子一心一意地当官，可官却当得很狼狈。当地的老百姓都骂他，骂了他祖宗八代，没有骂到闵凡利。闵凡利很庆幸。

有一天，佛光临了闵凡利曾曾孙的住处。佛说，孩子，你的烦恼我知道。那孩子一听，就忙给佛叩头。佛说，你不是当官的料。但你既选择了，这就是缘。于是佛给那孩子说了了却烦恼的妙法。那孩子听后眉头皱紧了，不做声。很久，才说，他考虑考虑。

三日后，那孩子找到佛。佛问，你考虑好了？那孩子点了点头。佛笑了。佛伸手从那孩子怀中掏出一样东西。是心。

佛说：烦恼皆由心生。从此，你可了无烦恼了。

果然，那孩子没了烦恼。官也当了很大，很好。当地的老百姓皆称闵大清官。

局长敲不开家的门

局长姓李，叫李万机，很忙。但他的官运好，原是一个乡镇的通信员，后来干了文化站长。后来又参选副乡长。后来进了城，到环保局里当科员，后来当了副局长。再后来就是局长。

刚开始进城的时候，李万机还没忘记自己是谁。再忙，回家敲门的时候，还没忘自己是李万机。妻子在门里问：谁？他说：我。妻子又问：我是谁？他说：我是李万机！妻子一听是他，就会把门打开，让他进家。

可自从李万机在环保局当局长后，就不知道自己是谁了。但有一样他记得很清楚，他是李局长。也不怨他不知道自己是谁。没当局长之前，很多人都叫他的名字。可当局长之后，叫他名字的人就少了。人们都改口叫他李局长了。李局长李局长的叫，时间一长，他就逐渐把自己的名字淡漠了，淡掉了。

可他的老婆梅花却没忘。李万机能成李局长，这一切都多亏了老婆梅花。梅花是李万机的贤内助。李万机的每一步，他老婆在背后都替他洒下很多的汗水。不然人们常说：一个成功的男人，背后都站着一个伟大的女性。梅花就是李万机身后的那个伟大的女性。

要说梅花的伟大，那还得说她身后的一个人。梅花能有这么聪明，这多亏她的母亲。她母亲虽是个小脚老太太，却是一个很睿智的老人。说一件老人开导梅花的小事吧。那时梅花和李万机刚结合，李万机英俊潇洒，让梅花很有些担心。她把这种担心告诉给母亲，并问母亲自己怎么才能把握住丈夫呢？老人当时住在乡下的老家，听女儿说完没有吱声，只是拉着女儿来到院子里的沙堆旁，蹲下，然后用手捧起了一捧沙。老人说：孩子，仔细看我手里的沙子。梅花就看着母亲的手，沙子捧在母亲的手里，一大捧，金金黄黄的，没有一点的流失和洒落。接着，就见母亲用力地把双手握紧，沙子当即就从母亲的指缝里泻落下来，等母亲把手张开时，原来的那捧沙子已所剩无几。留在手里的只是很可怜一小部分。梅花猛然明白了说：妈妈，我知道怎样把握我的爱情了。母亲问：说说你的感受。梅花说：爱情是不必要刻意去把握的，就像你手里捧着的沙子，越想抓得紧，握得牢，可流失得就越多，而自己真正握住得就越少。

梅花像手捧沙子一样经营自己的爱情和家庭，她一直过得很幸福很美满。可在李万机当了局长后，梅花发现丈夫不知道自己叫什么了。

梅花知道这很危险。一个人如果不知道自己叫什么，那一定是个不好的预兆！梅花把她的担心告诉给母亲。母亲听了说：孩子，你的担心有道理啊，很多的人犯错误就是从不知道自己叫什么开始的。你是妻子，你一定要让你的丈夫知道自己是谁啊！

老人接着给梅花说了一个办法。

可巧当天，李局长晚上有酒场，喝到很晚才回家。一敲门，门在里面锁上了。李局长就踢门，说：开门，快点开门！

梅花知道是丈夫回来了，故意问：谁敲门？

李万机说：我，李局长！

梅花明知故问：李局长是谁？

李万机有点生气了说：李局长是谁你不知道？是李万机！

梅花问：李万机，这个名字好熟悉，请问，李万机是谁？

这时的李万机脑子一激灵，他知道，妻子这样问他是有一些原因的，就想自从当上局长以来对妻子的冷落和自己的所作所为，头上惊出一些冷汗。他想，多亏了妻子的及时提醒啊！不然，我会把自己姓什么都忘记的。知道自己是谁，知道自己姓什么对一个官场中人那是非常重要的事啊！于是他心平气和地说：是你的丈夫！

这时，门开了，梅花站在了门口。

李万机上去一把抱住了妻子说：谢谢你，梅花！是你让我知道了自己叫李万机！

梅花说：还有，你是这个家的家长！

李万机点了点头说：对，还是你的丈夫！

拣石记

这是一个听来的故事。

说是龙山出产彩石。彩石非常非常美，中外驰名。有两个喜欢彩石的城里人，在一天的早上，各自背了一个背篓，上路了。

两个走啊走，走了很久。把腿都走细了，把太阳走到了头顶，才到龙山。

彩石真多啊，五光十色，千姿百态。

两人就认真地拣。两人中一个年长，一个年轻。年长的叫你，年轻的叫我。

我从没见过这么多的彩石，我高兴坏了。我欢呼着，拣了一块又一块。

一路拣下去，到太阳落山的时候，我拣了满满一篓。

可你却拣了一块。

其实你也拣了好多，也有满满一篓呢，可你把这些彩石都放到了一块儿，就在这么多的彩石中挑了一块，也就说是这堆彩石中最精美的一块。

咱们又在约定的地方会合了。你看我背了这么一满篓子，笑了。我看到你篓里只有一块，也笑了。

咱们两人就踏上归路了。那时太阳快落山了。

你背着背篓轻松地走。一路上走得轻松从容，不急不躁。

可我却不行了。刚开始上路时还没觉着，走着走着就觉着沉了，觉得累，就跟不上你的脚步。我只好把拣篓里不满意的彩石往外扔了。扔一块，我心疼一次。我就惋惜地对你说，你看，这块彩石多美啊！

你就笑。你就看着前边的路对我说，丢了吧，丢了就轻松了。

走了一路，我也就丢了一路。我就觉得这一路走得狼狈极了。回到城里时，我发觉背篓里只剩下可怜的几块。

我就望着你，你始终走得不紧不慢、悠闲从容。走了这么一段路，你没出一滴汗，不像我，出了一身。我羡慕死你了。我唯一感到欣慰的是，篓里剩的彩石比你的多。想到自己篓里的彩石比你的多，我心里好受了很多。

后来，咱们两人就背着篓子，各自回家了。

又过了很久。很久到咱们都老了，在一天的黄昏，是在一条小河边，咱们又相遇了。那时你领着老伴，老伴牵着你的手，你们在散步。你就看着我，我像只离群的雁，像只孤单的老鸵鸟。

我对你一笑说，活了这一辈子，累坏了，你看我背都驼了。

我就看着鹤发童颜的你，问，你为什么活得这么年轻呢？

你想给我说出原因。也许你觉得我理解不了你说的话，就问我，还记得很早以前咱们去龙山拣彩石吗？

我说，怎不记得呢！

你问，知道你的篓为什么沉吗？

我说，我拣得太多，背了满满的一篓呢！

你又问，后来你为什么丢了呢？

我说太沉了，不丢，走不回家呢！

我说到这儿显得很惋惜，我说，那些石头太好了，我真不舍得丢啊！

你就笑了。你说太美的石头太多了，你都要拣着，这就是你活得累的原因啊！

我不明白。

你说，人来到尘世，就好比咱们去龙山拣彩石，一路上，各种欲望、名利就好比一块光彩夺目的彩石。你不想放弃，所以你的背篓就越走越沉，越来越重。你也就活得越来越累，越不轻松。所以说你走了一路，就累了一路，苦了一路。

我明白了。我就低下了头。我知道你说得太对了。猛地，我像想起什么似的问：你还记得你背篓里的那块石头吗？

你说，记得啊，那是一块很精美的石头啊！

我问，你那块彩石是什么呢？

你知道我为什么这么问。你就用手牵了一下老伴的手，给她理了理耳前的碎发。你说，那块彩石是爱情啊！

听到这儿，我哇地哭了。你就过来拍了拍我的肩，然后就牵着老伴的手走了。

告诉你善良的价格

这是一个听来的故事。

说的是在一个暴风骤雨的夜晚，有一对老年夫妇来到了泰山脚下一个叫宾归的旅馆。两位老人要求住宿。当时值班的是一位年轻后生。后生很抱歉地对老人说，两位老人家，真对不起，我们这儿今天客满，没有一个空房间了。两位老人的脸上就写满了遗憾和失望。看到老人一身的疲惫和狼狈，后生又看着外面的风雨。外面的风雨正以雄壮的豪情挥洒着自己的疯狂。后生很是不安。他对两位老人说，今晚我值班，两位老人家如若不嫌弃，就到我宿舍里将就一晚吧。两位老人就住进了后生的宿舍。第二天，两位老人要给后生付住宿费。后生说，老人家，我没能让你们住上舒适的地方，心里就很过意不去了，怎能再收你们的钱呢？后生说啥也没收。两位老人也没再推辞。只是牢牢记住了这后生的名字和这家旅馆。

事情过去就过去了。后生还是在这家旅馆里当服务员。两年后，后生突然收到了一封信。像天上掉下了一个馅饼，让后生到省城里的一家大宾馆里当总经理。原来那一对老年夫妇拥有着几千万元的资产，可老人膝下无儿无女。那次外出就是去寻找他们财产的继承人。自从在雨夜遇到了后生，两位老人就商定后生是最合适的人选，就拿出了自己的全部财产修建了这家大宾馆。后生就推辞，说自己不行，说我当个小服务员还行，当经理是不行的。老人说你行的，你一定行的。后生问老人为什么对自己这么肯定？老人说，因为你心地善良。善良无敌啊！

当我把这个故事讲给朋友们时，他们都嘲笑我，说那是哄小孩子的故事，你还信以为真。他们问我，你说说，善良值多少钱一斤？我答不上来。他们就开导我，什么时代了，你还搬着老皇历看。现在这社会，不管黑猫白猫，只要捉住老鼠的就是好猫。我说，无论如何，人是不能丢下善良的，那是我们做人的根本啊！他们都笑了。他们的笑让我对自己产生了怀疑，我是不是太迂腐了？是不是太另类了？

我和老婆说了这事。老婆说，你知道咱们家为什么这么穷吗？你为什么经常挨人家的欺负？我摇了摇头。老婆说，要说你的人品和能力，比别人差也差不到哪里去。可你有一个致命的弱点，就是你善良啊！是善良让你变得单纯，变得软弱，变得人们不怕你，所以，谁都敢对你指手画脚啊！

我不赞成老婆的话。我又把"天上掉馅饼"的故事讲给了老婆。老婆听了说，这样的事太少了。我说，如果我们人人都善良了，这样的事就多了。

第二天，我和老婆都外出，可巧那天，我和老婆都做了一件善良的事。老婆做的是把一个被人用车撞昏的女孩送进了医院；我呢，帮一位进城的老人找到了他的儿子。老婆回到家可气坏了。我问为什么。老婆说，怪不得人们说好心没好报，我把那个女孩送到医院，她家里来人了，硬说是我撞的。我说我不是。他们不信。说我要是没撞，怎会那么好心？没办法，我只好给交了医药费。老婆说，如果女孩醒来再说是我撞的，那我可是跳进黄河也洗不清了。我说今天我的运气比你好。帮老人找到他儿子后，我急着往车站赶，没想到我的包掉了，正当我在汽车站着急的时候，就听车站的广播在播失物招领。车站的负责人告诉我，我的书包是一个青年人拾到的。交到他们车站后，也没留名姓就走了。我说如果那个青年人不善良，我的书包就回不到我的身边了。你知道我书包里有多少现金吗？老婆问多少？我说光现金就有六千四，还有三万多的支票。就在这时，我家的门被敲响了，是老婆救的那个女孩的父母来感谢的。他们一进家就说真对不起，我们把恩人当成了仇人，我们真该死。为示感激之情，还专门买来了礼品什么的，并给了老婆替垫的医疗费。女孩伤好了以后，非得认我老婆做干娘。说她的第二次生命是我老婆给予的。我说我们的岁数才三十多一点，太年轻了，不行的。女孩家里的说啥不愿意，女孩就跪在我们的跟前，不认不起来，没办法，最后只好认下了。

是善良让我们又添了个女儿。每当谁要再问我善良值多少钱时，我总是理直气壮地告诉他，善良无价。因为，它是爱啊！

葱　儿

从前有座山，山上有座庙。庙里有两个和尚，一个老一个小，老的多大岁数了，不知道，反正胡子又白又长；小的呢不大，十四五岁的样子，长得很俊，眉清目秀的。

庙前有条河，岸边有户人家，住着爷俩。爷爷清骨瘦须，一身儒雅；小的呢，叫葱儿，十二三岁，很调皮。没事的时候，爷爷就常常带着孙女葱儿到庙上找老和尚手谈。手谈就是下围棋。两位老人手谈的时候，葱儿就和小和尚玩。

那时庙前的河水常年不停地流。水也不深，齐着膝盖儿，鱼在里面欢欢地游，很快乐，在太阳下一闪一闪的，仿佛水里镶了很多的碎镜片，照得两岸花花的白。

那次爷爷又来和老和尚手谈。葱儿就拉着小和尚下河摸鱼。葱儿把裤腿挽得高高的，露着藕一样的小腿，鱼肚皮一样，晃着小和尚的眼。小和尚说你的腿真好看。葱儿问，真的？小和尚说，真的。葱儿说你也好看。小和尚摇了摇头说，我不好看。葱儿说，好看，真的好看。小和尚问，我哪儿好看？葱儿说，你的头，圆圆的，光光的。葱儿说完就嘻嘻地笑了。小和尚就有点生气了。小和尚说，你这是在笑话我呢。笑话我是和尚！葱儿见小和尚生气了，就趁他不注意，在他脸上吧的一下，亲了一口。亲得小和尚心里麻麻的，很受用。小和尚觉得这样真好，就说，再来一个，我才不生气。葱儿就又在小和尚那边的腮上亲了一下。小和尚用手摸着脸，很幸福地望着葱儿。葱儿也甜甜地看着他。小和尚像想起什么似的说，以后，你就光亲我一个，不亲别人，行吗？葱儿问，为什么？小和尚说，不为什么。葱儿说，你不说为什么，我就亲别人。谁都亲！小和尚说，我就想光让你一个人亲我。你要亲了别人，我会很不好受，很难过的。葱儿考虑了一会儿说行。小和尚说，那咱们拉个钩。葱儿说，拉钩就拉钩。两个人就头抵着头，把钩拉了。

有一天，两人正在庙口玩，过来了一队迎亲的，敲锣打鼓的，很热闹。新娘坐在轿子里。新郎骑着高头大马，戴着大红花，满面红光的。两人用目光把新娘、新郎送出好远好远，才回过头来。两人一脸的羡慕。

葱儿望着小和尚，扑哧一下笑了。小和尚问，你笑什么？葱儿忽地严肃了，说，我给你说个事。小和尚说，什么事？葱儿说，我长大了给你当媳妇，你要不要？小和尚说，要。葱儿说，是真要还是假要？小和尚说，当然是真要了。葱儿的脸就红了……

小和尚十八岁那年，师父给他受了戒。那天寺庙里来了很多人，有附近寺庙里的僧人和庵里的尼姑（小和尚叫师叔），葱儿和她爷爷也被老和尚请来了。那天，老和尚给小和尚点戒疤时，葱儿站在一旁。看着看着眼里就流出泪，爷爷问葱儿咋流泪了？葱儿说她是高兴的。她说她是真为小和尚高兴。

没过多久，葱儿也出嫁了。嫁的是一个不错的后生。后生待她很好，也很疼她。她过得很幸福。可后生却总感觉葱儿过得并不愉快。

在葱儿三十五岁那年，得了一场病。病是大病，很厉害。葱儿一连躺了三个月。这天，葱儿隐约感觉她要走了。就对俯在她床前的丈夫说，我要走了，你还有啥要说的呢？丈夫见她那么清醒，就说，想求你一件事。葱儿说，你说吧。丈夫说，咱们在一起快二十年了，你一直没有亲过我，我求你，亲我一下吧！葱儿摇了摇头说，除了这个，别的都可以答应你！丈夫说，你把身子都给我了，还在乎亲这一下吗？葱儿没有说啥。丈夫说，我非要你亲我一口呢！葱儿的眼里就流出了泪。葱儿说，那样，我心里会很难受的。丈夫就没再求葱儿。没多久，葱儿就走了。葱儿走得很坦然。

五七的那天，葱儿的丈夫请来了和尚来为葱儿超度。和尚就是以前的小和尚。那时，老和尚圆寂了，小和尚就成了大和尚，当上了庙里的住持。

那天，葱儿的丈夫喝醉了，就哭。

和尚问，施主，你哭啥呢?

葱儿的丈夫就说他亏。说他和葱儿在一起近二十年，葱儿一次也没亲过他。他亏死了!

和尚就使劲地敲他的木鱼，敲着敲着和尚的泪就流了。和尚就颤颤地念：阿弥陀佛，阿弥陀佛呀——

宋朝的爱情

　　那时的我风姿绰约，风情万种，宋朝的水、宋朝的土营养非凡，滋润得我婀娜妩媚，国色天香。可我是一个妓女。

　　这是没办法的事。我也不知道为什么来到怡红院的。我只记得小时候家里很穷，那个是我爹的男人领着我来到了怡红院。老鸨给了我那个满脸苍老的爹十吊钱。也就够买一升谷子的。我爹就用这一升谷子的钱把我卖了。

　　刚开始我是怡红院的一个丫头，是烧火打杂的丫头。当我一发身子时，我就发现人们用异样的眼光打量我。那眼里燃着火，烧得我的脸火辣辣的。也就是从那时起，老鸨对我笑了，对我关心了。后来，老鸨就不让我干丫头的活了，就把我领进绣楼，开始调教我，就是教我媚术。说白了就是怎样迷惑男人，怎样侍候男人，怎样让男人满意。说到底就是怎样让男人心甘情愿地把银子往你身上花。男人其实是很贱的，只要你给男人娇，你给男人媚，再硬的男人，也就软了，也就酥了，也就任你为所欲为了。

　　后来我就出落成一朵花。成了老鸨手中的一张王牌。从那之后，老鸨待我像娘老子一样，我知道老鸨为什么，因为我要是老鸨的摇钱树了，况且，这树已开花，马上就要结果了。

　　我是十五岁那年开的苞。本来十三岁那年就该开的，我不愿意。老鸨说不愿意就再等两年。老鸨说要找一个对得住我的男人。说归说，我明白老鸨为什么迟迟没给我开，就是她一直在等一个肯出得起价的男人。而我也一直等一个我心仪的男人，想把自己的初次交给他，这是我的福。当然，我的这个想法不会实现，想一想，在大宋的那个时代，谁会关心一个烟花女子的想法呢！最后，给我开苞的是一个非常丑的男人。可他有银子。一有银子，他的丑也就俊了。老鸨捧着那白花花的银子，幸福得把脸开成了一朵花。

我知道这是命，这年月，是命就得认。不认能怎样呢？宋朝的山无语，宋朝的水无语，宋朝那远在汴京的皇上也默默无语。皇上能说什么呢？皇上都自身不保了呢。金人已攻入边关了呢！

就是在这个时候，我认识了将军。他很年轻。是皇上派去抗击金人的。他很剽悍。举手投足之间有着一股男儿的帅气。那帅气是那样的迷人。那天他来到了怡红院，当我第一眼看到他时，我的心就颤了。我那时明白了什么叫一见钟情。

他走向了我。他说明天就上战场了，不然，就没机会了。他就太亏了。我很希望他扑上来抱我亲我。可当他来到我的身边，用手来抱我时，我猛地想起他是大宋的将军。我扬手打了他。我的那一巴掌很重。接着，他的嘴角就爬出一条小红蛇。我说，你不是军人。你不是大宋的将军！

他傻了。他真的傻了。他呆呆地望着我。

我说，我是妓女，可我是大宋的子民。

他猛然醒悟了。他两眼定定地望着我，他说，你的这一巴掌让我醒了。好，你等着我，等着我从战场上归来。

我说，我等着你。我一定等着你。

将军走了，将军走得很决绝。在将军出门的那一刻，我叫了一声将军。他只是回过了头，说了一句：你等着我！

从那时起我一个客也没接。我就等着将军，我不能让将军失望。当然老鸨很失望。老鸨很恼。可这是没办法的事，谁让我答应将军了呢。答应了，就不能变！

金人还是攻进来了。当然这是一个月后的事了。

金兵占据了这个小镇。这儿历来是兵家必争之地。也就在这个时候，我知道将军阵亡了。

将军的侍卫告诉我，完颜无命太厉害了，无论武功还是谋略都不比将军差。开始两人打了个平手。将军是让金人的头领完颜无命用暗箭射死的。将军光在战场上拼杀了。将军的刀使得好啊，金人的脑瓜就西瓜似的满地滚。将军杀得太开心了，将军就有些大意，将军就没有提防暗箭，所以将军就倒在了战场上。将军临死的时候让我给你捎一句话。将军说，他让你等着他，是打算凯旋回去就娶你的，因为你让他知道了自己是将军！

听到这儿我哇地哭了。我把眼里哭出了血。在那一刻，我擦净了血。我明白，将军的命是哭不回来的，可我还得活着！

也就在这个时候，金人到了怡红院。我看到了那个杀死将军的人。他正被众兵蜂拥着走上我的阁楼。当时我正在看着一把刀子。

那是一把很锋利的刀子。我一直把它放在我的枕下，睡在刀子上，我才会觉得安稳。

当我的门被推开时，我刚把刀子藏好，完颜无命进门就扑向了我。我知道我今天得接纳这个男人。这也是一个优秀的男人，不为什么，就为我是一个妓女！

完颜无命被我的媚术逗得心花怒放。完颜无命屏退了手下。完颜无命上了我的床……

当然，我的刀子刺进完颜无命心口的时候，完颜无命没有想到。完颜无命望着我说了几声你你你后，就倒下了。完颜无命是睁着眼死的。我知道完颜无命为什么睁着眼，因为他死在了我的手里，他亏啊！

我用刀割下完颜无命的头，把它祭在了将军的灵位前。我说，将军啊，仇人我替你杀了，你等着我啊，我这就随你去！

这时门开了，金人进来了。那时几只枪同时刺进我的身体。那时我就感到一种快感。我知道我已经飞起来了。

当然，这是很久以后的事了。这个小镇的人们为我立了一个牌坊，是铁的。说我是大宋的英雄。其实我不是。我怎么会是呢？我只是大宋一名为爱而死的妓女。

我想，铁牌坊会告诉所有的世人，有一个妓女为了一个自己到死都不知名姓的男人杀了他的敌人，这也就够了，因为，这就是爱啊！

一直向东走

　　我是一名的士司机，我的任务就是每天拉客。当然了，客不是白拉的，被拉的人要付银子的，也就是人民币，美元也要。我这人就是这样好，给谁都有仇，就是跟银子没仇。我以为我有病，有一天我去医院找大夫看，大夫一听就急了，说，你这人怎么了，是不是在拿我们医生开涮？我说，我一个小小的司机，打死我也没那样的胆子。大夫说，现在谁要是跟银子有仇，谁那才是有病呢！

　　从医院里出来，我心里像三伏天吃了根凉黄瓜一样好受，那个爽，真是瞎子害眼——没治了。于是我就更加热爱祖国、热爱人民币了。这一天我的车像船一样漂到了"梦巴黎夜总会"的门前，可巧，里面出来了一个女孩。女孩打扮得很新潮，穿戴得很前卫。女孩身上还有一股很重的香味，那味很霸道，硬往人鼻孔里钻，钻的时候还痒痒你的鼻毛，很让人产生冲动，做一些自己以为自己是男人的事。可我是一个高尚的人，是一个脱离低级趣味的人。所以女孩上我车时我没有这种想法。女孩酒喝了不少，是跟跟跄跄上的我的车。女孩捂着头，好像不捂着，头就像要裂了似的。女孩说，向东走！

　　我就把车走向了东。我问，到哪儿？

　　女孩说，向东走就是了。

　　我于是就往东走。车的腿其实是很快的，没用多大一会，车子就来到了这座城市的东郊。我问女孩，在哪儿？女孩说，一直往东走。

　　我说，东边可就是庄稼地了。女孩说，还得往东。

　　我说，那东边可就是山了。

　　女孩说，对，我就去山的东边。

我知道我的车还是昨天加的油，油不太多了。我就没说啥，只往路两旁看，找加油站。女孩见我不吭声，就从手袋里掏出两张大票，是一百的，往我眼前一扔说，是不是怕我不给你钱？放心，不会少你一分的！

我说，哪儿会呢，我是在找加油站。

车子加了油。女孩告诉我一直向东走，我什么时间让你停你再停。我说好！我的车子就向着东奔去。

东边的山看着是近，可真正走起来，还是很需要时间的。怪不得人们常说：望山跑死马。车子跑了将近一小时，我终于翻过这座山。女孩这时正睡着，我推醒了她问，山过来了，咱们在哪儿停？

女孩没有睁眼说，看到前边那座山了吗，到山的那边去！

我知道女孩说的那边是东边。我的车就照着女孩说的，一直向东开去！

又走了将近一小时，前面的山也翻过。我对女孩说，山我们已经过来了，你在哪儿下？

女孩闭着眼说，前面不是还有一座山吗，再翻过就到了。

我按着女孩说的就一直向前开。路都是柏油路，很好走的。说起来这得感谢党的好领导。要想富，先修路。农民虽然没有富起来，可路却修得非常平坦畅通。前面的那座山也是很快过来了。我对女孩说：山我们已经过来了，我们在哪儿停？

女孩这时睁开了眼，看了一下说，你看到前面的那片树林了吗？

我看到在不远的东边有一片黑黝黝的树林，我知道那就是女孩所说的树林。我说看到了。女孩说，我的家就在树林的东边，和树林挨着。

我说，你是不是就在那儿下车？

女孩说，是的，我就在那儿下车。

我就向那片树林开去。那片树林虽然看着是远，没用多大一会儿，就到了。说起来，路其实是很好走的，再远的路，只要有方向，有目标，只要走，是很容易到达的。

车子到了树林的东边，女孩说，看到前面的那棵大槐树了吗？我说看到了。女孩说，你就在那儿停吧，我的家就在那儿！

车子在大槐树下停下了。女孩在车上把自己整理了一下。女孩说，我的家到了。女孩接着又要给我钱。我说，你给我的那两张大票还用不了呢！女孩说，不用找了，就算你的小费吧。女孩说这话时脸上荡着笑，我猛地发觉，女孩其实是蛮漂亮的。女孩约我到她家喝茶。我说，不了。我说，这儿风景挺美，我看一看，就走。

　　女孩和我摆手就丞丞地向前面跑去。我就下了车四下里看了看。这儿是山的腹部，空气很清新，风景很秀美。看着看着，就有点喜欢上这儿了。我想，假如我老了，在这儿买块地，盖栋房子，颐养天年，那该是多么美好和幸福的事情啊！

　　就在这时，一阵哭声破空而来。哭声很无助很悲伤，仔细一听，是刚才那个女孩的，我忙奔着哭声找了过去。我发现女孩正蹲在一片荒地里放声大哭。我说你这是怎么了？

　　女孩说，我的家没有了！

　　我四处看了看，这儿是一片荒坡，只有疯长的荒草。就问，你的家在哪儿？

　　女孩说，我的家就在这儿。

　　我说，你醒酒了吗？

　　女孩说，我现在非常清醒。不然，我怎么能找到我的家。

　　我说，这里哪有什么人家！分明是一块荒坡。我说，你记错了吧？

　　女孩摇了摇头。女孩说，我的家我怎么会记错呢？你看到前边的那块大象一样的石头了吗？

　　我说，我看到了。女孩说，小时候，我是经常爬那块石头的。你看那块石头又光又亮，那都是我和小伙伴们爬玩的结果。

　　我说，你没记错，可这儿什么也没有呀！

　　女孩说，就是啊！我的家怎会没有呢？他们哪儿去了呢？

　　我说，我怎么会知道？

　　女孩看了我一会儿喃喃地说，你是不会知道的，你是不会知道的。

　　我说，你还再找找吗？

　　女孩摇了摇头。头低了下去。女孩说，咱回吧。

　　我和女孩又踏上回程的路。一路上，女孩一言不发，只是两眼定定地望着前边的路。当我们接近城市时，天已经很晚了。我发现女孩眼里滚出了两颗又大又圆的泪珠。那泪珠里有来来往往的车灯和五光十色的霓虹灯。

　　我问女孩，你在哪儿下？

　　女孩想了想，告诉我，在"梦巴黎"那儿下吧。女孩说这话时很无奈。

　　下了车，女孩又要给我钱。我说什么也没要。女孩说，你也不容易，哪儿能不要呢。

　　我说，不要了，就不要。

　　女孩说，你是在可怜我！

　　我笑着说，我怎么会可怜你呢。我知道这话我说得有点违心。女孩肯定不信。我就接着说，你连家都没有了，我怎么会要你的钱呢。

　　女孩听了，哇地哭了。女孩是哭着跑进"梦巴黎"。

　　望着女孩的背影，我的泪也刷地流了下来。我知道，女孩和我一样，也是城市里的一个游魂。

我们的幸福

有个男人，三十多了，不安分，有妻子了，还想有情人。真找了一个。女的不多大，二十岁左右的样子。是喜欢刺激，喜欢浪漫的那种。男人和女人偷偷摸摸地交往，地下工作者似的。后来，两人嫌这样不过瘾、不解馋，就在一起商议。男的说，不行，咱离开这儿？女的说，好啊。男的说，不行，咱就找个没人认识咱们的地方？女的说，好啊。

两人就选在一个落雨的日子私奔了。男人席卷了家里的所有钱财，和女人踏上了南下的火车……

几天后，男人和女人来到了一个小镇。小镇不大，可镇上的人他们一个也不认识。女人说，很好。男人说，很好。

两人就安顿下来了。就开始过日子了。日子其实很好过，只要有钱，只要有女人。两人就把日子过得随心所欲、忘乎所以。两人就把日子过得充满了情欲、性欲，就像天堂。

人就是一个喜新厌旧的东西。在天堂里天天大鱼大肉地吃，也有厌的时候。女人明显地感觉出来了。男人还沉迷在自己的胜利中。可以说，男人被胜利冲昏了头脑。男人没有发现女人的这些变化。女人的激情不如以前了。男人无论再怎么翻新，都是换汤不换药。女人开始有些后悔了。每当夜深人静，女人瞧着身边的男人，月光下的男人显得那么苍老，那么丑陋。女人就有一种想吐的感觉。女人就想自己这么一大朵的鲜花，就在这么一个男人身边开放。女人有些不甘心。女人觉得，自己有些亏。

女人一觉得亏，女人就要出故事。这故事几乎都千篇一律。女人就瞒着男人，又喜欢上了本地的一个男孩。男孩没多大。没多大的男孩怎是已为人妇女人的对手？没用一个回合，男孩就被女人俘虏了。投降的男孩让女人明白了人外有人天外有天的崭新境界。

女人就庆幸自己。女人就感觉自己从前是白活了。女人就想把这种美好的生活进行到底。女人就对男孩说，咱们去开始一种新生活吧？男孩连考虑也没考虑就说好啊。女人说咱们去找一个真正属于我们的地方吧？男孩说，好啊。

女人就和男孩在一个下雨的日子私奔了。女人想，我给他做了这么长时间的老婆，不能白做，就拿走了家里的全部钱财，和男孩坐上了南下的火车……

女人和男孩来到了一座小城。小城山清水秀，女人和男孩都很喜欢，就住了下来。

男孩经女人的手成了男人。成了男人的男孩才明白他为自己青春的冲动付出了竟是这么大的代价。当然，这是男孩和女人在一块生活五年后才感悟出来的。

那时女人和男孩已有了孩子。女人也已变得像个怨妇，没了原先的韵味和激情。男孩就想，事情不是这样的啊，完全不是这样的啊！

男孩就感到失意。男孩看到外面阳光明媚的女孩心里就很不好受。当看到身边这个形体越来越臃肿、越来越没女人味的女人，男孩竟为自己悲哀。男孩知道自己错了。完全错了。

意识到自己错了的男孩就想改正自己的错误。错误是很好改正的，只要有狠心。这年头，男人们什么也没有，就是有狠心。一有狠心，事情就好办了。男孩就迷惑了一个女孩。

女孩其实是最好迷惑的，只要你懂她的心。男孩在很久之前就把女人迷惑了，所以说几年后迷惑个女孩那是小菜一碟。男孩没费吹灰之力就把女孩泡上了手。那是个阳光一样的女孩。男孩感觉和女孩一起，他灿烂极了。他的生活处处充满了阳光。

于是，男孩先把阳光女孩在一个阳光明媚的日子变成了女人。成了女人的阳光女孩就明白了女人为什么找男人做伴了。男孩又开始实施他的计划。他的计划就是让自己尽快的逃离这种暗淡的生活。男孩就对女孩说，他们现在是一条线上的蚂蚱了，要想让他们的爱情幸福，唯一的出路就是……

女孩说，好啊。

男孩于是在一个飘雨的日子，领着那个阳光女孩踏上了南下的火车……坐在车上的男孩和女孩都坚信：他们去的那个地方一定会阳光灿烂——他们的爱情一定会天长地久……

一路莲花

驼

在我们闵楼村，人死不能说死，只能说"老"、"仙游"。那是对死者的尊重，尸首放在正屋，一家人围着哭，这叫守灵。三天后入殓。然后，择个黄道吉日，出殡。出殡时，要由一壮汉扛起棺头，把放在正屋的棺材背出来，放在大门外的棺架上，这叫背棺。背棺有说法：从正屋到棺架不论有多远，都得要一气呵成，中间不得停放。否则，犯忌。犯串门丧的忌。就是丧主家的人一个接一个地死，就像鞭炮，一个接一个地炸掉。有钱人的命值钱。谁不想长生不老？特别是有钱人，都想成千年的王八万年的龟，对这个特别讲究。

石头爷背棺那年刚刚十八岁。

那年，闵楼村的地主老汪死了。出殡时，催棺炮响了六声。黑铁塔样的王麻子背了几背，不起。王麻子的汗哗地流了。王麻子重新又紧了紧腰带，直了直腰。又背，棺纹丝不动，王麻子却一腚坐在了地上。催棺炮催魂一样地叫着，很响。丧事的大总急得却像热锅上的蚂蚁，团团乱转。

那时石头爷在一边忙事，塔样的身子晃来晃去，扎着人们的眼。大总一把扣住石头爷，紧紧的，像是要淹死的人抓着了一根救命草。大总用手指着棺材问："爷们，背过吗？"

石头爷木木地摇头。摇得很怕。

大总问："爷们，听说咱家庙门前的石狮子你能抱着走？"

石头爷"嘿嘿"一笑："两年前我就能抱着走二十步。"

大总听了激动地手拍大腿："你一定背得动，真的，背得动！"由于大总的底气不足，所以，这话说出的声音颤颤的。

石头爷用眼看了看蹲在屋里的棺材，棺材像老虎一样望着石头爷。石头爷心里也有些胆怯。可大总的眼神太让人可怜了。石头爷只好说："那，那，那我就试试吧！"

催棺炮又重新响了六声。响得很躁。石头爷剥葱一样脱掉了粗布汗褂，扎了三扎布腰带，然后学着王麻子的模样，在棺材前骑马蹲裆式蹲好。大总颠颠地过来，用哆嗦的手在石头爷的两肩和项上各放上一刀草纸。由于手抖，项上的那刀草纸放了三次才放好。

大总这次亲自来喊号子。大总见前后都到位了，就喊："预备———一、二、三、起！"石头爷和棺后的几个人一较劲，棺材冉冉地起来了，像初升的太阳。此时的石头爷烧鸡一样勾着头，两手托牢棺底，狠狠地咬住牙，那背上的棺材仿佛是座山，他咬住一口气，出正房进天庭跨二门入头院绕门墙上台阶过大门下台阶然后是一溜小跑。石头爷就觉得头发紧，像戴了顶孙猴子的紧箍咒。牙咬出的鲜血小溪般地从嘴角蜿蜒流下。每走一步，身上流下的汗当即把脚印喂饱了，白花花的路上于是就歪七扭八地书写出了一段文字，那段文字很沉重，使所有在场的人都把心提到了嗓子眼。伴着大总"落棺"的叫声，棺材稳稳当当落在棺架上。再看这时的石头爷，脸紫得像霜打的茄子。另外几个架棺尾的汉子累得像三伏天太阳底下的狗，伏在棺材边"呼哧呼哧"直嫌鼻孔细了。

石头爷背棺头的消息像生了翅膀的鸟。周围十里八乡的有钱人老了人都来借。背棺是个下艺差事，是二小子干的活，一般是完活后赏升麦子或高粱，也许是这升粮食的收入，媳妇也不难找。那时找对象不像现在有这么多的讲究，只要有口饭吃，就中！

石头爷正儿八经行了二十多年的时运。背运的那年他刚好三十八岁。

事儿是春季的一天，邻村槐树庄的地主老苟死了。老苟的儿小苟在国民党队伍里当团长。小苟为示他的孝心，花巨款请名木匠做了个六六天头的楠木棺材。那时正是青黄不接，石头爷饿得直打晃，一升麦子的诱惑使石头爷在第二天的天没亮就来到了老苟家。当他看到屋里那蟒蛇一样蜷蹲着的棺材，心里直打憷。他就自己壮自己的胆：二十年前我就能背动老汪，现在正当年，没事的。一定没事的。

到了下午，棺才起架。催棺炮响了六声。石头爷脱掉了身上的烂褂，光着脊梁站在了早春的阳光下。残留冬意的风儿不紧不慢地吹过来，刮得石头爷激灵灵地打了个战，那个战打得他好慌，好怕。

催棺炮又响了六声，急急的，催魂一样地叫着。大总悠长的声音像棺前的招魂幡在飘。"起棺——"石头爷和棺后的几个汉子各自翘腔，像正在倒茶的壶。石头爷暗运一口气，行便全身。而此时，门外的太阳像朵白牡丹，开得正艳。

"一、二、三，起棺！"声音刚落，石头爷猛地起身，棺头起了，张着，像个要吃人的口。棺尾没起，像要伺机伏击人的蛇。石头爷知道棺尾的人没有准备好，就忙放下，他想再换口气。可就在这时，棺尾起了，棺头一"口"把石头爷吃到了嘴里。只听"咔嚓"一声，接着就听石头爷"啊"地叫了一声，很恐怖。可石头爷挣扎着，硬把棺头背上了身。

汗珠子花生米似的冒在了石头爷的额上，像雨后的笋，砸在白花花的路上，一地潮湿。石头爷嘴角咬出的血和肩上流出的血像几条红色的小蛇在爬。石头爷每走一步，血马上灌饱了的脚印，就像他用脚在路上戳的印章，鲜鲜艳艳。出堂屋——进天井——上台阶——跨门槛——棺材终于放在大门外的棺架上。而此时，石头爷就像耗干油的灯捻，瘫成了一堆水，淌在了棺头前。他的脊骨断了，项部的那刀草纸已压进了他的肉里，血淋淋的。

几个架棺尾的汉子都围了上来，木木的都傻成了木头。其中的一个汉子的嘴像发疟疾，说："想——想——想——开个——玩玩——玩笑——试试有——有多大的力——力气没——没想到——"

过了一年，石头爷的伤好了，可背却驼了。驼就驼吧，背棺头这个活儿却没有丢。谁家老了个人，他自动去背。他说，人是阳间混世鱼，是个苦虫，都是来世上被宰杀的。在世上受了一辈子的罪，老了在露天里抛着，寒心！可石头爷有个条件，他只给穷人背。

六十四岁那年，来福爷老了。他儿为孝敬他杀了三株刚栽三年的梧桐树，打了个方子。方子很小。是穷人用的那种。石头爷背了几背，不起。石头爷就知道为什么了。石头爷就叹息："唉，老了。"

石头爷就担心，成天成夜地担心。他说："往后，人老了，背棺头可是个问题了。"

石头爷逢人就说。先找和他一般大的人说。被听的人就跟着说："那真是个问题了。真是个大问题了。"后找比他小的。再后来遇见小孩也说。小孩不懂就"嘻嘻"地笑。笑得石头爷摇头叹息。摇得头很苦，叹得心很寒。

又过了几年，石头爷正好七十三。七十三是个坎。老俗语：七十三、八十四，阎王不叫自己去。这个坎，石头爷没有跨过去。

老的时候，石头爷对跪在床前的儿子说：他走了，可得找个有力气的把他背到祖坟上去。儿子是个孝敬孩子，完全应了石头爷的话。并向他保证：他老后一定让他直着身子走。石头爷很高兴，老的时候没受一点罪，腿一伸，眼一闭，头一歪，仙游去了。

上年岁的人说，罗锅老了，背也就不驼了。原因是，人一断气，筋就放开了。可石头爷老了背仍驼着。

儿子就哭。哭他爹的命苦，一辈子受的罪多，老了还在受罪。便跪着哀求站在一旁的族长："爷，我爹是直着身子来的，还是让我爹直着身子走吧！"

族长被他的孝心感动。再说入殓盖蒙脸纸，两条后腿在后面支着像高射炮，不雅观。

族长双手扶起孝子说："孩子，你放心，我一定让你爹挺着胸脯上天堂！"

是夜，族长带着族里几条精壮汉子来了。石头爷的儿子忙得像没有年三十，又是让茶又是让烟。族长先燃起了一炷高香，又烧了三刀纸钱。然后带着几条汉子跪下。膝盖着地轰轰作响。族长双手合十说："大侄子在天之灵敬请谅解，出此下策实出无奈，是为你在冥间挺起身子做事，堂堂正正地做鬼。"说完"梆梆梆"磕了三个响头。

几个汉子爬起便行动起来。族长把蒙脸纸拿掉，用准备好的白布像包扎伤员似的把石头爷的头缠成茧。接着把石头爷的身子反了个个儿。石头爷脸朝下趴着。头和脚像圆规一样支着。只需谁抓住驼处，用力一转就能画出一个标准的圆。可石头爷画不出了。驼处高高耸着，山一样地气势磅磲。族长把杠子放到驼峰上，几条汉子各奔杠子两端，听族长的口令。先轻轻地用力，然后狠狠地压，就听脊骨"嘎嘎嘣嘣"地响，就像小孩在嚼炒豆。族长大喝一声：嘿！几条汉子积极响应，各使出吃奶之力，驼峰"咔嚓"一声，像摔断的黄瓜。再看峰处，一马平川。

族长还有些不放心，复爬上石头爷的背。用脚在脊背上来回地跺踩，恐怕峰处还会像火山再次爆发。

石头爷的儿子眼里汪着泪，忙吩咐孩子的娘把早已准备好的饭菜端上了桌。接着他"扑通"给族长和几条汉子跪下了，说："各位兄弟爷们遂了俺的心愿，是俺的大恩人！请受我一拜！"说着"梆梆梆"磕了三个响头。

然后他又给石头爷烧了三刀纸钱，送了三炷粗香，跪下悠悠地说："爹，你是直着身子来的，我还是让你直着身子去，爹，你好好地走吧！"

"爹呀，你西南大路去！"

闵一刀

闵一刀大号叫闵庆黑，是我们闵家庄的宰户。宰户就是屠夫，就是做杀生害死的买卖的人，说文一点，就是牲畜的刽子手。闵庆黑杀生很在行，猪、狗、牛、羊等牲畜，只要是喘气的，送到他手里，一刀毙命，从不来第二刀，久而久之，大家就把他的大名忘了，都叫他闵一刀。

闵一刀最擅长的是杀大牲口，也就是牛、驴、马、骡。这年头，马、骡之类的牲口我们这儿少见了，他一年一般也杀不了几只。驴呢是属阴的，有把驴肉叫鬼肉的。闵一刀不愿招惹这个阴玩意儿，他说那东西不干净，不肯惹麻烦。所以说他一年之中以杀牛为主。

闵一刀杀牛和别的屠户不同。别的屠户杀牛一般都是把牛捆上，或做一个架子，把牛卡在其中，使其不能动弹，好任宰杀。闵一刀杀牛从不这样，他说那样笨，那样的人哪能称屠户呢，那样的屠户给他提鞋他都不要。

闵一刀杀牛时从不捆牛，也不卡牛。他说那样不文明，不人道。牲畜和人一样，也是条生命，是有尊严的。作为一个真正的屠户，对在自己手下死去的生灵，要尽量地让它死得高贵，死得平静，死得没有痛苦。只有那样，才能对得起自己手中的刀，才能对得起宰户这个称号。

杀牛前，闵一刀都把牛喂得饱饱的。他说，不能让它们当饿死鬼。不然，他的心会不安的。等牛吃足了，把牛牵到屠宰场上，再给牛上一炷香。闵一刀一边上香一边说：牛啊，牛啊，你莫怪，你是阳间一道菜。早日送你进轮回，下辈托生个官人来。一连说九遍。等到香燃得差不多的时候，他才颠着自己那一短一长的腿，围着牛转。

忘了告诉看官了，闵一刀是个瘸子。

闵一刀颠着自己那一短一长的瘸腿，围着牛转。他嘴里衔着支劣质的烟卷，腮上的那两块腊肉般的笑向下坨着，把一双三角眼眯成一条缝，但那条缝里露出的光却是金属质地的，虽然嘴里的劣质烟雾弥漫，随着他的吐纳阵阵地升腾，可他目光却像他背在身后袖筒里的尖刀，那样让人心寒。一圈，一圈，闵一刀就这样背着手围着牛转。刚开始牛很警觉，目光随着闵一刀手中的寒光转，几圈过来，见闵一刀没什么举动，渐渐就对闵一刀放松了警惕，趁此机会，闵一刀以迅雷不及掩耳之势挺刀直奔牛的咽喉，牛仰天长吼一声，闵一刀的弯刀随着气管的张开伸了进去，接着，手腕一抖一扣，刀尖就把牛的气管和血管都割断了。然后他往后一撤身子，随着刀子的抽出，一股红血彩虹一样喷出来，闵一刀飞起瘸脚，把一边的塑料大盆踢向血落的地方。接着，牛轰地倒在地上。这一套动作他一气呵成，做得娴熟自如、潇洒飘逸，仿佛是一场艺术表演似的。

可就在前年，闵一刀却遇到了一生从没遇到过的事，也就是这件事，使闵一刀作出了一个决定。

那是春天里一个阳光灿烂的日子，我们市电视台摄制民间奇人奇技来我们村拍摄闵一刀的杀牛过程。闵一刀那天破例穿上了一身新衣服。新衣服不太合身，有点大，在他身上晃晃荡荡，反衬着闵一刀有些弱不禁风。可就是这弱不禁风的样子更勾起了摄制组人的胃口。他们早早把机器架好，等着拍摄这精彩的瞬间。

闵一刀和平时一样，先把牛喂饱，然后把牛牵到屠宰场上。那是一头头上有白花的老黄牛。闵一刀接着上了一炷香。就在这上香的时候，闵一刀发现牛定定地望着他，目光很凄惨、很可怜。闵一刀的心一颤。可今天太特殊了，闵一刀明白自己，自己的心得硬，不然，就对不起人家电视台的这些同志们了。闵一刀就不再看黄牛，就按他原来的步骤进行。香点着了，闵一刀开始念叨：牛啊，牛啊，你莫怪，你是阳间的一道菜——当他念叨到第四遍的时候，闵一刀就听围观的人说：你们快看，牛流泪了。闵一刀抬头向黄牛看去，只见黄牛的眼角正挂着一大滴泪珠。那泪珠还在汇，眼角看样挂不住了，要往下掉。闵一刀的心一紧，可他看到电视台的同志们正在聚精会神地拍他，他就把眼闭上了。他在心里说：牛啊牛，别怨我，谁让你这辈子托生是牛啊！

九遍很快念叨完了。闵一刀点起了一支烟，叼在了他那说话有点漏风的嘴上。烟雾冉冉升起，闵一刀迈着他那一步一颠的瘸步开始围着黄牛转了。当闵一刀转到一圈半的时候，就见那黄牛向着闵一刀，把两条前腿一卧，跪下了。黄牛的这一跪，把闵一刀跪慌了。闵一刀想去扶牛，猛然想到它不是人，就把刀子一丢说：奶奶的，不杀了！转身就要走。村长不愿意了。村长说：人家电视台的同志们忙活这么多半天了，你就叫人家半途而废？不行！一定要杀！

电视台的拍摄人员也过来劝闵一刀，说牛是通人性的，可能是预感到自己的命运了。没事的，你继续吧，这样拍起来才有意思。闵一刀看了看村长，村长叉着腰，两眼狠狠地在瞪着他。他又望了眼电视台的同志。电视台的同志笑眯眯的，很慈祥。闵一刀长出了一口气，只好又拿起了他丢下的那把尖刀，围着牛转了。从闵一刀又弯腰拿起刀起，那头黄牛就闭上了眼睛。闵一刀本以为要费点周折的，没想到却出奇的顺利。当尖刀刺进黄牛的脖子时，就听黄牛长叫一声，接着就倒在了地上。

这次杀牛虽然中间出了点插曲，但总体来说，还算顺利，没有影响闵一刀技艺的发挥，整个屠宰过程干净利索，赢得围观人们的一阵喝彩。可就在闵一刀把牛肚破开，打开腹腔时，他一下子呆住了，手中的刀子当啷掉在了地上——在牛的子宫里，静静躺着一头已长成形的小牛犊！

闵一刀双手抱住了头，双膝跪在黄牛的跟前。围观的人过来一看，都明白闵一刀为什么跪了，整个场上静得只听到拍摄机那磁带的转动声。村长一看，忙过来拉，说：没什么，不过是杀头牛！闵一刀这时一把抓过村长，两个眼里像要冒出火来，他对着村长说：你懂得什么？你他娘的什么都不懂！

村长被闵一刀的大声叫骂骂呆了，他挣开闵一刀的手，用手抽了抽闵一刀抓过的地方说：好，好，好你个闵庆黑！说完就气呼呼地走了！

闵一刀对着牛，恭恭敬敬地磕了九个头，接着拾起丢在地上的刀子，头也不回地走了。他径直去了麻子三的红炉铺。

红炉铺正在炉火熊熊。麻子三正在打制着一把刀子。闵一刀沉着脸来到炉火旁，把手中的刀子向炉火中扔去。

麻子三一惊，说老黑，你这是干啥？就想用夹子去火中夹刀子，被闵一刀拦住了。麻子三急了，头上急出了几条豆角似的青筋，说：你，你，你老黑，这，这，这刀子可是我干得最最好的活！你，你，你不能烧！

闵一刀两眼狠狠地盯着麻子三，那目光像饿极的狼的眼睛。麻子三把夹子放下了，看着在火中慢慢变软的刀子，哇地哭了。

刀子渐渐软成泥、软成水，最后软成了一滴大眼泪。闵一刀看着这滴大眼泪，自己眼角的泪不由自主地流了下来。

自从闵一刀把刀扔进红炉，他就决定永不再杀牛了。不光不杀牛，而且连鸡鱼之类的也不杀了，不光不杀，连吃也不愿吃了。现在，闵一刀吃起了素。前段时间，我回家参加一个族弟的婚礼，吃饭的时候，和闵一刀坐到了一块。闵一刀长我一辈，我叫他个叔。我问：叔，你不杀牛了？他笑着点了点头。

吃饭的时候，一刀叔专拣素菜吃，我说：叔呀，你吃点肉啊！

一刀叔把头摇成了拨浪鼓。我问：为什么？他说他也不知为什么，就是不想吃肉，一吃就反胃，就呕吐。

麻子三当时也和我坐在一桌，趁一刀叔不注意，往他碗里藏了一块肉，没想到一刀叔刚吃到嘴里忙吐出来，接着跑到一边的粪坑边就呕吐。坐在上首的村长用眼看了看麻子三，脸一沉说：以后谁也不准再给老黑开这样的玩笑！

我们闵家庄上有红白事，如果席桌上有花生米和辣椒炒鸡子这两样菜，那一定有一刀叔在。

泥 缸

小时候，我最爱看爷爷捏泥缸。

天一放晴，爷爷就忙活开了。先拉土，再拉水，接着和泥。

和泥有很多的道道，就说和泥的土吧，最好是沙土。沙土捏出的缸干得快、结实、防潮，用石头敲，当当的，火烧的一样，圆音。

开始爷爷用大撅揣，揣透揣匀了，掺麦秸。麦秸是泥筋，要掺得适中，多了，缸就糠，孬蛋似的，手指头就能捅破；少了，起不到筋的作用。爷爷掺麦秸掺得很老到：先在泥上铺上厚厚的一层，然后用大撅砸。匀了，再铺稍薄的一层，砸透了，再铺薄薄的一层。一连三次。最后一次，爷爷就挽起裤管，光着脚板，踩。初春的寒意还未消尽，便有几丝风刀子一样的割过来，站在一旁的我缩着脖子直打战，可爷爷却像株树，只有他枯草般的花白头发随风飘舞。额头的汗珠却像大黄豆粒，很肥嫩，很饱满。

有次，爷爷把和好的泥割了一块给我，他说这块泥里有二十八根筋。我不信，就查，结果，真是。我说，爷爷，你真神了！爷爷就笑。爷爷笑得很年轻。

捏泥缸第一步是画底。爷爷说，缸底就如房子的地基，马虎不得。一定要画圆。于是，爷爷笔直起腰杆，两腿一转一点，一个个缸底就出来了。爷爷画得很老练。

底打好了，接着捏腿。爷爷把泥捏成条，两手一里一外捧着扣。一层一层向上赶。摔泥条有讲究，摔老了，干，粘不牢；摔嫩了，泥没骨，叛徒似的，肯陷。泥条要摔得不软不硬，这样，捏出的缸方才浑然一体。

一个缸一般要五次才能捏好。每次要隔几天，要等捏牢的干透。第一次是底，干了，捏腿。接着捏肚。然后是脖。最后是沿。底和腿好捏，只要结实稳固就中，难把握的是肚。

一个缸的成功与否，关键看肚。村里会捏缸的不少，可没一个捏出的比爷爷捏的有气派、有风度。不是像患水肿的病人，就是像脑满肠肥的剥削者。爷爷捏的像百战百胜的将军，不光饱满，而且气质也帅。

捏缸的时候，爷爷全神贯注、一言不发，一直到完方长长吐一口气。很严肃。问为什么，爷爷说，缸似人，一说话就泄了元气，捏出的就没精神了。有次，我久别回家，恰巧爷爷在捏肚。爷爷看到我很高兴，边捏边询问我的情况。后来肚捏好了，说不出的难看。爷爷苦笑着摇了摇头，然后把那个缸砸了。

每年春天，我家门南的园地里就站满了爷爷捏的泥缸，就像雄赳赳气昂昂等着检阅的士兵，很威武。爷爷每天都起得很早，去看他的缸。有时一坐一清早。直到大伙们一个一个地拉回家去。拉的时候，爷爷忙里忙外，不光帮着装、抬，还递烟倒茶，二小子似的。奶奶就抱怨，年年捏了都送人，又挨累又搭工的，图个啥？

爷爷说，就图大伙眼里有我。

前年初春的一天，爷爷进城了。我问爷爷，又捏缸了吗？爷爷说，现在家家都用塑料粮仓了，没人要他捏了。说完哎地叹了一声。我安慰他，劳累了一辈子，也该歇歇了。可爷爷却说，捏惯了，不捏缸总觉得心里空落落的。

去年春上回家，爷爷衰老得我几乎不敢认了。我问他，好吗？他说，好。说好的时候眼里汪着泪。在我临回城时，他偷偷告诉我，他快不行了。我说你别乱想。他说不是乱想，他感觉到了。

没过多久，爷爷死了。那天，爷爷把父亲叫到跟前说，他得走了。说完就走了。

父亲纳闷，爷爷无病无恙，怎么说走就走了呢？到底是得了什么病？

我知道，可我没有说。

窗台上盛开的月季花

梅老师被推进玉儿的这个病房的时候，玉儿一眼就认出了。

梅老师是她的初中老师，教语文。当时三十多岁，梅老师恋着学校里的一个老师，而那个老师很久前就结婚了，已是两个孩子的父亲了。不知为啥，梅老师就是不结婚。

那时梅老师屋里常年开着一种花，是月季，一年到头开花的月季。月季是从校园里的那株月季树上摘的。那株月季看样子岁数不小了，都成树了。花开得很旺，一树都是。梅老师每天摘一些正放苞的花儿放在她桌上的瓶里。让它在屋里开，开一屋子里的香。香也不多高雅，但很滋润人。梅老师就在那种花香里备课、批改作业，累了，梅老师就摘下眼镜，闭上眼，闻香。久了，梅老师身上就长出了一种香。是月季的香。

玉儿从别人嘴里知道，梅老师是在教台上摔倒的。从送来的那天起，梅老师就睁着两眼，眼睁得很无神，很空洞。痴痴的，很呆。

玉儿偷偷问大夫，有救吗？大夫摇了摇头。大夫说，这种病他经了很多了，除非她清醒过来，否则……玉儿问，没有什么法吗？大夫说，也许今后有，但现在没有。玉儿的脸就长了。

有花香从窗外冲了过来，味儿很清冽，是月季花的香。玉儿看了看老师，她见梅老师的嘴角一动，就又呆了，痴痴的，很傻。

玉儿就想着梅老师在月季花香里批改作业的样子。就深深地吸了一口，真的好香。玉儿跑到窗外的花园里，摘下了几枝浅开的花儿，插在了盐水瓶里，然后放在窗台上。

花开得很热烈，一个屋里都是月季的香了。

第二天，玉儿来上班，在医院，一个卖花的小女孩拉住她的衣角说阿姨，买一枝吧，不贵的，五角钱！玉儿想不买。小女孩眼里就流出了泪。小女孩说，一早上，我一枝也没卖呢！玉儿的心就软了。就看那花，花是塑料花，是开得很像月季的那种鲜艳的花。玉儿掏给了小女孩一块钱。小女孩给了玉儿两枝花。玉儿要了一枝，走了两步，就把花扔了。

小女孩从后面满头大汗追了上来。小女孩说，阿姨，你的花丢了。

玉儿把花接了过来，然后对小女孩说，谢谢你了。来到病房，玉儿随手把花儿插在窗台的瓶子里。

可在这时，玉儿接到了男友的电话。一听他的声音，玉儿的心都不在自己身上了。玉儿什么也没想，就慌慌地乘车往另一个城市赶，因为在电话上，男友对她说，他现在正患一种病，快要死了。

玉儿来到男友处时，才发现男友骗她。男友好好的，什么病也没有。男友说，我患的是相思病。我想你啊。我真的好想你啊！想死我了呀！

玉儿喜欢听这样的话，所以玉儿就原谅了男友。玉儿在男友那儿过了两天，男友还想让她过第三天，这时，玉儿想起梅老师窗台上的月季。

玉儿决定马上走。男友怎么留，也没留住。

三天了，花一定早就谢了。玉儿显得很颓丧。在没进病房，玉儿就先到花园里摘了一些正吐瓣的月季花。

推开病房的门，玉儿呆了。她发现瓶里还有一枝花儿在热烈地开，很专注。玉儿还看到梅老师眼里满是莹莹的泪儿——梅老师醒过来了。

梅老师用手指了指窗台。梅老师说，这几天，我一直在看它们，我想，它们要谢光了，我也就该走了。可这朵花一直在开。我好感谢它！

玉儿仔细地看那朵花。那朵花正鲜艳地"开"。

梅老师说，这一定是枝不同凡响的花，就像当年他送给我的那枝一样，我想看看它！

玉儿眼里滚出了泪，玉儿想给老师说那是枝塑料花，可玉儿没说。玉儿就向窗台走去，在她转身的当口，换上了一枝刚摘的月季。

玉儿把这枝花儿交给梅老师，梅老师嗅了一下说，好香啊！和当年他送给我的那枝一样。真美啊！

后来，玉儿就把那枝塑料花儿栽在了花园里，让它在花园里开。

给孩子撒一次善良的谎

这是去年我在贵州开会时听到的一个故事。

说的是有两个人带着孩子去爬山。孩子不多大，八九岁的样子。山很高，都高到云上去了。两对父子爬啊爬，爬了很长时间，爬到筋疲力尽的时候，终于爬到了山顶。站在山顶上，看着远处的群山，一览众山小的感觉油然而生。两位父亲就觉得自己很了不起，就觉得自己像神仙一样端坐在云层里。四周是连连绵绵、苍苍茫茫的山，像山的海洋，浩浩荡荡，波澜壮阔，无边无际。看着山，两位父亲禁不住一阵悲哀，他们都意识到自己是这山的海洋里的一滴水珠，自己的一生也就是这山里的一株草或一块石头。

山的那边是什么？两位父亲都不知道。因为两位父亲都没有走出过山的海洋。

两个孩子都在望着山，望着山的尽处。两个孩子眼里都是一片新奇，一团疑问。

一个孩子问父亲：山的那边是什么？

父亲说：是山。

孩子又问：山的那那边呢？

父亲说：还是山。

孩子问：爸爸，你没有到过山的那边吗？

父亲摇了摇头说：不光我没到过，你的爷爷，你爷爷的爷爷也没去过。

孩子望着那层层叠叠的山，把眼都望累了。孩子低下了头。

另一个孩子也问父亲：山的那边是什么？

这个父亲就是我，我告诉儿子：是山。

孩子又问：山的那那边呢？有海吗？

孩子眼里充满了希望，那希望像春天刚刚发芽的草儿一样稚嫩。望着孩子那双纯净的眼睛，我只好对孩子说：有。

孩子问：海大吗？

我说：大。很大很大。

孩子问：海里有船吗？

我说：有。船很大很大，能装咱一寨子人呢！

孩子脸上露出了惊喜，接着问我：爸爸，山那边还有什么？

我其实对山那边一无所知，山的那边对我来说是一个未知数。可望着孩子那双好奇的眼睛，我不忍伤害他，只好说：山那边什么都有，你想到的有，你想不到的也有。

孩子望着云雾的深处，眼里流露出一种好奇和坚定。孩子说：爸爸，我长大了，一定要到山的那边去。

三十年弹指一挥间。当年爬山的两位父亲都老了。有一次，我们又见面了。他满脸的沧桑，他看到我满面红光，很是羡慕，他问我：老哥，过得可好？

我说：好。你哪？

他说：你看我现在的样子，像个过好日子的人吗？

我摇了摇头。

他又问我：孩子怎样了？

我说：孩子很好。现在山的那边的城市里做事，是一个公司的董事长。

我问他的孩子怎样了？

他把头低下了。他说现在和他一样，在家种地。他问我还记得咱们在一起爬山吗？

我说：记得。我说：我儿子能有今天多亏了那一次爬山。

他不明白。他说：那一次，你可是给你儿子说的谎话。你说山的那边怎样怎样，其实你是一次也没有出过山啊！

我说：是的。那次我给儿子说的是谎话。可正因为我给儿子说了谎话，才鼓起了儿子飞翔的翅膀，才让他的心走出了大山。

　　我对他说：我儿子常对我说，他能有今天，多亏了那一次爬山。是那一次爬山让他知道外面还有那么多的风景和美好。

　　他低下了头。他说：我可是给孩子说的真话。他问我：难道我说真话错了吗？

　　我说：你不错。我说：你是父亲，你怎能错了呢？

　　他说：我想不明白，我真的想不明白啊！

　　我说：你给孩子说了真话，可恰恰是这句真话，却把孩子想舒展的翅膀给收回了，把孩子本来属于天空的飞翔给击落了。我虽给孩子撒了谎，可我却鼓起了孩子的翅膀，把他飞翔的雄心交给了天空。我说：有时候，给孩子撒一次善良的谎，对孩子来说，不是坏事啊！

　　他说他明白了。他说明白的时候，眼里滚出了两滴泪。泪很大，很红。我知道，那个泪和我所说的谎话一样，都是亲亲的爱啊！

流 水

开始的时候，是春天，天正下着雨，下得很有耐心，情人一样，缠缠绵绵的。那时你正走在回家的路上。走呀走呀的，你好狼狈。

那时那个叫我的男孩正在回家。你们走在一条路上。他比你走得快。比你走得悠然。他撑着一把伞，雨奈何不了他。他发现了你。他发现你时他的身上没有一点湿。可你却湿得很厉害，落汤鸡似的。他呀不忍心了。仅仅是不忍心。他就把伞给了你。

开始你不接。怎么能接陌生人的伞呢？他说雨还得下很久呢！你看清他眼里干干净净的，很善良。你又看了看天，看了看雨。你就把伞接了过来。

你说：咱们俩打一把伞吧！

他摇了摇头。

后来你就一个人走。到家时，那个叫我的男孩浑身都湿透了。当时你很不好意思。说了一些让人比较激动的话。当时你的脸很红。他只说没什么。之后，接过伞就走了。

走了就走了。

再认识的时候是夏天。那天很热。你走了很长的路，你很累，也很热。那时你就想吃个西瓜。吃个西瓜降降温。当时那个瓜摊前坐了好多人，男男女女的，都在吃瓜。都呱唧呱唧的，吃得很响。

你叫那个卖瓜的给你切了一个，是沙瓤的，你吃了一口，好甜，好爽。一抬头，你发现了那个叫我的男孩，坐在你的对面。你迟疑了一下，说：怎么是你？他也说了句：啊，怎么是你？

之后，你们都把瓜吃得很小心，很文雅。不像另外那些吃瓜的主，残酷地吃到了皮。你们就接着说了一些话。有些是关于那个雨天的，有些是试探性的。再接着，你们都争着结账。当然，摊主还是收了他的钱。你感到很不好意思。你就说：谢谢你了。

他说：应该的，不用谢。之后，就过去了。

过去就过去了。

可你总觉得欠他很多似的。你就想还他。那时，你还不知他在哪儿，他叫什么。你反正知道，他和你一样，都在忙。忙着寻找什么。

没事了，你就想。一想就脸红。一红就低声说自己：没羞！说了也没用，还是想。

你就想再遇到他。你想了：假如你们再遇到，就是缘！

后来，你们真的遇到了。你想，这就是缘了。就和他说。说了一些话。当然，你说得很好，他听得也很好。你们都很高兴。

后来，你们就交往了，蹚水一样的，开始浅，浅着浅着就深了。

后来，你有了做他妻子的想法。你想你一定能做个好妻子。你想对他说。可这话沉，你就很害羞，说不出口呢！

后来你就一个劲儿地说那个雨天的伞和伏天的西瓜。你说伞能避雨，西瓜能降温，都是好东西。你说了一大堆实话。其实他很明白。你就有点恼了。你想，明明知道了，还让人家说，真坏！

他很好地笑了，他把你的手拉着。然后就拥了你。你说：别这样，这样不好。可你还是蜷在他的怀里，很乖。

后来你们就相爱了。爱得很深。再后来，就结婚了，他做了你的丈夫。

再后来，你们有了孩子。孩子不很乖。你们就有了些烦恼。当然，有时怨你。有时怨他。有时谁也不怨。

风平浪静的时候，你们就和大家一样说说笑笑地过日子。把日子过得很绵长。有时你们俩就躺在床上，说着柴米油盐。只有很少的时候，什么话都拉完了，你们才拉起爱情。你就问他：咱们俩的爱情像什么？

他考虑了很久，才说：大约像伞吧?!

你不同意。你说：像个大西瓜。

他笑了。笑得很开心。他说：你的这个比喻精彩极了。对，像个大西瓜！

你想他一定领会你的意思了。你很高兴。就吻了他一下。

他却睡着了。很香。

你想，这就是幸福吧。你就搂着他的肩，睡了。

秀姑娘

有个故事，是真的，不美丽。

我庄前边有个村子，是王楼。王楼有个叫秀的女子，生得美，十六七就像一朵花了，天天那么鲜艳地开着，馋着满村人的眼。

秀没事常到我庄上来。我庄上是集。十天五个，逢单日。秀在集上一走，就拽走一集人的眼。一集的嘴巴就喷：咦，俊死了，谁家的妮？连老头也这么问。

集上有个理发铺，是黑的。黑快三十了，还是独身。就是脸黑，炭一样的。黑的活好，他收拾出的活，又鲜亮又工整，惹人的眼。

秀的头发常要黑做，秀原来是留辫子的。辫子都到腿腕子了。有买头发的相中了，认了一辆"凤凰"自行车的钱，给剪了。秀的头发就短了。秀就开始到黑那儿做头发了。

每次秀出来赶集，秀就很光亮，晃一街人的眼。一街的眼就跟着追。一街人都说：咦，仙女呢！

就有人给秀做媒。都是些干净后生。干净后生有好扮相也有好门庭，秀就是不点头。

娘就急。就问：妮，到底什么样的才中？

秀说：我不知道。

娘说：你怎能不知道呢？

秀说：真不知道，娘！

娘就高兴。娘想，这是眼光高呢，憨妮子！

娘就开始给秀张罗了，张罗那种让全村女子眼红得嘴里咽唾沫的后生。那些后生走马灯似的在秀家里进进出出。害苦了一村子的妮。

117

秀也就能常出入黑的理发铺。秀的头发也就常那么鲜亮着，鲜亮着见那些后生。那些后生见了秀就说：你，你的发型真好看。真好看。

秀就有些得意。后生们就问：秀，你看我怎么样呢？秀就说：不错。后生们就有些小得意。秀就说：有一点，你们该好好地做做头发。

后生们的脸就长。

日子就这样过。一日，一日，一日。

终于有一天，集上的人发觉不见秀了。就打听。有人就把嘴撅向了黑的已经关门的理发铺。有人还不明白，那人就恼了，说：跟黑跑了！那人说得很气愤。很亏。

三年后，秀和黑抱着娃娃回来了。黑还是接着在集上干理发，秀还是那样鲜亮。

秀开始走娘家了。抱着孩子走。娘开始不开门。孩子哭了，哭得很凶。娘就把门开了。娘说：唉，冤家，进来吧！

秀就抱着孩子进家了。

娘就问秀：他到底哪儿好呢？

秀说：我，我不知道。

娘就说：不知道你怎么能跟他走呢？

秀说：我也不知道为什么。

娘知道秀说的是真话。娘就狠狠地骂，小死妮子哟！骂过之后，娘就觉得心里好受了很多。

秀没事了，就爱在集上走。还是十天五个集，逢单日。一走，就拽一街筒子人的眼。人就说：哎，仙女呢！

只是黑的铺子里的生意越来越好，一天到晚地忙。都是给女人做头发。

让狼舔舔你的手

是二十世纪七十年代的事了。那时我在东北的一个深山老林里伐木头。那时伐木头不像现在，什么样的都伐。我们是先到林子里去，拣那些大的，粗的，够年岁的，快要枯的树伐，只有这样，我们才能保证森林的年年葱郁，才能保证森林不被破坏。我们是伐木三组。我们这组是三个人，有我，李建国，张太平。张太平是我们三人中岁数最长的一个，我们都叫他老张。老张是猎人出身，会做夹子什么的捕兽器，常捕捉一些动物添补家里。李建国岁数比我小，二十三四岁，我称他为小李。小李可听我的话了，让做什么他就做什么。可巧那段时间，老张回关内老家了，我们这组就剩下我和小李了。这一天，我和小李正拉着树，猛然听到一只狼的嗥叫声，声音很凄惨。我和小李就停下手中的活，朝着叫声搜找过去。结果发现一只狼被老张的捕兽器夹住了。狼在哀号，看到我们，眼里露出了凶狠的光。从狼那不停滴流的乳汁上我们知道这是一只正在哺乳期的母狼。母狼显得很焦躁。对着我和小李狂嗥。那嗥声里充满着无限的仇恨。

小李看着母狼那越鼓越大的奶头说："哥，这可是一个母亲啊！"我也看到了母狼的奶水在不停地滴淌，就给小李点了点头。小李说："哥，老张这次回家不知什么时候回来，这只母狼如若没人处理会被饿死。"我说："是的，饿死这只狼没什么，可它的那一窝小狼崽也就会都饿死。这可是一死就是几个生灵啊！"小李见我这么说，知道我也在为那几个小生灵担心，就和我商量。我们两人当即决定了一件事。就是这件事，改变了我们两人的一生。

我们当时商量决定：一定不能让这只狼饿死，要救活这个狼家庭！

我和小李跟着老张学了一些看足迹找猎物的常识。我俩就跟着这只狼的足迹，费了九牛二虎之力，终于在一个大枯树洞里找到了狼穴。将五只可爱的小狼崽抱到母狼的跟前喂奶，以免饿死。小狼崽还没有睁眼，母狼看到我们抱着它的小狼崽，简直像要疯了一样，我们忙放下，小狼崽听到母亲的叫唤，忙向母狼爬去。母狼把爬到自己跟前的小狼崽都弄到自己身下的奶头上，那个温存和耐心，真的让我们好感动。多幸福的一家啊！可是，现在母狼却身在险境。小狼崽看样是饿了很长时间了，不一会就一个个吃得肚子滚圆，母狼的奶子也就瘪了下去。母狼不能去寻食，又不让我和小李近它的身给它松夹子，怎么办？为了母狼有充足的奶水，我俩把吃的都省出来给母狼。母狼因被夹子夹住，没自卫能力，为防止别的动物来侵袭它们一家子，我和小李就在母狼附近搭了个窝棚，看护着这个狼家庭。

刚开始给母狼喂食的时候，母狼非常不友好，龇着牙给我们发威，不允许我们靠近。过了五天，母狼看我们没有恶意，态度比以前好多了，不给我们龇牙了，我们去给它喂食时，它眼里的光柔了很多，仇恨也淡了很多；又过了两天，母狼眼里也没有仇恨了，它开始一见我们就跟家里的狗一样给我们摇尾巴了。我们知道，我们已经获得母狼的初步信任。母狼先是小摇，又过了三天，只要一看到我们，就开始使劲地摇了。我们知道母狼现在已是完全信任我们了，允许让我们靠近它了。只有靠近母狼我们才能把它解救出来。我们就是这样取得了母狼的信任，近了母狼的身给它把夹子松开的。获得自由的母狼它先把自己的那五个崽逐个舔了个遍，舔得那个亲，让我们两人很感动。接着母狼走到我和小李的身边，围着我俩转了一圈，然后伸出了它那毛涩涩的舌头舔了舔我的手，又去舔了舔小李的手。之后，母狼在我们跟前躺下了，我和小李看到它的伤腿都有些溃烂了，我俩又给母狼的伤腿上了药。看着我和小李给它上药包扎，母狼这时眼里的光都是感激了。

过了几天，母狼的伤腿好了。那一天，我知道母狼就要离开了，因为一清早，它就出去了，没过多大一会儿，它衔着一只野兔回来了。接着它又衔回了一只小野鹿放在了我们的窝棚旁。看到这两只野物，我就对小李说："母狼看样子要离开我们了。"小李看着野兔和小鹿点了点头。这时，听到我俩回来的母狼从我们给它搭的窝里出来了，身后跟着它的那五只早就睁开眼的小狼崽。母狼领着他的五只小崽子围着我俩转了三圈，接着仰起头长嗥了一声。这一声，我虽然不知道母狼说的什么，但我能感觉得出，这是母狼在对我和小李说出的它最最感激的话，它是在用这种方式来表达自己的感激。之后，母狼就带着狼崽走开了。母狼一边走一边频频地回头，在母狼回头的时候，我发现母狼的眼里竟有点点的泪花……后来，母狼的泪花常常开在我的生活里，它那涩涩的舌头舔我手的感觉时时让我感动和温暖，那温暖是信任的温暖，那温暖是真诚的温暖。也就在狼舔我手背的时候，我知道了什么是真诚。就是狼的那一舔，它影响了我一辈子。我时常在想，如果我们能做到让狼舔你的手，还在乎得不到真诚吗？

在夏日里画场雨

很久很久以前，我就想画场雨，画场淋漓尽致的雨，把你淋湿。

我知道自己不该这么做，有爱把它埋心里就算了，没想到啊，你在我心里发芽了。那时我想，就让你长大吧。后来你就长成了一棵树。很挺拔的一棵树。

春天逝去的时候，我正在一条小河边对水梳妆。我发现了我自己，不再是个小丫头。我会害羞的眼睛告诉我，我长大了。

我就开始心慌。毕竟自己的心上长着一棵树。并且这棵树在不停地长粗、长高。这时候，我猛地发现，我很喜欢这棵树。

它的叶子那么的嫩绿，泛着油光在太阳下金子般地闪烁。挺拔的腰身那么的伟岸，扎进天空里显示着青春的蓬勃。

我知道不可避免的事就要发生，那时我就强烈地克制住自己。使自己变得若无其事、心如止水。后来天空逐渐热起来，趾高气扬的太阳在天空挥洒着自己的权力以示自己的高傲无比，那时我正在你的树荫下写一篇关于一个小男孩和一个小女孩相爱的故事。那个故事很感人，像琼瑶笔下的男女主角相爱那样缠绵悱恻。写着写着，我的泪止不住地跑了出来，钻进了我脚下干裂的土地。他钻得很迅速，一眨眼的工夫就失去了踪迹。这时我发现你头顶的太阳正扬扬得意。可你默守如雕，始终忍受着，用身躯给我铺出一片绿荫。让我安静地去写、去画。虽然你的叶子风干如铃，风吹过，发出金属般的声响，但你的头依然那么昂着，不屈着自己的意志和顽强。

这时，我的心很疼，有一个想法在时时刻刻地催促我：画场雨。在晴朗的天空上画场雨。画场淋漓尽致的雨，把你淋湿！

在我正要展笔的时候，你湿了。你发现了我的用意，你激动的泪水忍不住倾盆而出。流得好凶，好大。

那时你浑身湿透，你显得很狼狈。你的帅气、你的英俊在你的"狼狈"中是那么的令人心动。这时太阳隐去了，天空一片灰暗。你瑟缩着身子，但你坚韧的目光让我明白了，活着是为了什么。那时的我什么也没说。唯一的想法就是想画个又红又大的太阳。画个又红又大的太阳，挂在你的头上，晒晒你。

于是，我饱蘸墨汁，在空白的天空上画了个太阳，那个太阳很大、很红、很好看。

后来，你干了。我湿了。我湿得好苦，好狼狈。

可我丝毫没有怪你。

小麦的幸福

小麦的幸福是她在上三年级的那年找到的。

那是夏天，爹带她去城里。所谓的城里，实际上叫滕县，从前叫滕小国。城不大，没用半上午，她和爹就逛完了。村里的支书说过难听的话形容城小，说东头放个屁，西头立马闻着臭味。可在小麦眼里，这是大城了。你看，楼多高，路多宽，还有人家骑自行车的，每人手脖子上都带着手表，在太阳底下闪闪发光，晃人的眼。小麦就跟爹说，说爹你看，人家骑自行车的，每人都有手表。爹看了看说，妮，那是城里人。爹说完恨恨地骂了句奶奶的。小麦不知爹为啥骂人，小麦觉得爹这样不好。在人家门口，你骂人，人家要揍人呢！小麦明显地感觉出了，爹跟她和这个县城不协调。你看人家城里，街多干净，人人都骑着自行车，都穿得很洋气。哪像她和爹，好似一件新衣服上的两个补丁，很显眼。小麦觉得很丢人。

小麦就往爹的身后藏。爹也许觉出什么了，问小麦，妮，城里好不好？小麦点了点头。爹说，妮，咱村有很多人没到过城呢！爹说这句话时显得他很了不起，像骄傲的大公鸡。爹说，你冬瓜爷，八十多了，一回城也没进过呢！小麦说，爹，冬瓜爷是瘸子，两条腿不能动，上茅房都用人扶着。爹知道小麦这是反驳他。就又说，你灯笼奶，你知道的，没进过城，对吗？灯笼奶小麦知道，自打嫁给灯笼爷后，只回了几次娘家。一辈子哪都没去过。因为她走出家门就转向，就找不着回家的路。灯笼奶常说，她是拉磨的驴托生的，不然，咋就只记着磨道这点路呢！爹见小麦不吱声了，就问小麦饿了吗？小麦点了点头，从早上出来到现在光逛了，一直没吃饭，肚子咕咕叫呢！爹看样是狠了心，说，妮，走，咱到三八饭店吃馄饨去！爹口袋里装着娘给的卖鸡蛋的钱，爹一直攥着，不舍得花，都攮出水了呢！所以小麦就记住了那碗馄饨。那是她长这么大吃得最香、最甜的饭。看着吃得满头汗的小麦，爹问，好吃吗？小麦说，好吃。爹就又舔了舔他的干碗，然后长出一口气说，奶奶的，好幸福啊！小麦不知爹咋就冒出了这句话。小麦也被感染了，她觉得，她摸着幸福的边了。他们班到过城里的人很少，更别说在城里吃过馄饨了。爹说，这就是幸福！妮，只要好好学习，以后你比这还幸福呢！

小麦记住爹的话，就好好学习、天天向上。后来考上了大学。再后来分配到滕县教学。分来的那天，她觉得她终于不是城里的补丁了。刚领到工资的那天，她从三八饭店里买了五斤馄饨带回了家。爹说真香。娘说真香。弟弟妹妹说我的舌头都吃肚子里了。小麦觉得她幸福极了。

再后来，小麦成了家。找了个不错的丈夫。后来，小麦听了丈夫的话，停薪留职办了个公司，小麦当老板。小麦的生意很好。小麦就成了一个成功的女人。有鲜花，有荣誉，有可亲可爱的丈夫和儿子。一空闲了，小麦就坐在她的老板桌前，瞅着窗外的这个城市，现在这个城市叫滕州市了。小麦有时望天。天上有云，是白云，缓缓地飘，像是谁在牧着它们。有时望着街上川流不息的人流，人们都在匆匆忙忙地跑，在追赶着什么。小麦就想。当然，有很多事小麦是想通的，也有一些是想不通的，比如，从前那个往爹身后藏的乡下妮子，为什么就那么容易感觉到幸福呢？小麦想，那个孩子太傻了。真的太傻了。

一路莲花

自己的纯净

花 香

孩子把花儿举到我的鼻上，孩子问，爸爸，香吗？

那时我心里正烦。因我在生活的路上被人踢了一脚，把我正端着的饭碗给踢掉了。摔了，摔了十八瓣。

我很为那只饭碗可惜。那只饭碗是玻璃做的，做工很精致，造型很美，我很在乎。

我把孩子推到了一边，我说，去！去！一边玩去！

孩子看着我，怯怯的。孩子的眼睛很委屈，有水雾在里面飘。就像我在水里沁着的心。

我有些可怜了。就唉了一声。我把孩子又拉了过来。我抚着他的头，我说，孩子，爸爸烦着呢！

孩子看着花，孩子又闻了闻，孩子问，爸爸，你为什么不看花呢？

我说，爸爸不想看。真的，爸爸没心思。

孩子问，爸爸，难道是花不香吗？

我说，不是。不是花香的事。

孩子的眉头皱起来，孩子问，爸爸，还有比花不香更大的事吗？

我的心一动，我说，孩子，花很香。

孩子说，爸爸你骗人，你没闻，你怎么知道花很香呢？

我把花又拿了过去，放在鼻下，用力地闻了闻。我说。我闻了，是香。是很香。

孩子摇了摇头。孩子说，爸爸，你没有真闻。

孩子说，爸爸，你要是真闻了，就会觉不出香了。

我对着花又使劲抽了几下鼻子，我说，是香啊。真的，香。

孩子用手指着掐断处，那儿正有汁水在涌出。孩子说，爸爸你看，花，在流血呢！

孩子问，爸爸，你说，花它疼吗？

我的心一颤，我说，疼。一定很疼的。

孩子说，爸爸，如果要不掐这朵花，这朵花不流血，这花儿就光是香了。

我说，是的。

孩子说，爸爸，这花儿要光是香该有多好啊！

我说，是的，要光有香多好啊！

孩子说，爸爸，我以后不再掐花了！

我说，不掐掉，你怎么会拿在手里呢？

孩子茫然了。孩子问，那，那我该怎么办呢？

我说，要么你不再闻花香，要么你不在乎花疼的事。

孩子似懂非懂地看着我。我知道我这话说得太拗口，太有哲理，太大人化了，我想，孩子大了，孩子就懂了。

懂了，就会明白，花儿为什么会被掐掉。爸爸为什么烦恼了。

洁　水

孩子坐在池边，看着水中的一朵莲。

莲是睡莲，开得很害羞，像刚刚有了心事的处子。

孩子的眼睛很纯，纯得就像那一池水。

水中有鱼，是很肥的那种鱼，臃臃肿肿的，就像已经腐败的县长或局长。

鱼悠悠地游。无所事事地游。很欢。欢得水更静了，欢得莲更美了。

孩子的眼里就有了笑意，笑很纯，就像水中的那朵莲。

孩子说，叔叔，你看，水儿多静啊！

我摸着孩子的头，我说，孩子，是静。

孩子说，叔叔，你说，这叫美吧？

我说，是美。真的，很美！

孩子就笑了。孩子说，叔叔，你真好！

后来，我发现了鱼。鱼在水面上游。鱼太张扬了，招招摇摇地游。游得我的心里痒痒的。

心一痒，我就明白自己该做什么了。

那时孩子已回家给我端水去了。我给孩子说，我渴了。

孩子说，叔叔，帮我看着水。我去家里给你端。孩子一离开，我就下了水。

当然，鱼是有头脑的，在水里给我展开了对抗。

我把自己弄得很湿，很狼狈。那时我的眼里出现了火星。那火星把我燃烧了。烧得我不是我了。

这时孩子端着水来了。这时我已抓到了一尾鱼。鱼很肥，肥得我的口水泛滥了我的嘴巴。孩子看着我手中的鱼，眼里出现了迷惑。那迷惑里燃烧着他小小的愤怒。孩子说，叔叔，你，你干什么？

我说，孩子，你看，这鱼多肥啊！

孩子说，你干什么呀，你干什么呀！

我看了看孩子，又看了看我手中的鱼。鱼不屈服。鱼在挣扎。

孩子用手抹着眼角的泪。孩子说，你怎么能这样呢？

我说，我，我，我哪样了？

孩子指着水说，你把我的水弄脏了。你把我的水弄脏了！

我就看了眼鱼，我发现，鱼的眼里有泪。

那朵睡莲，已是泪水满面了。

一路莲花

龙伯品茶

龙伯就是这么个人，不吸烟，不喝酒，只好一样——喝茶。

茶也不是什么好茶，就是一块钱一包的大叶子茶。好茶龙伯不喝，不是不爱喝，龙伯说：好茶一喝就惯坏了胃，再喝大叶子茶就没味了。龙伯讲究个细水长流。大叶子茶有钱能喝，没钱也能品。十斤瓜干的钱就能喝三四季子，经济！

龙伯喝茶很讲究，一天喝两次。一次是早晨起来，一次是睡觉前。早晨起来，龙伯首先去看头天晚上放在院子里用露水露的那盆水。盆是泥盆，用小筐罩着。龙伯就用这盆水烧茶。龙伯说这水经过天地交合，一夜露水的滋润，有天味。烧水用的是铁锅，用柴火烧。龙伯不喜欢用煤，他说煤太霸道，烧出的水性子烈，泡出的茶就硬。

烧时，先用文火。水开始泛边，龙伯就往火里添几个木块。水泡冒得急了，要翻滚，龙伯就往火里续几块拇指般大小的青石块。龙伯说这样烧出的茶柔里有刚，耐喝。

泡茶得用茶具，龙伯就用一把很粗糙的大砂壶。儿子嫌大砂壶难看，登不了大雅之堂，趁出差到景德镇捎来了一套精细瓷的茶具。用了几次龙伯不用了。儿子说大砂壶既难看又不卫生，有哪门子好？龙伯说：大砂壶难看，却中用。还最保味儿。龙伯母不信，龙伯就让龙伯母品。品后，龙伯母就不再说什么了。

泡茶是龙伯最兴奋的时候，一到这时候，龙伯就两眼潮红，额上沁着细碎的汗珠。龙伯就把大拇指、小拇指蜷起，用中指、食指和大拇指不紧不松地撮了三撮子。

一遍茶龙伯是不喝的，他说：茶如人，茶味就似人的容貌，准确地

129

说，就似女人。他说一遍茶就似十来岁的小孩，容貌很稚嫩，看不出什么。一遍是要泼的。然后再倒水，茶的颜色就由浅至深，由红到紫既而紫红。龙伯先用舌尖轻拍水面，拍打泛在水面的茶叶，而后才呷。呷一点，感觉到火候了，小饮半口，漱嘴，接着才喝。龙伯说：二遍茶似十八九岁的姑娘，容貌很俊俏，其实是不耐看的。最好的是第三遍。说到这儿龙伯就呷呷嘴，很幸福似的。他说，第三遍就像少妇，由于受到天地的交合，无论怎么看，都很丰满、成熟，喝到嘴里满是味，有品头。第四遍嘛——说到这儿，龙伯端起小饮半口，然后才说，就像半老的徐娘，还有点姿色。第五遍茶龙伯是不喝的，他说那是满面沧桑的老太婆，没意思了。可在龙伯母死后，龙伯就开始品第五遍茶了，且每次品得都很专一，很投入，就像进入了一种境界。

有一次龙伯品茶，恰巧我在旁边。龙伯喝一遍让我品一次。我只觉满口的苦涩，根本没什么感觉。龙伯说：茶品的是味，不应是茶。在喝第五遍时，茶已无色，和白开水无异了。我说：龙伯你泼了吧，我再给你泡。龙伯摇摇头说：茶喝到这时候是没味了，越是没味，越有品头！说着，龙伯眼里就流出了泪。

死 帖

如蚁从主人手里接过帖时，吃了一惊，因为上面清楚地写着两个字：孟仲。

说起孟仲，如蚁知道，那是善州百年不遇的好官。爱民如子众口皆碑，他到善州不到三年，为善州的老百姓办了很多的实事、好事，善州的老百姓称他为"孟青天"。

如蚁也知道，他是个孤儿，自从主人把他抚养成人后，他就不是他了。主人对他倾尽了心血，目的是把他培养成血光门的骄傲，成为当今武林的一代盟主。主人知道如蚁行。

主人知道如蚁的活路，更知道他的脾性。俗语说，知子莫如父，知徒莫如师。如蚁眼里闪出一丝惊讶时，主人已捕蜻蜓一样一下子把正在飞翔的翅膀捏住了。

主人说："我知道孟知府不该杀，但我接帖了，就该杀。"

如蚁没有说啥，只是低着头，看着脚下的地。

主人说："不该杀也得杀，我们没有选择的余地。"

说起来，主人一般的活都不交给他。主人手下有很多的杀手。但若交给他，说明这个活儿非他莫属。

主人看人很准，该谁干的活就谁去，从无差错，所以血光门自从在江湖上露面以来，从没误过帖，逐渐成了江湖上人人闻风丧胆的第一大杀手集团。

如蚁明白，主人很犯难，一般的是接过帖来，主人一看，就吩咐谁去。而今天，主人给他说了这么多，如蚁知道，主人很难受。

主人说："孩子，其实这个尘世上的很多人都该杀，可我们却杀不了，不该杀的人却都无端端地死了。如蚁，我们都还没有修炼到心如止水，因为我们都还知道什么是好，什么是坏，对于一个杀手来说，这是一个悲哀。"

如蚁没有说啥，只是又看了一下帖。帖上还是那两个字：孟仲。

主人说："孩子，记住，我们是杀手，接人钱财，替人消灾，这是血光门的规矩。我们这些人生下来就是一部机器，就是一部专门杀人的刀子，我们是不能有感情的。"

如蚁按了一下腰间悬着的玄冰剑。

主人说："想一想来到尘世的哪一个人不是在受苦呢？人是不愿到这个世界上来的，假如你听到新生婴儿的第一声啼哭，你就会明白这降临是多么的不情愿，是多么的委屈。所以，我们是在帮他们脱离苦海，我们是在帮他们做善事啊！"

如蚁知道主人动了情。因为主人眼里有泪花在晶莹莹地开，那花开得很浑实。这是从没有的事。

主人说："我知道你是一个很仁义的杀手，在血光门中，唯有你最有情。你在每一个死者临终前，都替他们做一件事，让他们无牵无挂地走，所以，这个活，我决定让你去干！"

这是个夏初的夜，潮乎乎的风儿热热闹闹地刮。如蚁来到善州孟大人的府宅。孟大人正在书房里挑灯阅文。孟大人看得很入神，如蚁站在他的对面有半炷香时间了，他也没发觉。

孟大人正在看很厚的谏文。孟大人看后拍案而起，然后骂了一声脏话。然后发现了如蚁。

孟大人很平静。说："你来了。"

如蚁没有吭声。

孟大人说："你是如蚁？"

如蚁说："我是如蚁。"

孟大人说："我没想到，你来得这么快。"说完孟大人笑了。孟大人笑得很爽朗。孟大人好像胸有成竹，一点也不畏惧。

如蚁说："你知道我，也说明你知道我的规矩，就是替我剑下之人办一件力所能及的事。你说吧，我不会让你失望。"

孟大人长叹一声说："天已入夏了。你也知道，荆河年年泛滥，关键是荆河两岸河床低矮，承受不了上游汹涌而至的山洪。如若在荆河上游修一道堰闸，汛期时关闭，让荆河上游的洪水直接进小清河流入西边的微山湖，我想就不会有事了。"

如蚁说："这事与我无关。"

孟大人说："这事与我有关！"

如蚁不解地望着孟大人。

孟大人说："我从到善州的那天就知道这儿年年洪水泛滥，荆河两岸的百姓流离失所，无家可归。三年来，我一直有个愿望，就是在荆河的上游筑一道堰闸，无奈，县库房里没有银饷。我当的是一个无用的官啊！"

如蚁看着孟大人。

孟大人眼里渗出了泪。孟大人说："我知道你是一个仁义的杀手，很多人都怕你，可我不怕你，而且，我从到善州任知府的那天起，我就盼着你来杀我了，因为我知道你的规矩。"

如蚁的心动了一下，这个时候，如蚁再仔细看泪花烛红的孟大人时，猛然发现孟大人好眼熟，和他熟识的一个人很相像。

孟大人说："在我临死之前，我求你一件事，就是给我绑架一个人。"

如蚁问："谁？"

孟大人说："黄玉霸！"

如蚁听说过黄玉霸，是善州的大富之家。可以说，整个善州有三分之二是黄玉霸的。况且朝廷里还有亲戚，家中金银珠宝堆积如山。

如蚁问："为什么？"

孟大人说："荆河修堰闸的费用我不想从百姓身上收缴了，况且，收也收不够。我想请你去向黄玉霸要一批银两。有了这批银两，堰闸也就能修起来了。因为我夜观星象，今年善州将有一场百年不遇的洪灾，如若修了堰闸，筑高荆河两岸的河床，今年的洪水也就能治住了，荆河两岸日后就不会再荒凉了。"

如蚁望着孟大人。孟大人向如蚁弯了腰。

孟大人说："为了善州这二十万百姓，我孟仲向你叩首了！"

如蚁把剑按进了鞘。如蚁说："好，我答应你。银两十日之内我给你送来，你的人头我先暂寄你头上十日。"说完，转身而去，瞬间无息。

第二天，孟大人就闻听黄玉霸被绑架了，索要银两五千万两，否则，撕票。

谁敢这么大胆，太岁头上动土，连皇亲也敢绑架。当人们知道是江湖上鬼见愁杀手如蚁，都噤若寒蝉，那可是当今天下无人匹敌的第一号杀手。

当然黄玉霸的家人也不是善类，在黑白双道找了很多人，出了很多的银两，可人们都不敢应招，都不敢蹚这趟浑水。谁也不敢拿着自己的脑袋玩。

结果是银两如数送到。

如蚁站在孟大人跟前说："银两我已放在你指定的地点，我要办的事办完了。"

孟大人猛地跪下了，给如蚁磕了一个响头，孟大人两眼迷离，说："我代表善州二十万百姓，谢谢你了！"

说完，从腰间抽出宝剑，就向脖子刎去。

如蚁伸手捏住了剑锋，孟大人不解。如蚁望着孟大人说："堰闸完工之际，才是你人头落地之时。为了你的堰，我再给你一个月的时间。"

孟大人考虑了一下，说："好，我一定把这道堰筑好。"

如蚁第二次来到孟大人府宅时，那时正下着雨。是一场百年不遇的大雨。孟大人望着如蚁手中的剑，又望了一下天上的雨说："再答应我一件事，我想再最后看一眼我的堰闸！"

如蚁的心一动，泪就流了下来。如蚁答应了。

两人来到堰坝上时，荆河上游的洪水如脱缰的疯牛咆哮着撞来。如蚁只感觉脚下一震，接着洪水便乖顺地向小青河流去，看着那垂头丧气的洪水，望着脚下固若金汤的堰坝，孟大人脸上露出了笑容。孟大人说："我可以放心地走了。"

孟大人说："如蚁，你出剑吧！"

如蚁很被动，只好抽出剑。如蚁的剑抽得好慢。如蚁望着孟大人。如蚁的剑在抖。

孟大人知道如蚁为什么抖。孟大人就笑了。孟大人就故意说："如蚁，小心，背后有人。"

如蚁一分神，同时发现，孟大人身后正有一个人向他奔来。这时，孟大人用胸膛向他的剑上撞去。玄冰剑尖从背后钻了出来。剑尖滴着血。接着，就被雨洗净了，只有剑在雨中凉。

如蚁愣了。

孟大人说："我说过，我不会坏你的规矩。"而此时，远处飞来的蒙面人一下子把孟大人抱住了。蒙面人叫了声："二弟!"

孟大人看了一下蒙面人说："哥，我对得起爹娘了。"

蒙面人拉下了面巾，如蚁傻了：蒙面人是主人。

如蚁呆了。

孟大人说："哥，那个帖是我差人送给你的。只有这样，堰闸才会修起来。我谢谢你了。"

孟大人说："哥，知道我为什么修这个堰闸吗?"

主人其实知道弟弟为什么修这个堰闸，可主人还是摇了摇头。

孟大人说："我这是在为你赎罪啊!"

孟大人说："哥，洗手吧!"主人看着弟弟，孟大人像是睡了。很满足。主人又看了一下如蚁。如蚁在看着剑。如蚁的剑在雨中流泪。

主人望着雨，叫了一声："天啊!"

大雨滂沱，真是一场好雨!

一路莲花

中了老婆的美人计

老婆问我，有一个人最不可信了，你知是谁吗？

我摇了摇头。

老婆说，是你啊！

我问，为什么？

老婆说，谁不知道你们男人，吃着碗里的，看着锅里的，是天下最不忠心的！

我说，老婆，他们是他们，我是我，你可别眉毛胡子一把抓。怪不得说，哪庙都有屈死的鬼。老婆啊，我爱你海枯石烂不变心，沧海桑田不移情，苍天可鉴啊！

老婆嘴巴一撇，真的？

我说，千真万确啊！

老婆就笑了，坏坏地笑，笑得我心里虚虚的。难道，我的那点花花肠子让老婆发现了？

实事求是地说，我这人大缺点没有，就有一点小毛病：好色！放在这年月，也不是什么大不了的事。就是看到可心的人儿恨不得像蜜蜂一样马上去蜇一下子。可我有贼心没贼胆，心里痒痒的，却前怕狼后怕虎，就是不敢付诸行动，是属于好赌无钱、好色无胆的那一种人。有时我也恨铁不成钢，你看人家女孩都暗示你了，都给你飞媚眼了，快上呀！不知为什么，就是怕，一想还得回家见老婆，腿肚子就软了，就怯了，就没底气了。

没事的时候我就自己给自己打气，先从思想上，俗话说，十个男人九个花，一个不花是白搭。白搭是指男人有那方面的毛病。诸如肾不好了、有生理缺陷了等。从这个老俗语上说明好色是男人的天性。

思想上充实了，我就再练自己的胆，当然是色胆。俗话说色胆包天。想包天，胆子一定得大。我就在夜深人静时去村南的墓地。开始是怕，猫头鹰在树梢上一个劲地对着我笑，笑得我两条腿一个劲地打哆嗦，心里发毛，头皮发炸。连去几天，我的脸发白、眼发绿，渐渐地，我觉得胆子真有些大了，就是见了狐狸精我也敢上去调戏了。

这是老婆给我谈完话后不久的一天，老婆要我陪她去逛街。我最讨厌陪老婆上街了，所以我无精打采，像犯了大烟瘾。就在这时，我的眼前一亮，一个穿红裙子的女孩像火苗一样在我眼前燃烧。那一刻，我的眼烧直了，气烧短了。两眼就定定地瞅着红衣女孩。那女孩仿佛知道我在瞅她，回首望了我一下，嫣然一笑。呀，太美妙了，我晕了！

老婆说，你怎么了？

我知道自己失态了，忙说，没什么，没什么，可眼角还斜着那女孩。

老婆说她要去买内衣，让我在这儿等着她，别乱走。说完老婆就走了。

我那个高兴啊，好像受苦人见到了红太阳，那一刻我真想唱：解放区的天是晴朗的天，解放区的人民好喜欢！

红衣女孩在一旁看商品，我忙跑了过去。跟女孩搭讪起来。女孩叫雪儿。雪儿是个自来熟，不一会儿我俩就聊得热火朝天。趁此机会，我给雪儿留了呼机及通信的电话，接着我就约雪儿，今晚有空吗，我请你喝咖啡。雪儿说，好啊。我说，在"夜来香"。雪儿说，好啊！我说，晚上八点，不见不散。雪儿说，好啊！

到了晚上，我给老婆说，我出去办点事。老婆瞅着我不怀好意地问，去约会吧？！

我说哪有呢。像我这样的草包男人除了你这样没眼色的女人看上，一般有点头脑的女人谁愿意正眼瞅我呢！你就把一百二十个心放肚子里吧！

老婆见我这样说，就坦然了。就说，那你去吧！

那一刻我似出笼的鸟。我打的来到了"夜来香"咖啡厅。雪儿在。雪儿说，我以为你不来了呢！

我说，哪儿能呢！就是天上下刀子我也得来。和你这么漂亮的人儿在一起，这是我前辈子修来的福呢！

雪儿问，上午和你在一块的那个女人是谁？

我说，是我的大姐姐。把我管得可严了，唯恐我学坏了。

接着我和雪儿又坐了很久，谈了很多。当然都是谈了一些情了爱了的让人听了脸发红耳发热之类的话。最后我一看时机成熟，就厚着脸对雪儿说，咱开个房间吧！

雪儿说，好啊！

我心花怒放。那一刻我才明白，墓地里我没有白练胆。我真是幸福死了！

进了房间。雪儿对我说，你先去冲个澡。我到吧台打个电话。给家里说一声今晚不回家了，好不好？

我说好，太好了，你快去吧！

我马上剥葱一样脱光了自己，边洗边想，怪不得人家说妞好泡，关键得大胆，一点不假呀！

我把自己洗得干干净净，像刚刚出笼的馒头，边洗边唱，我总是心太软，心太软……

当我在床上躺好后，这时雪儿进来了。雪儿说洗好了，我说好了，就专等你了。说着我就要上前抱雪儿。雪儿说别慌，接着就对着门口喊，虎姐，进来吧！

门开了，我老婆站在了门口。

雪儿说，虎姐，你交给我的任务完成了，我把他给你完璧归赵了。接着雪儿把手提包里录音机交给了老婆说，虎姐，你老公给我的甜言蜜语我都还给你了！

那一刻，我是洋鬼子看戏——傻眼了。

雪儿过来在我额上亲了一口说，祝你做个好梦，花心大萝卜！

那一夜，我可有罪受了……

后来老婆别有用心地问我，什么东西最不可信？

我说，是我。是我这个人！我知道自己只有这样回答，因为，咱的尾巴被人家紧紧地攥着呢！

给儿子买鱼吃

　　儿子最喜吃鱼，特别在上了幼儿园后，就更爱吃了，因为幼儿园的阿姨常交代他们要多吃鱼和蔬菜。并说蔬菜富含维生素，多吃身体会健康，少生病，不会吃药和打针；鱼呢富含磷，多吃对大脑发育有好处，聪明。对蔬菜，儿子不是多喜欢；可是对鱼，儿子非常爱吃。我呢就常常地买，为儿子呢！

　　可老婆最不喜欢吃鱼。不是不爱吃，而是因为鱼儿的腥味，再加上杀鱼时弄得到处血迹斑斑的，好几天散不去。我买鱼一般都是让卖鱼的给收拾好，到家用水一洗直接放锅里就得了。

　　前几天，儿子跟我赶集，在鱼摊前蹲住了，儿子被水中那些游动的鱼的优美姿态吸引住了。因为有好长时间儿子没吃鱼了，我早有买鱼的打算。那次，鱼呢我没让卖鱼的给收拾，过了称就和儿子用方便袋提着活鱼回家了。

　　那是几条草鱼，在水中悠哉地游，它们根本没想到被我买了意味着什么。儿子每天放学回来就蹲在水盆前，看鱼。有一次，儿子仰着向日葵一样的脸蛋问我，爸爸，鱼儿为什么要在水中呢？

　　我告诉儿子，鱼儿是在水中生存的动物。就像人在空气中生活一样，水就是鱼的空气。鱼儿离了水就像人离了空气，是不行的。儿子似懂非懂地点了点头。

　　儿子接着说，爸爸，你看它们游得多欢啊，它们快乐吗？我说，快乐，不然它们就不会这么欢快地游。这么欢快地游就说明它们很高兴，很快乐！我绕口令似的说了这几句，其实是等于没说。儿子没注意到这些，只是把头趴向水面，把屁股撅得像要倒茶的壶。我问儿子，你在看啥？儿子说，爸爸，我在看鱼是怎么笑的。

我说，你看到了？儿子说，看到了。儿子用手指着其中一条灰鳞的鱼儿说，爸爸，刚才就是这条鱼在一个劲地笑。它是被另一个伙伴挠的。我问怎么挠的？儿子说，刚才那条鱼一个劲地用头撞灰鱼的胳肢窝。伙伴们一挠我的夹肢窝我就笑，这条鱼和我一样，也一个劲地笑。你看，它现在还笑呢！我说，我怎么没看到？儿子说，怎么会看不到呢？它正笑得快喘不过气呢！我问，你从什么地方看到的？儿子说，水泡泡啊。你没见灰鱼一个劲地吹泡泡，它那是笑得上气不接下气啊！

我被儿子的想象打动了。我说，是的，你说的灰鱼的夹肢窝在哪呢？儿子指着鱼的底下的鳍根处说，就在那儿。说着用手指了指自己的腋窝说，它那儿就和我的这儿一样，很怕挠的！

我说，是的，是的。儿子像想起啥似的说，爸爸，咱们还吃它们吗？

我说，你不是最爱吃鱼吗？

儿子说，不杀它们好不好？

我知道儿子又要撒娇忙说，好好好，爸爸听你的，不杀它们，给你养着，养得大大的。

儿子高兴地拍起手，说，爸爸真好！爸爸真好！说着在我脸上亲了一小口，然后就和来喊他玩的伙伴们去疯了。

儿子走后妻子就吩咐，让我快点把鱼收拾了给儿子做鱼汤吃。妻子说，再养几天，鱼就会瘦得光是刺了，快点杀吧！我说，我答应儿子不杀它们的。妻子说，真是死脑筋，下次再给他买就是。我一想妻子说得有道理，就照妻子说的做了！

鱼炖好了，满院的清香，我刚把鱼盛好放到桌子上，儿子满头大汗地进家了说，我饿死了饿死了。就忙端过盘子吃鱼。边吃边说，太好吃了！儿子看样是饿急了，连手也没顾上洗，狼吞虎咽、风卷残云似的，不一会儿把一碗鱼和汤吃完了。他摸了摸像小西瓜一样的肚皮，然后像想起什么似的问，爸爸，我吃的是鱼吗？

我点了点头。儿子忙跑到水盆前一看，见里面空空的，哇的一声哭了。儿子说，你答应过我的，你不杀它们的！我说，你不是吃得很香很好吃吗？儿子点了点头，说，那你也不能说话不算数啊！

我正无话可说，妻子过来了。妻子说，爸爸买鱼就是给你吃的呀，你不吃鱼，你的营养就跟不上，你就成不了聪明的孩子。再说了，鱼生下来就是给人吃的。你就是养得再大也得吃啊！

儿子不解地问，鱼能不被人吃吗？

妻子说不能。人就得吃他们。谁让它们吃不了人呢。吃不了人的东西都得被人吃掉。人吃了它们才能长大，才能强壮，才能聪明。就像你，你看你多聪明啊！

儿子自言自语，怎么会这样呢，怎么会这样的？

我知道儿子为什么这么说。我也知道妻子的话说得太残酷了。孩子还小，他承受不了这些的。我只好对儿子说，孩子，你还小，你长大就明白了。

儿子听到这儿叹了口气。我纳闷，问他小小年纪叹什么气，儿子说，我要是永远长不大多好啊。我问为什么？儿子说，我就永远不会明白你们大人所说的话了！

儿子的话让我心一颤。孩子啊，其实爸爸和你一样，也是永远不想长大的啊！

一路莲花

佳人同路

故事是这样开始的：

那时我骑车行在回家的路上。那时的太阳很温柔、暖暖的，极暧昧。我被阳光撩拨得非常痛苦，原因是：我一个人太静。在这春日的路上，只我一人独行。

于是，我开始了胡思乱想，哲人似的。净思考一些关于人类及生命的非常博深的话题。我觉得生命的存在是个让人啼笑不得的闹剧。在这场闹剧中，我们都在竭力地掩饰着我们人类的劣性。在掩饰的过程中，我们就完成了生命。就像我现在回家。

一个人太多的思考对这个世界来说不能说是一件太幸福的事，但起码让这个世界知道了我还在思考人的归宿、生存及灵魂。我想我的归宿就是脚下的这抔黄土，我的生存就是每天粗粮加细粮、蔬菜加淡水。灵魂是什么？我在极力地回避这个东西。我发现灵魂就是风、就是花、就是禅、就是道。

我想：这个世界之所以很严肃，正因为有许许多多像我这样的人在思考。他们都在关心人类的皈依与家园。但唯一不关心的是他自己。他们正无家可归。

那时，太阳用那光芒万丈的手抚摸着我，让我辉煌似佛。我理解他的苦心，他知道我的脆弱，他在安慰我。在那样的时候，我的孤独似雨后的春笋。我渴望一个伴儿。

那时路上飘来一朵红云。我激动得热血澎湃，那时我才明白佛无所不在，佛是万能的，他法力无边。

在拐弯处，我们走在了一起，就像两条小溪汇在一块。她骑着一辆红色的小车，黑发如瀑，飘逸在她身后，她骑得不急不躁，从从容容。我渐渐地和她并车而行，和她行着一个节奏。我转脸向她望去，她也瞅了我一眼，很有礼貌。

我想和她说句话，想了很久没想出一句很适当的话，最后只好问了她一句，回家？

她对我一笑，轻轻地点了点头。她笑得很妩媚，很迷人。

我说，家在哪儿？

她说，前面。说完这句话的时候她又笑了一下说马上就要到了。

我说，我的家也在前面，咱们同路。

她又笑了笑，笑得很严肃，一本正经的。

她问我的家在哪儿？我说在某某庄。她说她去过那个庄，挺大的。并告诉我，她有个亲戚在我们庄上。具体叫什么记不清了。

我问她的家在哪儿？她说，前边，马上就到了。

我们就谈了一些别的话题。在和她的谈话中，我才发觉自己是多么的深奥。我这时才明白了我的烦恼之所以那么肥沃，痛苦之所以那么丰富那是因为孤独的原因。

不知不觉，我的家已到了。我问那位姑娘，快到家了吗？她说前面，马上就到了。

那位姑娘向我一笑又向前走去，还是我遇到时的样子，从从容容，不急不躁的。

我这时才发觉，这么一段路，我是在毫不知觉的情况下走过的。我猛然明白了，人为什么要寻伴，就是为了好快点回家。

后来，我就几乎天天走那条路，期待再遇到那位姑娘，在那样的下午回家。

可是一次也没遇上。我那时明白了：人和人的相识是缘。我和她的缘就只有那么一小段路。我想：无论这段路长短与否，我们都曾在一起回过家，这就够了。就能成为一段非常美丽的回忆，在某个大雪纷飞的日子，烘烤着她，取暖。

狼皮与秀才

张秀才决定去找好友吴知县。

吴知县正在后堂和郑知府手谈。手谈就是下围棋。吴知县见张秀才大白天的来了，很纳闷，就问："张君，今天怎么没去王员外家？"吴知县知道张秀才在给王员外的憨公子做先生。一般白天授学，是没时间来的。

张秀才说："吴大人，我是无事不登三宝殿，今天来，是想请吴大人给拿个主意。"

吴知县说："张君，在座的郑大人也不是外人，咱们俩从小在一块长大，又都同在一个先生的戒尺下学习，有什么事你就直说吧！"

张秀才说："我现在已到了赵员外家当先生。"吴知县一愣，问："赵员外家给的银两多？"

张秀才摇了摇头。郑知府说："那是待遇比王员外家的丰厚？"

张秀才说："也不比王员外家的丰厚。"

郑知府和吴知县就不明白了，张秀才说："说起王员外家，想必两位大人也都了解。王员外的公子别的毛病没有，就是脑子有问题。我这边教，他那边忘。再怎么教，也是教不出什么名堂的。我给王员外家当先生，实际上，我是在当保姆啊！可赵员外的公子冰雪聪明，教什么会什么，一个先生能教这样的学生那是造化啊！"

吴知县知道王员外的孩子有点心眼不全，脑子还有点问题。听张秀才这么说，就问："你已决定去赵员外家了，还有什么需要我办的？"

张秀才说："是这样的，赵员外的公子非常好学，我每天都要天不亮赶到，天很晚才回家。两头不见太阳的，有时都晚到深夜了。从赵员外家到我家要经过野狼坡。野狼坡上常有狼嚎。每当我从树林里走，狼就嗷嗷地嚎，叫得挺吓人的。我今天来找吴大人，是想请大人给我想个法子，就是我从野狼坡走，狼不再向我嚎，不会找我的事。"

郑知府听了说："我当是什么大不了的事呢，原来是这么件小事。这件事让吴大人告诉你怎么办吧！"

吴知县听了之后就去了内室，不一会儿，从里面捧出一件大衣，说："张君，你只要穿了这件衣服，我保证你就不会有事！"张秀才问："真有这么灵？"吴知县说："真有这么灵。"

张秀才半信半疑，郑大人说："难道你连吴大人的话都信不住？放心，保你没事的！"

过了半月，张秀才又来到吴知县的府上。这次吴知县正在堂上批示着公文。张秀才见了吴知县说："大人，你这个大衣真好，自从我穿上之后，狼不再向我示威了，也没再听到过狼嚎。真是谢谢你了！"

吴大人说："你我同窗多载，帮点小忙，不足挂齿。"

张秀才就问："吴大人，你的这件大衣究竟是什么料子的？"

吴大人说："是狼皮的。"

吴大人看到张秀才有点惊讶就说："知道狼为什么不向你嚎了吗？"张秀才说不知道。吴大人说："道理其实很简单，以前你身上挥发着人味，自从你穿上我送给你的这件狼皮大衣后，你身上就挥发着狼的味道了。狼认为你是同类，就不会对你怎么了。"

张秀才这才恍然大悟，从那之后，张秀才就穿着狼皮大衣了。

后来张秀才还是出事了。当然，这是两年后的事了。那是冬日的一个夜晚。那天下着雪。张秀才本不打算回家的。可不知为什么，张秀才还是回了。走到野狼坡时，没想到狼又嚎了。嚎得很凄惨，很暴躁。张秀才就觉得头皮发麻。张秀才加快了脚步。可没想到，狼从背后扑上来了。一口咬住了张秀才的胳膊，张秀才就跑，没命地跑。结果，命是保住了，可一条胳膊却永远丢在了狼嘴里。

胳膊的伤结疤后，张秀才就去找吴知县，问："狼怎么会突然想起吃我呢？以前好好的，狼怎么就又想起来了呢？"

吴知县也想不明白，张秀才可是穿了我的狼皮大衣，也算是披了狼皮的呀!

后来吴大人明白了,当然明白这事已是次年秋天的事了。那时,吴知县因为郑知府的陷害而被流放到沧州服刑。路过野狼坡,张秀才提着酒来给吴知县饯行。吴知县喝着酒,两眼就定定地望着张秀才空空的袖管。吴大人猛然明白了。

吴知县说:"张君,我明白了,我明白了!"

张秀才问:"大人,你明白什么了?"

吴知县说:"明白你已经披了狼皮狼为什么还要吃你。"

张秀才问:"大人,到底为什么?"

吴大人说:"因为狼是野兽啊!"说完,吴大人哈哈大笑起来。

梅花瘦

了空在没当和尚之前，叫张君瑞，是一红门秀才。

那时的了空很爱梅花。有一天，了空和学堂里的先生去静心寺听老和尚讲经，见禅院里育了很多的梅。先生就试探着问老和尚要。先生说自己喜欢梅。喜欢梅的高洁，喜欢梅的孤傲，喜欢梅的清香，喜欢梅的不屈……先生说了很多梅的好，最后问老和尚：能不能讨一株养？老和尚听了很高兴，说：我育的就是给人养的。梅能给你养，是梅的福。并说，在我这里只是开一禅院的香；如要到了学堂，就会开一学堂的香，一村子的香。

就给了先生一株。

看先生能要来一株，了空也试着问老和尚要。没想到老和尚很爽快，也给了空一株。老和尚说：如若村子在冬天里都是梅花的香，那将是一件很美好的事，对他来说是一件功德无量的事。

了空就和先生每人背着一株梅回到学堂。师徒俩就把梅栽到学堂前的菜地里。两人很爱护各自的梅。可令了空郁闷的是：他的梅就是没有先生的长得旺。

他就不明白：一样的梅，一样移栽的，又都栽在同样的土壤里，为什么长势不一样呢？

他问先生。先生一听这话脸就有些红了。先生看了看来唤他吃饭的夫人，告诉了空：树和人一样，你要对它投入感情，并把之作为底肥。你投入得越多，树就会长得越旺，花就会开得多，开得大，开得香。

说是这么说，可怎么样的投入法？了空很聪明，他就注意观察先生：他看到，先生每天都在下了课后写诗，写好后，就把诗稿埋到梅下。天天如此。

了空猛然间明白先生所说的感情了。

那时的了空已是张秀才了。当然，已是秀才的他心里早有了一个暗恋的人。那个女孩叫慧儿。他是在放学的路上见到的，当时女孩和父亲一起去地里锄草，慧儿肩上扛柄锄。就在他们擦肩而过后，女孩回首看了一眼他。他也回首望了一眼女孩。之后，他就放不下了，就好比女孩肩上扛的那柄锄，重重地压在他的心上了。那时他早就定好了娃娃亲，那是三岁时父亲给定下的。定的是善州城里王员外的千金郁儿。

有和他一块同路的学友告诉他：女孩叫慧儿，是先生村上的一个佃户人家的女儿。并说女孩早被他爹许配给了南面十里外一个村上的员外做妾。了空就把这个叫慧儿的女孩暗暗记下了，有时一个梦里都是慧儿的影子。

了空就故意天天放学走那条路，期待着再遇见慧儿。可遗憾的是，他一次也没遇上。

了空知道了什么叫思念。思念就是对一个人牵肠挂肚地念想。于是他把对慧儿的感情就开始用诗表达。他清楚，表达出来的这个东西就是先生所说的感情。

了空也学着先生的样子把那些写了思念的诗词都埋到他的梅下。他想，来年的冬天，他的梅也会和先生的一样——绽一树的花，开一树的香！

转眼冬天到了，到了梅花绽放的季节，他看到先生的梅树上暴出了又多又大的花苞。可他的树上只挂了几朵瘦瘦的蕾。他想不通：对这株梅，我没少投入感情啊，论起来，比先生的还要多呢！

他问先生。他说他想不明白，梅这样对我，太不公平了！

先生问：你给它投入的是什么感情？

他的脸一红说：是对一个女孩的思念。

我知道你的梅为什么苞蕾这么少的原因了，先生紧皱的眉头舒展了，他问了空：古人有句诗，人比黄花瘦，你知是为什么吗？

了空说：知道，是因为思念。

先生问：你知道我给梅投入的是什么感情吗？

了空摇了摇头。先生看着梅花，深深地吸了一口气，很陶醉。望着了空好奇的眼睛，先生说：我用的是爱啊！是对你师母浓浓的爱啊！……

后来了空去寺里做了和尚，他跟着师父念完早课后就去后院侍弄梅。师父看他这么喜欢梅，就专门给了他一株，让他侍弄。师父说，空门和红尘一样，都需要自己去悟。你要从养梅的过程中，悟出什么是佛，什么是空。

了空想，这有什么难的，如何养梅，以前我在学堂里就跟着先生学会了。怎么养，关键是给梅上好底肥。用什么做底肥，用爱啊！

了空没有给老和尚说这些，心想，到我的梅树开了满树的花，开了满树的芬芳，再给师父说吧！

了空每天做完早课就开始写诗，写关于爱的诗。当然，这些爱的诗都是那么热烈和真诚。最后都被他埋在了梅的树下，做了梅的底肥。

夏天风干了。秋天也丰收了。转眼风里长骨头了，之后长刀子了。雪就开始飘舞了……

每天，了空都去看他的梅。大雪开始飞舞了，他发现，他的梅也开始开花了……只是让他意想不到的是：他的梅比起师父的，花蕾不光少，而且苞还小，还瘦。

了空不明白，心想：我给梅施的底肥可都是爱啊！

老和尚听了什么都不说，只是念了一句：阿弥陀佛！

了空问师父：为什么？为什么啊？为什么会是这样啊？

老和尚说：你看看我给梅都是施的什么肥你就明白了。

了空就随着师父来到了师父的梅园。梅园里有一个用泥糊好的坟样的土堆。老和尚指着土堆说：那里就有你想要的答案！

了空打开土堆一看：土堆里埋的是从茅房里清理出来的正在发酵的粪便！

了空问：你，你就是用这个做底肥？

老和尚点了点头。

了空说不对啊，在学堂的时候，先生对我说，要用爱啊！

一路莲花

老和尚说：对啊。先生说得对啊！

了空更不明白了。

老和尚说：对梅来说，发酵好的粪便就是最好的爱啊！

了空说：可这些都是肮脏的东西啊！

老和尚说：对我们来说是粪便，可对梅来说，却是最好的爱啊！说着他闭上了眼，深深地吸了一口梅花的清香说：这些就是佛。因为它们是真啊！

了空猛然明白了。他也学着师父的样子美美地吸了一口寒风，一滴泪从他的眼眶流出。老和尚清楚，这滴泪就是了空的梅为什么瘦的原因。他对着佛祖的方向响亮地诵了一句：阿弥陀佛！

阿弥陀佛啊……

桃花笑

了空跟着师父无尘去山下的镇子化缘。

虽是初春，风却明显地软了。像融在水里的冰糖，刮到身上还有些硬，可会闻到甜甜的气息，还有着香。了空就抽着鼻子闻，小巴狗一样的，好可爱。无尘回过头来看，什么都看到了，嘴上没说什么，心里却笑开了。

抽着鼻子的了空仔细闻着风，他感觉到了香。这香，清爽爽的，暖呼呼的，还有一丝腥，艳艳的腥。了空向飘来香味的地方望去，他找到了——那是一片海——绚丽的海。

他用手指着那海，对老和尚说：师父，你看，你看！

无尘老和尚就顺着他的手指望去，的确是一片海——灿烂的海。

老和尚说：阿弥陀佛，是桃花啊！

小和尚说：师父，我想看看。

老和尚想对小和尚说：孩子啊，咱们都是被红尘抛弃的人，桃花再艳再美，也不是我们的啊！可老和尚没这样说，望着小和尚那双什么也没有的眼睛，只是说：好啊，咱们一块去看看。

师徒俩就走向了那片红色的海。

铺天盖地的鲜艳一下子把他们淹没了，小和尚很高兴，大着声音叫：啊……啊……小和尚叫得很忘我，小和尚叫得很疯狂，小和尚叫得很是小和尚。

老和尚也想象小和尚那样喊，可他不行，他是师父。老和尚就咽了两口唾沫，念了一句：阿弥陀佛！

喊着喊着，小和尚猛然止住了。老和尚不知了空怎么了，就向他看去，发现小和尚在望着前面的几朵云发呆。

那几朵云是几个女孩。女孩是踏青的，来看桃花的。桃花这么缤纷地开，这么敞开心怀地开，这么无拘无束地开，女孩子们怎能沉得住气呢？

女孩来到桃林时，一下子被这么多的绚烂击中了，更被这片缤纷的海淹没了。当然，也被这么多的绽放感染了，她们就感觉自己也是这桃树上的一朵花了。女孩们就在这桃林里跳啊，跑啊，说啊，笑啊。她们一下子把这个春天撩拨得暖呼呼的，香喷喷的，闹腾腾的。

老和尚发现了空定定看着一个女孩。那女孩是这群女孩中最小的一个，也就十五六岁的光景，和小和尚的年龄相仿。女孩很文静，不像其他的几位那么一惊一乍，欢喜跳跃，而是静静地看着一朵花一朵花，好像在用心和花们交流。

女孩很美，美得就像一朵含苞待放的花蕾。

这时，女孩也许感觉到了小和尚。她回过头，发现了身后那双痴痴的眼睛。女孩定定看了小和尚，她看到了小和尚呆呆的目光，那目光很单纯、很洁净、很空灵、很陶醉、很可爱，还有一些是好笑，是傻得可爱的好笑。女孩就对着这个目光一笑，当然，这笑是脉脉的笑，是只对小和尚一人的笑，笑是干净的，清纯的，可爱的，还夹杂着一些调皮。这个笑很美，很生动，就像那一朵朵正在妩媚的桃花！

啊，好美。小和尚喃喃地说：师父，好美！

老和尚看着桃花说：是啊，好美！真的好美……

看着桃花，老和尚想起他的少年——

他的少年是一个无忧无虑的年龄。他家南面的山上有一大片的果园，里面有很多的桃树、梨树、杏树什么的。天一暖，他就喜欢和寄住在自己家里的表妹凤儿去山上的果园里看花。果园里一个春天花是开不败的，先是杏花俏，然后是桃花艳，之后又是梨花白，再往后又是苹果花儿开，之后树下就会开满热烈的油菜花，油菜花用自己奔放的颜色把所有在这个季节的开放推向了高潮。之后就到了夏天，园里的石榴花在炎炎的烈阳下像火一样燃烧着开放了，她把自己绽放成火焰，绽放成等待去亲吻的红唇……当然，他最喜欢看的是桃花，是和凤儿一起看。那一次，他和凤儿一起手拉手跑进桃园，当时的桃花也和现在一样，正在如火如荼地开。她们跑进果园，在桃花里跑啊，欢呼啊，他记得他摘下一朵桃花，要给凤儿插在耳边，可凤儿接过桃花，却对他说，她听到了桃花在哭。他当时光顾喜悦了，不理解凤儿为什么这么说，他说：哪会呢。一朵花，哪会哭呢！

凤儿说会。凤儿指着折断处，断处正有树汁流出来，她说：你看，桃花在流泪呢！

他低下了头。凤儿说：桃花在疼呢！他更不好意思了。头低得更低了。

凤儿说：答应我，以后不要再折桃花了，好吗？

他使劲地点了点头。凤儿说：如果你真想折，你就把桃花想象是我。你一折，我就会疼，你就不会折了，好吗！

他说：好好好。我以后永远不再折了！看着他那副内疚的样子，凤儿猛地在他脸上亲了一口。当他抬头去看凤儿时，凤儿却扑哧笑了。凤儿笑得真美，绚丽，真诚，纯美，好像那一朵朵在绽放的桃花……

没有多久，凤儿却得了一场病，病是坏病。凤儿在走的时候，他只记得他哭了。哭得很厉害。凤儿让他不要哭，凤儿拉住他的手说：你答应我的，我记得呢，你不会再折桃花了，是吗？他慌慌地点头说：是的是的，不会了永远不会了！凤儿笑了。凤儿就这样笑着走了……

以后，每到桃花盛开的季节，看着桃花，他总会想起凤儿在桃花中的笑……

看着桃花，了空想，要是折一枝放到禅房的水罐里，桃花不是会开一禅房绚烂吗？想到这，就起身去折。当他的手搭上桃枝要折时，手腕却被老和尚攥住了。

老和尚说：不要啊，不要啊！

小和尚不解。

老和尚使劲捏了一下小和尚的手腕，小和尚叫了一声。老和尚说：这样捏你一下你都叫疼。你折了桃枝，桃花也会疼的，桃树也会疼的，这个春天也会疼的！

小和尚看了看桃花，又看了看远处的那朵云，云在向远处飘去。小和尚缩回了手。

小和尚说：对不起，师父。

老和尚说：小狗、小鸟是生灵，树也是啊，花也是啊，这些美好的东西也是啊！

小和尚低下头说：师父，我，我以后不会再折了。

老和尚说：孩子，你记住，好好爱它们，它们就会给你好好地开花，开世上最最好看的花！

小和尚说：我一定好好爱它们，不再让它们疼！

老和尚眼里流出了泪。老和尚说：是啊，孩子，爱它们，不要放在嘴上，要放在心里，要在心里珍惜。要用一辈子来为它们祝福，像为师这样……说着老和尚双手合十，闭上了双眼，念了一句：阿弥陀佛。

小和尚也学着师父样子，闭上双眼念了一句：阿弥陀佛。

当小和尚闭上眼时，发现他的脑海里都是桃花，都是那个女孩的笑。

小和尚说：好美啊！

老和尚知道小和尚看到了什么，就也闭上了眼，此时，他的眼前都是凤儿的笑，那是桃花的笑容啊……他禁不住双手合十，颤颤地念：阿弥陀佛，阿弥陀佛啊……

玄缘记

秀才闵卿每到月末的最后一天都到悬心山静心寺找悟了大师手谈。

今天，当悟了大师说世上的事有很多都是注定的时候，闵卿摇了摇头说：不，我不相信。

闵卿说：我相信汗水和心血。

闵卿说：一朵花的绽放是需要浇灌的。这花就是缘分，就是爱情啊！

悟了大师没点头也没摇头，只是长诵一句佛号：阿弥陀佛。

闵卿说：可为什么就没我钟情的女孩呢？

悟了大师说：那是你没遇到啊。

怎样才能遇到啊？

要靠缘的。悟了大师说：没缘你永远也遇不到！

闵卿哈哈一笑：我来找你这个开悟的大师指点，怎么还给我卖关子呢？

悟了大师也一笑说：天机不可泄露啊！

闵秀才说：我昨夜做了一个梦，梦见一个女子，说是我前世的女人。我清楚地记得，是在你的这里见到她的。所以我今天就这么早地赶来在佛祖跟前烧了三炷香。

悟了大师说：也许这就是天机吧。

闵秀才说：我这样说你相信吗？

悟了大师说：我信。只要是真的，我都信！

闵秀才说：天地玄黄，宇宙洪荒，万物都有灵性，难道，爱情也有吗？

悟了大师说：爱是两颗心的颤抖，怎么会没有呢？有的啊！

一
路
莲
花

闵秀才说：我不信。不信！

悟了大师说：有想就有因，有因就有果，有些东西冥冥注定是你的，你想躲，其实是躲不了的！

闵秀才哈哈一笑说，大师啊，自从我认识你之后，不知为什么，我一个劲地想找个爱我的女子啊！

悟了大师说：这就对了，因为你是人子啊！

闵秀才不明白大师为什么这么说，大师说：知道六月的知了是怎么飞上天的吗？

闵秀才说：知了原是土里的虫，出了土，蜕了壳，就会飞了。

悟了大师说：有了女子，有了孩子，你才会像知了一样飞上天呀！

闵秀才说：我不懂你说的话。

大师说：现在你不必要懂。以后，你会懂的！

这时一个沙弥过来了。沙弥面对大师双手合十：师父，有一施主想找你求卜一卦。

悟了说：好，让他过来吧！

沙弥说：是一女施主。

悟了说：我眼里只有要普度的众生，没有什么男人和女人。

沙弥又说：是山下镇上的王千户的夫人和她的千金！

悟了大师的心微微一颤，说：阿弥陀佛，领她们到这儿来吧！

沙弥退下了。闵秀才问：大师，我还是回避一下吧！

悟了问：你为什么要回避呢？

闵卿说：我也不知道。

悟了微微一笑说：天下本无事，多心多扰之啊。

闵卿听了脸就红了。说：那我就随着她们感受大师的度吧！

悟了老和尚听了念了一声：阿弥陀佛。这时，一位五十多岁的中妇女走进悟了老和尚的禅房。身后跟着一位妙龄女子。

中年妇女进禅房后脸微微红了一下，对着佛像她双手合十，深鞠一躬说：阿弥陀佛。

悟了大师也念了一句佛号，说：施主一向可好？

王夫人说：托菩萨的福，还算可以吧，但有一事，是我的心病，小女今年已过二十，还没有婚配，我心急啊！

悟了大师说：是不是想给女儿求个签？

王夫人说：是啊，我想请大师看看女儿开没开婚？

悟了大师用眼角扫了一眼缩在王夫人身后的小姐。小姐长得婀娜多姿，像六月的蜜桃那么充满汁水。悟了发现小姐的目光在盯着自己看，脸上露出了红晕，像天空的两朵彩霞。悟了就什么都明白了。悟了就念了一句阿弥陀佛。

悟了大师在心里叹了一声。说：施主，不是小姐不开婚，是小姐没遇到可心的人啊！

王夫人说：不会吧，已说了不下十来户人家的公子了。我们就这一个闺女，我们可不像那些做父母的，自己看着可以就算了，我们都要云儿看的，她看不上的，就是再门当户对，我们也是不愿意的。我们想要云儿快乐。她要是嫁给一个她不喜欢的人，她会快乐吗？

悟了大师说：你说得太对了。云儿能托生给你做女儿，是她的造化啊！

王夫人说着叹了一声：大师，你说，云儿喜欢的男孩有吗？

悟了大师说：有啊。

王夫人说：真的？大师，你知道在哪儿吗？

悟了大师说：说远，远在天边；说近，近在眼前。

王夫人这才仔细地看了看周围。她发现了大师身后的闵卿秀才。王夫人说：难道，是他？

悟了大师点了点头，说：闵秀才，还不快点过来拜见王夫人！

闵卿上前施礼：小生闵卿拜见王夫人！

王夫人定睛看了一下闵秀才，不由倒吸一口气：天下竟有这么标致的男孩！她又回头看了一下女儿，看出女儿的眼里柔出盈盈的水波。王夫人长出了一口气说：闵秀才免礼。

闵秀才站在了一边。王夫人又上下打量着，边看边不由得在心里感叹。怪不得女儿不喜欢那些达官显贵的孩子，他们和闵秀才比，好似石头和璞玉啊!

悟了大师心里明镜似的,他用眼角看了一眼磬。磬是黄铜制成的法器。明晃晃地映着大家的身形。大师敲了一下磬。他看到,各位的影子一下子被敲碎了,他感觉,这样很好!

王夫人在磬声的回响中回过神。她站起了身,对着悟了大师双手合十施了一礼说:既然是佛祖成全,还望大师费心!

大师看了一眼含羞的云儿,细听一下后面闵秀才的喘息,就什么都明白了,大师高声念了一句佛号:阿弥陀佛!

之后,王夫人起身告辞。在离开的时候,云儿回了两次头,再回第三次头的时候,被王夫人拉住了。

悟了大师破天荒送了王夫人。以前悟了大师从不送人的,这次送了王夫人,跟在大师身后的闵卿很纳闷。

之后回到禅房,悟了大师问对闵卿说:回家找人去王府提亲吧!

闵卿问:你没问我对那个姑娘的印象如何,怎就知道我会愿意呢?

悟了大师说:我不要问你。我知道你的心。去吧!到时候我会去喝你们的喜酒!

闵秀才差人去王府提亲。听说是闵秀才,当即就应允了。次年春天,闵秀才和云儿喜结连理。当然,婚礼是悟了大师主持的。仪式结束后,悟了大师要回寺院。闵秀才知道有些事真该好好问问悟了大师。

闵秀才说:大师,你怎么知道我会和云儿成为夫妻的呢?

悟了大师心里一震。他说:当你看见云儿第一眼的时候。我就知道了。

闵秀才更不理解了,问:我当时站在你的身后,你是看不到我的表情的。

悟了大师说:你当时站在我的身后,我虽然没有看见你脸上的表情。可在我一旁的磬却告诉了我。

闵秀才问:磬告诉了你?闵秀才更如丈二的和尚摸不着头脑。

悟了大师说:是啊,我一旁的磬,映着你的脸。当你看到云儿的时候,我看到你倒吸了一口凉气。从你倒吸的这口气上,我就知道,你被云儿吸引住了。

闵秀才说：就算你说得对。可你怎么就知云儿会对我钟情呢？

悟了大师说：也是磬告诉了我。

闵秀才不解。

悟了大师说：磬就是一面镜子。是一面心镜。云儿脸上的红晕映到磬上，我就清楚了，云儿的红晕为你起得。因为，她的春心已经浮动了。春心是什么？就是欢喜心。就是王夫人说的开婚啊！

闵秀才说我明白了。

悟了大师说：你说明白其实你什么都不明白。你不说明白也许你什么都知道了。有些事你看的只是表面。而真正的原因你是不会知道的。

闵秀才说：大师是说？

悟了大师双手合十念了一句：阿弥陀佛。那是天意。有些姻缘是天定，有些姻缘是人定。无论天定人定，都是佛祖的意思。

秀才对着大师身施一礼，说：多谢佛祖！

大师哈哈哈大笑，然后扬长而去。

其实，闵卿做梦也想不到，他和云儿的姻缘，是大师一手促成的。因为，云儿是大师的女儿。

一棵树的风花雪月

树不知怎么回事，爱上了一个女人——疯女人。

树叫合欢，学名叫芙蓉。细碎的叶，开绒球一样的花，粉红着，像一个梦。似旷野里蒲公英的果实，虚幻着，如一个诺言，或似一个暗恋，很美好，可易碎。怕伤。

合欢长在善州的一条大街上。街叫芙蓉街。以前街上有很多的合欢，都很大，可这儿的人不喜欢它，说它柔，小女子似的，郁郁地阴，就都伐了，就剩了它这一棵。它是一个女子留住的，女子是一个疯子。伐树的那天，疯女子不许市政管理处的人伐。疯女子就和伐树的打。疯女子说树是我的丈夫，我不允许你们把它杀了。谁要杀树，她就杀了谁！

伐树的就笑。说疯女人想男人想迷了。不把女人当回事，他们还要伐他们的。女人龇着牙拿着石头过来了，她用石头砸杀树的，要用牙撕咬他们。杀树的害怕了，有几个人都被疯女人的石块砸着了呢！他们就对领导说：你看，你看，她来真的呢！这活没法干了！领导看了看疯女人，叹了一口气说：咱怎么能给疯子一般见识呢，等到晚上再来吧！

晚上他们真来了，可令他们想不到的是：疯女人也在。疯女子在树下铺了个草席子，搂着树睡。杀树的没辙了，叫来了领导。领导看了，眉头皱成了疙瘩说：怎么会这样呢？身边有知情的人告诉领导，说疯女人和她的男人是在这棵树下认识的，又是在这棵树下定的亲。后来男人出车祸死了，女人就疯了。女人就把这棵树当成了丈夫。是个苦人啊！

领导听了没说啥。后来这事惊动了大领导，大领导是县里分管城建的一个官。大领导看到疯女子时，疯女子正紧紧地搂着树，唯恐别人抢走似的。大领导沉思了会问：这条街叫什么名字呢？

随从的说叫芙蓉街。大领导说：就是啊，芙蓉街上怎能没有芙蓉树呢，不然就名不副实了。留下这一棵吧！

这棵树就留下了，就躲过了斧钺之灾。这棵树不知是感激疯女人还是感激那个大领导。反正这棵芙蓉树后来长得很旺，树盖也很大，无论春夏秋冬，这儿就成了人们消闲的好去处。当然，树下最好的那一块是疯女人的，就是疯女人不来，大家也都把地方给她留着。

再后来，不见那个疯女人来树下了。有好事的就把嘴向疯女人的地方努努，问：咋了，好久不见了？

被问者大吃一惊说：你不知道啊。那人就摇头，很茫然。

被问者哎的一声说：你不知道啊？哎，死了。可怜呢！

被问者说：苦女子啊，想那个男人想迷了，看见车就追。刚开始追自行车，后来就去追汽车。就被后面赶来的汽车撞了。拉到医院里，女人清醒了，女人说，我终于追上他了。我终于能和他在一起了!，之后就笑着死了。

合欢树这些日子心里就悬悬的，疯女人不在，它感觉少了一颗心似的，就知道，女人肯定有事了。

听了，真的是女人死了，那几天，合欢树非常非常悲痛。多好的一个女子啊，就是因为爱那个男人，所以把命也丢了。它很为疯女子心疼。所以就无精打采的，树叶恹恹塌塌的。

合欢树一连几天恹恹巴巴，惊动了市园林处的人，他们叫来了树医给它看病。树医五十多岁，戴着一副圈圈很多的眼镜，他围着树转了一圈，接着又一圈，边看边摇头，心想，没什么病啊，第一，树上没虫，第二，树的汁水很旺，低头闻了树的血，没有异味，凭他多年的经验来看，树很健康，啥毛病没有。

没病，怎么会叶子发蔫呢？随行的人说：肯定是有病了！树医把头摇成拨浪鼓，问：这树有过什么故事吗？

随从的说：一棵树，还能有什么故事？又不是人！

树医说：不要以为只有人才配有故事，有时候，人不如一棵树。

随从的不说话了。树医知道自己的话说得重了点，就缓和了语气，问：我是说，有没有人和这树有什么特别的感情？

跟从的说：对了，有的！有个疯女人死了。

树医问：为什么？

随从说：疯女人常在这个这棵树下住。前几天，女人被车撞了，就死了。

树医点了一下头说知道了。然后来到了树跟前，用手抚摸着树，抚摸得很温柔，很缠绵，边抚摸边给树叽叽咕咕地说话。说了好久，之后，树医拍拍树说：我走了。

树好像听懂树医的话，随风摇了摇自己哗啦啦的树叶……

一个星期过后，树医和原来跟着他的人又来到了芙蓉街。离老远，大家就看到合欢树叶片葱绿。树医很高兴，来到树下，拍了拍树，轻轻地叹了口气说，哎，苦你了！

树随风摇了摇。树医知道，芙蓉树，已经活过来了。

回去的路上，跟随的都想知道树医用什么方法给树治好了病，就问。

树医告诉他们：用心。

树医看大家都很迷茫，就揭了谜底：万物都是生灵。树，也是。

扑　火

　　我是一只蝶。走向火焰是我一生的目标。

　　我原是一个卵。父母交配完就把我种在一块长着水草的泥沼里。我就成了一粒种。和所有的兄弟姐妹一起。我在水中成长，后来，我成了虫。再后来蜕了壳，成了一只蝶。

　　后来我的翅膀硬了，我就要做翅膀硬的事。首先，我得要找到我的根——就像一粒种子要找到土地，一块云彩要找到大海一样，我非常想见我的父母。一些和我一样在泥沼中出生的昆虫对我的想法嗤之以鼻，说我太温情太可笑。并说我们的父母把我们生下就丢在泥沼里，什么时候来看过我们来问过我们？我说你们无情。我告诉他们，我们虽是昆虫，但是有情有义的。我们不能跟人学，人很多的时候翻脸无情，还虚伪歹毒什么的。我们要跟羊和乌鸦学，羊知跪乳，鸦知反哺，他们都是我们的榜样。好多昆虫面对我低下了头颅。我知道，他们心中柔软的地方开始了疼痛。

　　我就开始寻找父母，我跋山涉水，把翅膀飞得酸疼酸疼的，在许多好心朋友的帮助下，我终于见到我称之为父母的那对蝶子。

　　当我见到父母时，他们都在忙着做他们认为有意义的事。那天我刚飞到家，看到有好多的蝶子也都飞来了，我姑且称他们为我的兄弟姐妹。他们都飞绕在父母的身边。父母对我的到来没说什么，只是给我点了一下头，算是招呼，接着又忙他们的事了。他们的事说起来很简单，就是去邻居家祭奠一只扑火而焚的雄蝶。这是一只扑了几次都没有焚身的蝶，因他扑向的都是隔着玻璃的灯泡。而这次，他扑向的是一个穷孩子的煤油灯。

　　穷孩子正在煤油灯下做作业，做得聚精会神。雄蝶趁穷孩子太用心的当口，一头扑向那盏灯火。先是翅膀着了，接着是腿脚，然后是身体。雄蝶的燃烧把穷孩子吓了一跳。当穷孩子回过神时，他已从灯上掉下来，躺在穷孩子的作业旁。穷孩子的字干净漂亮，一看就是个大学生苗子。他想告诉给穷孩子：你不久会是一个大学生。可惜，他的话穷孩子听不懂。还有就是，他想说，已说不出了。

这是深夜，雄蝶的死去没用多久就被别的蝶子看到。别的蝶子把这消息告诉给雄蝶的家人。雄蝶一家人听雄蝶死在火焰上，高兴坏了。在蝶氏家族里，能死在火焰里是一个蝶子的福，是八辈子修来的。所以当那只我叫母亲的蝶子听说雄蝶在开追悼会就忙着祭奠，连我这个亲生的儿子都不愿多亲热一会儿。在她眼里，我的存在，还不如一只死在火焰里的雄蝶的祭奠重要。我不知这是我的福，还是我的疼。

在和父母一起的岁月里，我才知道，作为一个蝶子，如能死在火焰里是一种荣耀，是生命的一种永生。所以千百年来，飞蛾前仆后继扑向火焰，其实那是他们生命的一种尊贵，一种升腾。就像人在不停追求光明一样，死了，就是英雄，就是烈士，就是永垂不朽。只是，如今的蝶想死在火焰里非常非常艰难，因为人们都用上了电灯，还有，每家的门窗都用玻璃封闭了，这对蝶子们来说，简直是铜墙铁壁啊！

父母亲一边不停地给我们制造着弟弟妹妹，一边不停给我灌输"能死在火焰上是一种幸福，是生命的最高升华"的理念。在和父母生活的不长的时间里，我的生命里就只剩下一个追求：在火焰里永生。

我每天除喂饱肚子外就是盼望着天黑。天黑了，才会有灯光。有灯光才能实现我们生命的燃烧。如今人们生活条件好了，很多人家都购买了空调，门窗在夏日比冬天关得还严实。每天在窗外徘徊时都看到我的好多同类，他们把两只眼睛等绿，也没有等到进入屋子的机会。更可恨的是，很多人家都买了"枪手"之类的杀虫剂，好多的蝶子在伺机等待的时候被杀虫剂击倒。他们没死在火焰上，而死在杀虫剂的香味中。这就成了一个蝶子的羞。好比战士没死在战场上，而死在女人的肚皮上。耻辱啊！

我绝不做被杀虫剂的香味熏倒的蝶子。所以我眼观六路耳听八方，只要一看到那些个用双腿走路的人走向杀虫剂，我就赶快飞开。

后来我就急切盼望停电，只要停电，人们一点蜡烛，我就有死在火焰里的机会。还有，在不停地寻找中，我发现，农村停电的概率比城市多，有个五六倍吧。对于一个蝶来说，这就是命运。相对于人来说就是机遇。

我就进行了战略转移，从城市撤到乡村，游荡在乡村的天空里，飞舞在乡村的黑夜里。

在乡村，我来到一个叫闵凡利的窗下。我发现，他家里的灯比别的人家熄得晚。夏日一停电，这家伙就会打开窗口，就着蜡烛的光亮，光着膀子写一些他认为能感染人的狗屁文章。看他那正儿八经的样子，说不准一不留心就能获诺贝尔文学奖呢。其实在我看来，他的那些文章狗屁不是。可他很陶醉，每写完一段，就在那里摇头晃脑地读，老和尚念经一样，笑死我了。（但说起来，对闵凡利这样的家伙来说，能有一个目标让他去奔，他以为是福呢！其实，活在人世的一些自以为是的人，哪一个不像闵凡利一样？）

是盛夏最热的日子，每天我都早早来到闵凡利这家伙的窗前。我等待着停电。那段日子，我天天念好多遍阿弥陀佛。目的就是让电停了。一停电，闵凡利这家伙才会打开窗子，点起蜡烛。

俗语说心诚则灵。这天，还真停电了。我就见闵凡利这家伙骂了一句脏话，接着点起蜡烛，打开窗子。机不可失，时不待我，就在闵凡利开窗的瞬间，我飞进他的屋里。

蜡烛的火焰跳跃着，欢快地舒展着身姿。闵凡利看样写在兴头上，他用手刮了一把额头上花生粒子般的汗珠，丢在地上，然后又继续写他的那不值一文的"经典"。这家伙写得很忘我，时而咬咬笔杆，时而双手托腮，呆头呆脑可爱极了。我常反思自己，我本是一个愚蠢的家伙，为追求生命的永生，傻傻地飞舞，蠢蠢地寻找这盏烛火，现在看来，闵凡利这家伙比我还可笑。

烛火在热烈地奔放着，用燃烧显示着他的光亮，显示着他不可一世的生命价值。看到火焰，我说不出的激动，我知道，我马上就要成为蝶氏家族的一个永生的英雄，成为我父母眼中的荣耀和自豪！

我在心里暗咬一口气，义无反顾朝烛火扑去。没想到啊没想到——这么蓬勃的火焰一下子被我扑灭了。黑暗中，我发现，我只是腿脚受了一点伤，伤虽不大，但很疼，钻心的疼。我躺在桌上呻吟着，听到闵凡利这家伙嘴里吐出一串的脏话，当然，脏话是骂我的，接着蜡烛被点着了，光明充满了所有的黑暗……

闵凡利看到桌上的我。我发现自己正躺在他的一纸文字上。他的那些文字好硬，石头似的，硌得我全身发疼。闵凡利这家伙伸手把我提起来，狠狠向地上摔去……

就在闵凡利摔我的那一刹那，我猛地发现闵凡利这家伙很像我。我想告诉闵凡利：你也是尘世的一只蝶……

可惜，我永远说不出来了……

苍蝇说

我是父母种在肮脏中的孩子。哪儿肮脏，哪儿就是我们的家。当然，肮脏不是出自我们的手，是来自你们尊贵的人类。

我们在肮脏中茁壮成长，肮脏就是我们美好的家园。

后来我就成了一只蛆，我吸收着肮脏里的营养。对于肮脏，我有着独到的心得。你们人认为的东西，对蝇类来说，有很多都是不确切，或者说不适用的。比如说肮脏，对你们来说那是一个讨厌的去处、烦心的地方。但对于我们，那是向往的世界。我们每时每刻都在幻想着，地球如果有一天能成为一个大垃圾场，大污秽地，那该是多美好的事啊！可这一天永远不会到来，因为你们不愿生活在垃圾中。还有就是真理。你们人类认为的真理，在我们看来是玩笑。说起来，你们人类对这个世界的认识还不如我们蝇类。就说时间吧，你们人类认为时间分过去、现在和未来，说通俗一点就是昨天、今天和明天。可我们不这么看，我们认为时间就是物质，就是一个圆，就像你们磨坊里拉磨的驴，每天都在周而复始着自己的轨迹，就像你们的人生。

当然了，我是一只有点思想的蛆。像我这样爱思考的在我们蝇类家族里比比皆是。我们蝇类是一个爱动脑子的物类。在这点上，我觉得比人类强。你们是贪婪和懒惰的群体。你们的知识少得可怜，现在，你们连自己"从哪里来，到哪里去"还没有搞清，你们还停留在"到底先有的蛋，还是先有的鸡"的层面。你们的大部分知识来自书本，可我们的知识来自思考。我听你们人常说"读书使人进步"，还有"读书是人类进步的阶梯"之类的话，真可笑啊！更有甚者说，"三辈子不读书，不赶一窝猪"。在你们的心目中，猪是最愚蠢的。我告诉你们：其实你们人想错了，猪是世上非常聪明的动物。就看你怎么去想他了。

当然了，我先是一粒种，后来成为一个蛆。蛆是蝇的幼虫。我的最后是一只英俊的苍蝇。我现在虽是个蛆，生活在污浊中，但我的心灵是清洁的。我的清洁就似你们人类常夸的那个周敦颐写的"出淤泥而不染，濯清涟而不妖"的莲。可你们人类不这样认为，你们太急功近利，我和莲同是从肮脏中出生的，你们给予莲的地位是在天上，给予我们的是什么？你们最清楚！

当然这些都是实话，但实话说多了你们的自尊心承受不了。有时你们太可怜，也太孱弱，免疫力特别低，一代不如一代。说起来发明创造能促进你们的生产力的发展，让你们更强、更壮、更智慧，可如今你们人类的发明创新却成了缠缚你们自己的绳索。比如说空调，因为舒适，它把冬天和夏日都变成一个季节。所以你们在冬天感冒，在夏日伤风。你们的身体虚弱极了，可怜极了，也可悲极了。

我的身体是很棒的，所有的细菌我都不怕。只要我飞翔起来，我就是一枚子弹，就是一架飞机。我飞翔在蓝天上，飞翔在你们人类的贪婪中，飞翔在你们制造的肮脏中。

我是在肮脏中成长起来的孩子，对龌龊和肮脏本能地喜欢。如果你们人类都纯洁干净起来，我们就没生存的地方。但人类往往只顾外表干净，有的外边穿着西装革履，甚至洒着香水，以示高洁和尊贵，可你们从不顾及内里和心灵。其实真正藏灰的地方是内心，只要把内心打扫干净了，你们会永远洁净。可你们从不爱打扫自己的心田，你们的心里积存着很厚的灰尘。所以你们永远干净不了。

该说说我自己了，我现在已从蛆变成蝇，飞翔在茂密的树林里。我的周围是参天的树木和绽放着芬芳的花。当然，我很喜欢这些，这些东西赏心悦目，但不能当饭吃。我的饭食还在人们的龌龊中。

我一路上唱着歌，飞翔在奔向城市的途中。我知道，城市是乡村的孩子，是乡村哺育喂养出来的。可我对城市有点看不起，那就是，城市有点忘恩，丢了奶头就骂娘。他们反过来又厌弃乡村的贫穷和落后。狗都知不嫌家贫，可城市在这一点上连狗也不如。

飞翔真是一件美好的事。我这才知道祖先为什么给了我们一双翅膀。给我们翅膀就是让我们飞翔。在飞翔的时候，我发现了很多有意义的事，作为你们认为是无聊的或隐秘的。我在一个城郊接合部的工厂的办公室里看到被老板奸污的一个女孩。女孩身下流着血，嘴里在叫喊着，我发现很多人都听到了，但他们都很麻木，装着若无其事的样子，继续从事着各自的工作。我狠狠用腿踢了一下那个老板。女孩哭得伤心而无助，我俯身尝了女孩的血，血很红，是撕裂的鲜血，非常的腥。我美美地喝饱了肚子。哎，说实在的，真该感谢那个老板！就因他的撕裂和强暴，我才吃饱了肚子。

后来我继续飞。当然是朝城市飞。现在我已进入城市。城市的外表虽看着干净敞亮，实际上它比乡村肮脏多了。看看城市的下水道，哪一个不比乡村的脏？

我现在正趴在一个公司董事长的窗口上。董事长的窗口封闭得很好，我们进不去。虽进不去，可我们喜欢趴在他的窗口上。因为在这儿能看到很多阴谋之类的东西。我以前对阴谋不理解，通过趴董事长的窗口，我明白了：阴谋就是几个人做一个套或几个套，让另外的几个人钻；或几个人合伙挖一个陷阱，让另外的几个人往里走。我看到董事长正和几个人头聚着做套。不知这一次他们在套谁。不知又是哪个倒霉蛋跌进他们的陷阱。说起来，谁跌进去与我有什么关系？我是一只蝇呢！

我在一个垃圾桶里睡的觉。后来被几个捡垃圾的扒拉醒了。我想骂他们几句，但我就着月光看到这几个人都是乡下人，就没把肮话说出口。哎，他们怪可怜的，不像我有翅膀，又不像董事长那样的会做套给人家钻，只有靠捡垃圾过生活。说起来，他们和我一样，也是靠肮脏为生的。他们看到垃圾的那种急切和欢喜，和我们蝇类的表情是一样的。

我不想打搅他们。他们是靠着垃圾养家糊口呢！我轻轻飞开了。飞着飞着，我闻到血的腥甜味。哎呀，太香甜了。如酒鬼奔向酒缸般，我向那血的香甜奔去。

血的味道是从一个豪华的房间里传出的。我看到一个男人正在用面巾纸擦拭着一把水果刀上的血。男人一边擦一边自言自语：叫你离婚，你偏

一路莲花

不离。我叫你再缠着我！男人说这话时有点幸灾乐祸，好像在说着一件与他无关的事情。我忙爬上去喝那个女子的血。那个女子的血闻着香，可喝起来却非常苦。我不知这是怎么回事。

那个男人看到了我，他讨厌我，想用手拍我，我轻轻一躲飞了起来。我知道，这个男人看着飞扬跋扈，可他马上就完了。因他的手上沾了血。

第二天，我看到这个城市到处都是身穿白大褂、肩背消毒器的人，原来这个城市在创建卫生城，在开展一次灭苍蝇的卫生运动。看到他们这么郑重其事的，我真的很想笑。

我想告诉可爱的人类，想消灭我们并不难，只要你们内心干净了，我们苍蝇马上就会绝迹，在这个星球上消失。可遗憾的是，因你们有欲望，所以你们的心灵永远也纯洁不起来。

阿门！

蚕逍遥

我是一只蚕。现在，我躺在蚕山上。蚕山是用麦秸或稻草编织的呈"W"状的物件，供我结茧的。我一边吃着桑叶，一边想着老食已吃完了，要开始吐丝了。静下来想想自己，好像生下来就为吃似的。从自己是一枚卵，通过光照（或在保温箱里经过恒温的）孵化成蚁蚕的那天起，就和桑叶结了缘，一辈子光吃桑叶，一直吃到吐丝。吃着吃着就明白了，我活着其实就是为做一件事，那就是吐丝。

为吐丝，我必须要做好一件事，那就是吃——吃桑叶。当然，吃，是为结茧。结茧，就是吐丝。桑叶是好东西，它不光能填饱肚子，给成长提供必需的养料，还能把自己肚里的东西都转化成丝的源泉。是个好东西啊！

我的一生也就是五十多天。这短短的时间，就是我的一个时代。自己必须要经过从卵到蚁蚕，从蚁蚕到蚕，从蚕到蛹，从蛹到蝶的过程。蝶才是我的成虫，也是我的最后。想想我就笑了，笑自己，就这几天的光景，要走这么多的坎，受这么多的磨难，怎么想怎么像人生啊！

蚁蚕是我的幼虫（刚从卵中孵化出来的蚕宝宝，黑黑的像蚂蚁，身上长满细毛，故称蚁蚕），从蚁蚕到吐丝结茧我要休眠四次，蜕四次皮。这只是二十五天左右的时间，除了吃就是蜕皮，我不停地强壮庞大（据说一个要吐丝的蚕的体重是蚁蚕的一万倍），说起来这都是桑叶的营养啊！

我感觉老食吃得差不多了，前几天特饿，那个穿红衣的姑娘虽然一上午来喂我好几次，可我还感觉饿。我饿极了，连桑叶梗子都吃了呢！后来，红衣的姑娘嫌一个人择桑叶慢，就叫来那个叫闵凡利的，听说是个写文章的，一起去地里，砍来好多长满桑叶的桑枝，放到蚕簿子上。这下，我们可以大快朵颐了，当然了，我们除了吃就是拉，拉的都是没消化的杂质，剩在肚里的就是精华了。

那几天，我们发现闵凡利这个人没事常往蚕房里来，一来给我们喂食，二来呢，我发现这家伙的眼神很特别，说文一些叫暧昧，说土一些就是眼里面有个扒钩子，反正是特流氓。他看红衣姑娘时，眼里会伸出一只手，在红衣女孩的身上抚摸。后来我才明白，敢情这家伙喜欢上红衣姑娘了。这时候，我发现，闵凡利已和我一样，开始在心里孕丝了，当然，他孕的是情丝。

我记得那天我已停止进食，休了一天眠，刚爬到蚕山上。我要开始做我一生中最大的事——吐丝。吐丝就是把我们肚子里吃的桑叶精华吐出来。丝是桑叶的精华，是一种液体，出了我们的嘴就成了透明的线。我们越吐身子就越小，也越羸弱。为保护自己，我们先给自己用丝织一个壳，那壳好似蜗牛身上背负的房子，是我们自己的保护。吐丝需要两三天的时间，可对我们蚕来说可是非常漫长。我一边吐丝一边想，难道，我们活着就是给自己织一个壳，把自己圈进去？就像你们人类，小时候拼命地学习礼仪道德，学习生存之道，实际上你们学的就是怎样把自己圈进去，怎样再把自己消耗掉的方法和技巧。

我吐丝的时候，一抬头看到闵凡利也在吐丝。当然，他是在给那红衣女孩吐。他给那个女孩倾吐情诗。在我听来，那是一种麻醉人的谎言。可那红衣女孩很喜欢，她听着闵凡利的情诗，脸上荡起红晕，那含羞的模样柔媚婀娜。我虽是一只蚕，可心里也有些痒痒的。

后来我看到闵凡利去拉红衣女孩的手了。红衣女孩把手放到他手里，非常的幸福。真令人羡慕。我就想，闵凡利这样的连个茧都不会结，就可以拉红衣女孩的手，亲近这个女孩的芳心。我为什么就不是人呢？如果我要是，不凭什么，就凭我结的这个茧，这女孩还不得对我投怀送抱？

哎，这就是命。我的壳越织越厚，渐渐地我把自己织进壳里。我把壳当成自己的家。当用最后的一根丝把家门堵上——喧嚣和嘈杂也被我堵在壳外时，我感到出奇的静。哎，劳累这么久，就为为自己织一个壳。想想，很好笑。

再可笑，自己的路还要走下去，活到这份上，我知道，自己马上就要是一个蛹了。当然我得脱下这又肥又大又松垮的外衣。脱下这外衣，我才是个蛹。也就是说，我不停吐丝织壳，就为了把自己织成一个蛹。这是没办法的事，这是我必须要走的路、要翻的坎。就好比闵凡利后来和那红衣女孩结婚一样，他们组合了一个家庭，后来他们为孩子的事发愁，为柴米油盐发愁，为工作和人民币发愁，他们和我一样，也成了他们自己的一个蛹。

以后的路是什么呢？自己的这大半辈子，除了吃就是织个壳把自己圈起来，我究竟做了什么？仔细想，只做了一件事，吐丝——结那个把自己束裹起来的壳。我常常皱着眉头想，难道，这就是人生的目的？

再想想那个叫闵凡利的家伙吧。他开始是上学，后来又写了一些自以为能教育人的狗屁文章。其实是满纸的荒唐言。他本是农民，可不会种地，首先说他不是一个合格的农民；后来又当工人，可不会操作机器。后来当官，当着当着把自己当腐败了当"双规"了并当进了监狱。从监狱出来后，开始想干些不出汗的活计，想来想去，想到了写文章挣钱。怀有这种心态的人，能写出什么锦绣文章？就算是好文章，连他自己都教育不了，还能教育谁？生在这个浮躁时代的人，哪一个不比他聪明？有时他还自我感觉良好。看看他周围的人，哪一个不比他虚伪？哪一个不比他张狂？那一个不比他狠毒？

我虽是个蛹，可我很清醒。虽然我把自己圈起来。目的还是为了让自己走出这个壳。我虽是个虫，但我没忘，我是一个动物。

动物最终的目标是什么：那就是繁衍。想到这，已成为蛹的我豁然开朗：原来活着的目的在这儿啊！

我要好好地在壳里修养调整自己。我知道走进了壳里还要把自己再走出来。一个虫能进壳不是本事，关键是要从壳里飞出来。我就想那个叫闵凡利的家伙，光知道写，写那些只有几个和他一样的家伙叫好的东西，实际上，他的那些作品都是文字垃圾。在这个被称为地球的尘世上，一天能生产几列车。他还当宝贝似的，可笑极了！看到他如痴如醉的样子，我知道，他这是进入了写作这个壳，没有从中走出来。

一路莲花

可我不能像他那么呆傻。上苍就给我这短短的五十多天的时间，在这期间，我还有一件事情要做，无论如何，我要把自己化成蝶。

这是一个艰难的蜕变过程。这次的蜕变和前几次的蜕变不一样：那几次只是休眠一下，褪下自己那越来越小的外衣；而这次的蜕变是从一个虫向一只蝶、从爬行向飞舞的转变，它是质的、是灵魂的。这次蜕变是漫长的，需要生命的四分之一的时间身在在茧壳里时间里，我好好地思考了自己和今后的道路。我想到了飞翔。啊，那是多么充满诱惑的景象啊。

为了飞翔，为了在天空展开自己的双翅，就是受再大的磨难，值！

我刚化蛹时，体色是淡黄色的，通体嫩软，渐渐地变成黄色、黄褐色或褐色，皮肤也硬起来了。经过大约半月的时间，当我的身体又开始变软，皮有点起皱并呈土褐色时，我就将羽化成蛾了。

这一次的蜕变让我历尽艰辛，当已成蚕蛾的我啄开茧壳从里面飞出时，你看到的将是一只飞翔的蝶。当然，我专门飞到了闵凡利的书房，看到该同志正在书房里抓耳挠腮，在为一部作品人物的命运绞尽脑汁，在为那个故事的发展挖空心思。我知道，他这样的人，永远生活在他自己编织的茧壳里，走不出来了——

这时身边飞过一只雄性蚕蝶。那是一只英俊的男性，是我心仪的王子，我知道，我得走向他。走向他，我才会交合，才知道交尾的欢乐，我的生命才会饱满，才会充满光彩——

几天后，我产下我的孩子，他们是比芝麻粒还要小很多的受精卵。他们静静地躺在一张纸上，看着他们，我清楚，我的使命完成了。当然，我的时代也终结了；当然，我也很累；当然我真该好好歇歇了。于是，我闭上了眼，我看到了天堂……

芬芳的村庄（四题）

绚　烂

　　男人第一次见女人的时候，女人那时候还不是女人，还是一掐一汪水的黄花大姑娘。男人走进媒人家的时候，女人正在帮媒人家滚煎饼。就是把玉米面和地瓜面掺在一起，把面和稠些，用手托成球，沿着鏊子的外沿往里滚。女人那时穿着花格衣，留着大辫子，弯下腰时，一条辫子垂在胸前，一条伏在脊背上。滚动面球时，女人的面前都是煎饼的水雾，把脸蒸得潮红潮红的，别有一番妩媚。男人的心一紧。女人用那水雾一样的眼睛瞄了一下男人，接着又滚她的煎饼，滚得很仔细。

　　那一眼男人就忘不了了。男人在进媒人屋的时候，又回头看了一眼女人。女人那时只顾滚煎饼了，面球滚完了，女人拿着用竹片制成的坯子在滚过的煎饼上轻轻地擀薄擀匀。这时的女人已经坐直了腰，透过煎饼的水雾男人已看清女人的长相：呀，正是他喜欢的那张脸啊！

　　之后男人看到了女人揭下了她滚的煎饼，啊，好圆，好薄，纸似的。男人想，不为什么，就为女人的这一手好煎饼，他也要娶她！

　　过了好一会儿，女人才进了屋。进屋之前，他听到了女人抽打身上灰尘的声音，啪，啪，那声音好动听，仿佛每一下都抽打在他的身上，他感觉自己的身上痒痒的。女人进屋了，红着脸说，你，你来了?!

　　他忙站起来，有些慌，说，你坐，你坐。

　　屋里就他们俩。媒人刚才出去了，说是让小秀过来。这样就是对象了。

小秀坐下了，两手缠绞着辫子梢说，你，你，你在什么地方干工啊？

男人说，我在供销社里干。

小秀说，那可是个好单位。可我，可我是个农业社的。

男人说，农村的怕啥？要不是我接了我爹的班，我不也是个农村娃吗！

小秀说，你是非农业，我却是个农业社，配不上你的。

男人听小秀这么说，忙说，不要这么说，我其实就是想找个农业社的呢！……

后来男人就娶了小秀。小秀来到男人家和在自己家一样，还是滚她的煎饼。男人就爱吃小秀烙的煎饼。男人吃着那又薄又脆又香的煎饼，说，我之所以决定娶你，就是因为你那一手好煎饼！

女人一愣，女人说，你不是看上我的容貌？

男人说，不是。我见过好几个比你漂亮的姑娘，我一问，你们会滚煎饼吗？她们都摇头。我就问她们，你们怎么不会滚煎饼呢？她们说，我们找了个非农业，天天吃白馒头，就不需要烙煎饼了！

小秀一听，说，你就是因为这个才不愿意娶她们的啊？

他说是啊，还有比这个更大的理由吗？

小秀说，也是。

男人说，她们不愿意劳动，光仗着自己长得漂亮，就想靠自己的漂亮吃白馒头，你想想，这样的女人，我能要吗？

小秀想了想说，你说得也是。

男人很爱吃小秀滚的或烙的煎饼。小秀每天最幸福的时刻就是在吃饭的时候看着男人津津有味吃自己滚的煎饼。男人吃得很仔细，就是掉下了个煎饼屑，也弯腰拾起放到嘴里。小秀嫌那样不卫生，就说男人，掉了就掉了，不要再拾了吃，不卫生！

男人说，这么好吃的煎饼，我要是这么糟蹋了，可对不起我的秀儿啊！听男人这么说，小秀心里喝蜜一样的甜。

有一次，男人吃着小秀刚烙的煎饼，说，你烙的煎饼太好吃了，我爱吃，一辈子也吃不够！

小秀说，那我就一辈子给你烙着吃！

男人孩子样的给小秀伸出手指说，咱来拉个钩！小秀就伸出了小拇指，和男人把钩拉了！

男人说，拉钩上吊，一百年不许变！

小秀也说，拉钩上吊，一百年也不变！……

后来，男人的单位越来越不景气了，男人脑瓜活络，就先下了海，自己到县城里，开起了商店。刚开始时，男人让小秀去，小秀说家里有孩子，需要她照顾。还有一个最主要的原因，就是她去了县城，就不能好好给男人烙煎饼了！男人想了想也是，就把女人和孩子留在了村里。

男人的生意越做越大。开始是男人叫小秀去小秀不去，后来是小秀想去男人不叫去。因为，那时男人已经和店里的一个女孩儿同居了。

直到男人和那个女孩儿生出了孩子，小秀才知道，男人已经在外面又安了家。

男人对小秀说，咱离了吧！是我对不起你。

小秀没有打也没有骂，只是问了男人一句话。小秀说，你给我说真心话，你是不是不喜欢吃我烙的煎饼了？

男人说，不，我喜欢，我一辈子也吃不够！

小秀说：你既然喜欢吃我烙的煎饼，那你为什么又喜欢上那个女孩呢？

男人红了一下脸说，我，我，我也不知道。

小秀很长时间不做声。之后叹了一口气说，既然你愿离，那就离吧——

和男人离了之后，小秀想了很多，每次想完之后，看看身边的女儿，就唉地叹了声气。小秀想，也许，这就是命？

是命，那只好认了。谁能挣得脱命呢？怀着怨恨什么用也不起，那不如就怀着感激吧。小秀就想和男人在一起的日子。忽然想起了一件很重要的事。之后她作出了一个决定：带着孩子到县城。

小秀在县城里靠烙煎饼来养活自己和孩子。每天天不亮，她就早起用电磨磨了粮食，然后再烙。到了下午，六十多斤煎饼也就烙出来了。

小秀卖煎饼不到市场上去，而是去男人现在住的地方去卖。小秀的煎饼很好卖，往往用不了多大一会儿就卖了了。小秀的煎饼里的原料和别人的不同，她在里面加入了花生和豆子，烙出的煎饼不光吃着香，而且还酥软好咬。

每天男人都是到很晚的时候才回来，但是无论多好卖，小秀都会给男人留着六个。而且每天都在门口等着男人，等着把煎饼交给男人再回去。

刚开始时，男人有些不好意思要。男人说，咱们已经离了呀，我怎么能要你的煎饼呢！小秀说，我说过的，我一辈子给你烙着吃。

男人不想再伤小秀的心，就说，我那是说着玩的啊！

小秀说，我可当真的！

男人不好再说什么了，就把煎饼接了过来。男人要给小秀钱，男人说，你，你也不容易的，钱，你要收下的！

小秀就摇头。小秀说，我怎能要你的钱呢，不问现在怎么样，你毕竟当过我的男人啊！

听了这句话，男人的泪止不住就要流。男人想，有泪也不能当着小秀流，就强忍着，不让流出来。可当他转过身时，泪就再也忍不住了，像决堤的河水，淹没了他……

妩　媚

男人把女人娶进家门时候，男人眼里含着泪。男人从始至终都没看女人一眼。的确，谁娶了这样的媳妇谁心里都不如意。长得矮不说，脸上还有麻子，还是龅牙小眼睛。男人怎能不亏呢！

看看男人的长相吧，细高挑，白面皮，浓眉大眼，要多帅气有多帅气，可偏偏给这个丑女子联了姻。爹说，谁让咱的成分不好呢！闺女虽丑，可根正苗红，正儿八经的贫下中农呢！不然，你连个这样的媳妇也娶不上，打一辈子光棍吧你！

爹看儿子还是把头梗着，泪就落了，爹说，你两个哥哪个长得也不比你差，还不是和你一样，都娶了丑媳妇？孩子，就认了吧，谁叫咱家以前有那么多的地呀。这是命啊！

男人只好低了头，认了。这年月，谁能挣得脱命呢！虽认了，可男人不给女人在一个被窝睡觉。女人感觉出来了。女人虽丑一些，可女人不憨。女人精明着呢！在第五夜，女人看着男人又要抱着枕头到地上去睡，女人扑通给男人跪下了。女人说，娶了我，我知道你亏。可这也不怨我啊！父母给的容貌，不是我做主的啊！

男人的心一软。男人说，你起来。你没有理由给我跪的。女人说，我给你跪，我是想求你应我一件事。只要你应了这件事，以后你做什么事我都不拦你。你就是领着女人到我这个铺上来睡觉，我也不说一句怨言的。

男人说，真的？

女人说，真的。

男人说：你说是什么事吧？

女人说：我要你给我一个孩子！

男人考虑了一会儿，叹了口气说，好，你说的，你可别后悔！

女人说，只要你给我一个孩子，我不后悔！

那一夜，男人上了女人的身……

一年后，孩子降生了。是个男孩。男孩长得像极了男人，女人很幸福。

这个时候，女人耳边听到了男人和别的女人相好的话。有的是别人偷说她听到的，有的是娘家人当着她的面说的。女人心里有泪在流。可在别人的面前她却一个劲儿地为男人开脱。说她的男人她知道，他不是那样花心的人。有一次，男人把一个寡妇领到她床上，被她捉到了。她还是说寡妇你怎么不守妇道啊，他年轻，你怎么勾引他学坏呢！那一次男人本想激恼女人的，没想到女人还是不说他的孬。男人把寡妇撵走了。男人很惭愧，又和女人同了床……

女人虽然丑，可女人的地很肥沃，撒下个种子就收粮食，这不，女人又怀上了。没过一年又生了一个丫头。只是丫头不再像她爸爸，而是像她……

虽然是个丑女儿，女人一样眼珠子似的疼。说着拉着就到了三中全会。就到了改革开放。男人本就是个困在泥潭里的龙，借着改革开放的风，一下子飞腾起来了。男人先做鲜鱼生意，后来又贩卖钢材什么的。到后来，男人成了他们这儿连乡长都奉为座上宾的贵客！

当然了，有钱的男人就想休掉丑女人。儿子不愿意，女儿也不愿意。女人给男人说，我知道你现在是怎么想的。我还是以前说过的那句话，你想做什么你就做什么，我不拦你。就是儿子女儿看不惯你，我也会劝他们的。但你得答应我一个条件。

男人问：什么条件？

女人说：你不要和我离婚。

男人问：你这是为什么？

女人说：不为什么。我就是不想离开你！

男人答应了女人不离婚。女人也真像她说的把儿子女儿劝了，不再对男人的生活不检点横着鼻子竖着眼。孩子从母亲的嘴里知道父亲心里苦，这么做，是在找平衡呢！

有了钱的男人可是在海里骑自行车——浪疯（封）圈了。不到五十的男人还是保持着以前的身材和相貌，虽然脸上起了些褶子，但比以前更有味道了，所以就很得"徐娘"少妇们的青睐。男人几乎是不归家了，天天在外面当新郎，入洞房。男人快乐死了！

有一句成语叫乐极生悲。男人没想到这句话用到了他的身上。就在男人为他的快乐而美好的时候，男人得了一种病。是一种罕见的病。病是在和他好的一个女人那里得的。那个女人吓坏了，把男人送到医院就通知了女人。当女人来到医院时，看到的是一具只有心在微微跳而其他地方都不跳的"尸体"。女人看着男人，眼里流出了泪。大夫说，这个病，走是早晚的事，早走早不受罪，早走早不糟蹋钱！大家都等她的话，她看着那个给了她一双儿女的男人，说了一句话。她说，就是死也要死在医院里！

刚开始，大家觉得，夫妻一场，尽尽心，情有可原。就依着她。男人挣的钱是不少，可哪经得起在医院里折腾啊，十天下去，男人挣的钱就下去了一半，可男人还是和刚进来时一样。还是那么睡着不醒。大夫又提醒了：这个病反正是个无底洞，你有钱就使劲往里扔吧！

亲戚朋友就有人开始劝女人了，说别傻了，你尽尽心也就行了。你以后还得生活呢！

　　女人摇了摇头对大夫说，接着治疗！

　　又是一段时间过去了。男人挣的钱已全部扔进医院了。可男人还是那么睡着。大夫对女人说，看着你往无底洞里扔钱我为你心疼。俗话说，事不过三，我给你说了这是第三遍了。这个病除非出现奇迹，否则你就使劲往里扔钱吧！

　　男人的两个哥哥也劝弟媳，说你的心我们也都知道了。我弟这个病是个看不好的病。咱已经尽心了。别再花冤枉钱了！

　　女人摇了摇头，说不。

　　男人的哥哥说，你看大夫都说了，看也是白看，咱就别瞎子点灯白费蜡了！

　　女人说，只要你弟的心还在跳，他就没死，我就给他看！

　　男人的哥哥见女人八头牛也拉不回，就说，咱丑话说在前头，如果你真想给我弟看的话，我一是没钱，二呢，我也不能在这里陪护了。我在这里陪了这么多天，你嫂子早就说我了！

　　女人说，给你弟看病的钱，我不需要你们拿一分。就是砸锅卖铁，扒袜子卖鞋，我也不会向你们开口的。

　　后来儿子和女儿也来劝女人了。儿子说，妈，爸爸这个样子，是好不了的了！女儿也说，妈，你别再抱幻想了，爸爸醒不过来了！

　　女人给了儿子和女儿每人一巴掌。女人说，别人说你爹不行了，我不伤心，怎么你们也跟着他们一起说啊！不管他以前做过什么事，他都是你们的爹啊！

　　两个孩子不给女人翠，只是说，娘，大夫说过多少回了，爸爸要想醒过来，除非出现奇迹。妈，你相信奇迹吗？

　　女人说，我相信。你爹不会死！女人说着泪就落了！

　　儿子和女儿就摇头说娘中邪了！

　　女人真的中邪了，她对大夫说，你们该怎么治疗就怎么治疗，钱，我给你们筹！

可谁陪护男人呢？找别人，女人不放心。女人就分别找到了男人的两个哥哥。女人说，你陪护你弟弟，我给你工资。你在外面打工一天几个钱，我就给你几个钱！

男人的哥哥有些不好意思，再说是陪护弟弟。要是拿了这陪护费，亲朋知道会咬舌头的。女人又说，我也想找别人。但找别人我不放心。我觉得你们是一母同胞，照顾起来比别人真心！

哥哥就去陪护弟弟了，女人每天去借钱。男人在的时候也结交了一些生意上很知心的朋友，听说男人有病了，开始借时，象征性地给一些。后来女人再来借，他们就躲了。

男人还是那么躺着。胸口在微微地跳。说死又不死。说不死又是死的。可女人认准男人能活过来。谁再劝女人都摇头。娘家的娘说，孩子，我知道你在乎他，可这病，是好不了的病啊！

女人说，娘，他能好，他会好起来的。

娘说，你凭什么说他的病能好起来啊？

女人哇就哭了，女人说，娘啊，我真的太喜欢他了！

娘给女人擦了泪，娘说，我的孩子，那可苦了你了！

女人看着娘说，娘，他会好起来的！

娘用颤抖的手把自己攒的钱交给了女人，娘说，这是娘的家底子，都给你了！

女人拿了娘的钱，又给男人交上了住院的押金……

说起来这个世上真的有奇迹，直到有一天，男人真的苏醒了。当然这是男人住院后的第八十九天。

女人不相信这是真的。大夫也不相信这是真的。所有人都不相信这是真的。可男人却千真万确地醒过来了……

醒过来的男人明白了自己创造了奇迹。但如果没有女人，他十个男人也早就成灰了。男人流着泪对女人说，你，你受苦了……

男人出院后，来了个一百八十度的大转弯，和以前判若两人。男人收了心，一心一意对女人好。无论到哪里，男人都带着女人。还有，男人不允许儿子女儿对妈妈有一点儿不敬。男人到哪里都讲，要是没有女人，他早就变成一抔黄土了！亲兄弟该如何？儿子闺女又该如何？谁给他最近最亲？是他的女人啊！男人说着的时候眼里含着泪，男人说，我以前太混账了呀！

刚开始女人有些不适应。不适应男人对她这么好。女人说，我是你老婆，我应该那样做的。你还是和以前一样，想做什么就做什么，就是把别的女人领我床上来，我也不怪你！

男人听了这话就把女人紧紧地抱在怀里。男人说，以后不会了。再也不会了。男人知道自己为什么这么说，因为他怀里抱着的是一颗真正爱他的心。

后来男人再看女人，感觉女人哪个地方都美。就是那一个一个的麻子，他也感觉是那么的可爱、那么的恰到好处。男人看着女人在心里赞叹着：自己的女人真是世上最最妩媚的花！

缤　纷

男人和女人相识在一个阳光缤纷的日子。

当时男人去阿香面馆吃面。那天男人来到面馆，在一个有电扇的窗口坐下。他和平时一样，要了一碗面，外带一块大酱肉。当服务员把面给他端上来时，女人来了。女人来得晚，一到这个时候，面馆里就座无虚席了。女人四处看看，就男人的对面还有空位，就对男人一笑，说，有人吗？我可以坐在这儿吗？女人声音很好听。男人忙点了头。点得很慌，唯恐他不慌女人不坐这儿似的。女人坐到了男人的对面，对着男人一笑。男人也回了女人一个笑容。女人忙放下包，去拿了一些雪菜咸菜什么的，女人风风火火的，不像男人那么从容。

男人们一般吃相都不雅，都饿死鬼托生的，狼吞虎咽。他也不例外。可女人坐在了对面，男人就开始文雅了。一小口一小口的，小心翼翼的，特绅士。女人的面也端上来了。面上摆着一个荷包蛋和两个海带。女人把碗拉到自己的跟前。女人要的是小碗面。女人发现男人在看碗里的面。就给了男人一个笑容，然后开始吃了。女人吃饭很小心的，她手里攥着手巾纸，吃一口就按一下嘴角，生怕吃了口红似的。男人看女人还这么爱惜着自己的美，就想这举动真和女人的年龄不大相符啊。

女人虽然穿着很得体很新潮，但细一看，女人的眼角也打伞了。（"打伞"是这个地方的土语，是有鱼尾纹的意思。）

男人觉得自己有些拿捏，可女人坐在对面，不拿捏不行，男人的头上冒汗了。当然了，这是个容易出汗的季节，阳光像盛开得很缤纷的花朵，热烈而张狂。女人的头上也出了汗。开始是细汗，后来细汗很快就长成了肥硕的珍珠，活在了女人的额头上。

这时，女人的手机响了。铃声很好听，是《香水有毒》里的句子。男人听过这首歌。男人以前的女人用的就是这个铃声。后来，那个曾经属于他的女人就不再属于他了。每当听到这铃声时，男人的心都会一震。

女人一边吃着，一边打开了手机，喂了一声。接着男人就看到女人的面色变了，用花容失色很恰当。男人就见女人说，你先去，我马上赶到。然后收起电话，放下筷子，拿起包就快步离开了。快得像一阵风。

男人知道女人肯定有事了，不然不会这么快地离开。男人慢慢地吃着，想等着女人回来。服务员几次要收拾女人的饭碗。男人都拦住了说，也许她快来了呢！

女人一直没有回来。服务员有些不高兴，就说，奶奶的，又丢了一碗面。男人先交了自己的钱。看面馆的老板和服务员这么说，就从钱夹里掏出五元钱，替女人垫上了。

之后的很多天，男人还是去阿香面馆吃饭。可再也没有遇上女人。

之后男人出了趟门儿，到外面了一趟。其实他是去与自己以前的女人办离婚手续的。他没有说她也没骂她，好合好分。

回来已是半个月后的事了，男人又到了阿香面馆吃饭。没想到女人早到了。还是在那个电扇下，他们原来坐的位子上。女人看他来了，就笑着给他点了点头。于是他们又坐到了一起吃饭。面吃完了，要结账了，男人去结。老板说，他的账已有人给付了。他问谁？老板指了指女人。

他说什么也不能让女人给他付钱。区区几块钱，他不能欠这个人情。他要老板把女人的钱退给女人。这时女人过来了，说，允许你请我，就不允许我请你吗？

男人怎么也想不起来他请过女人。女人说，也就是半月前，我坐下刚想吃面，接到我孩子得了急性阑尾炎的电话，我把碗一丢就走了，不是你给我结的账吗？男人这才如梦方醒。男人说，这个事儿，我早就忘了，你呀，咋还记得这么清楚啊！

女人说，我第二天来这里交面钱的时候，老板说我的面钱已经付过了。我问谁，老板说是你。

男人说：他们做个小生意，起早摸黑的，不容易，所以我替你垫上了。换了别人，我会一样做的。

女人说，你真是个好人。

男人听女人这么说，心里一下子流泪了。他在心里暗暗问自己：我这样的，连老婆都要飞。能算好人吗？

两人就这样熟识了。再往后，有时是男人结账，有时是女人付钱。每到吃饭时，男人都先到阿香面馆去，去占吊扇下的那个位置。然后也把对面的位置占下。他知道女人爱吃什么，就让老板给女人盛好，放在她的位置上，凉着。女人有时是匆匆地来，又匆匆地走。交往这么长时间后，男人才知道，女人现在在一家保险公司做推销。丈夫两年前遭车祸走了。目前自己带着一个女儿过。当然，女人也了解男人，男人现在在一家文化公司做文案，妻子红杏出墙，给一个包工头老板好，被他撞见了，不久前，他们离了婚。有过痛的女人，是值得人疼爱的。有过伤的男人，也同样唤起女人心中的怜惜。

男人和女人就像两个走在寒冬的旅人，背靠着背取暖。同是天涯沦落人，两人就相互关心着、温暖着。有时女人不来了，男人就会很失落。有时男人出差了，女人就会茫然若失，那几天心里就会灰灰的，很空。

男人就想：难道，我是喜欢上她了？

女人在夜深人静的时候就想自己和男人的从相识到熟悉，以至走到现在，女人想，自己怎么会这样呢？男人在自己心里咋就占这么大的空呢？难道，我……

女人不敢想那个字。那个字她感觉离她太远。却又非常的近。女人知道，男人是个好人。这年头，什么都不缺，就是缺少好人……

一这样想，女人的心里就泛出羞意。脸上就会热，就会有红晕出现。女人就偷偷地说自己：你没羞啊，你想男人了……

炎热的季节过去，转眼天凉了。这个季节是个收获的季节，男人和女人也知道，他们之间的相互惦记和牵挂也该收获了。

那天也是在阿香面馆。还是男人先到的。女人急匆匆地来了，坐在了男人的对面。男人看着女人，心想，还是把这个话说给女人吧。男人就说，哎，给你说个事。你给我参谋一下。女人问什么事啊？

男人的脸红了。男人咳嗽了一下说，是这样的，我的一个长得和我一样的朋友，喜欢上一个和你长得差不多的女子。朋友很喜欢那个女子。想给那个女子求婚，可朋友很爱面子，又怕女子拒绝他以后会疏远他。你说，我的朋友他该怎么做啊？

女人知道男人为什么这么说了，女人的心就颤了。颤得好甜蜜。可女人毕竟不再是女孩子了，是不会把欢喜写在脸上的。女人就很真诚地对男人说：假如你的朋友真的喜欢那个女子，那就向她求婚。说不定，那个女子也喜欢你的朋友呢！

男人就选择了一个秋高气爽的日子约女人到了一个诗情画意的地方，也就是他们这个城市的公园。两人开始是走。男人牵着女人的手，男人说，我们要是这样一辈子牵着手走，你说好不好？女人说不好。男人问为什么？女人说，没有人做饭吃会饿坏的！男人知道女人是在逼他的那个字呢。男人想，该说那个字了。男人就对女人说，嫁给我，好吗？

男人只是把女人的手攥得更紧了，转身把女人拥在了怀里。男人说，那个字我不说，一辈子都不说。我只用的我的行动来诠释，好吗？

女人点了点头。点头的时候，女人发现，她头上的阳光像一场雨一样弥漫了她。女人就想起她第一次认识男人的天空，太阳也是这么朗朗地照着，绚烂而缤纷。

芬 芳

女人从地里刚到家门口，看到了停在院子里的摩托车。

摩托车是男人的。还是和一年前一样新。女人心里一阵激动。当然是心慌，慌里有些恨，也有些盼望。男人自从和那个女人好上以后就很少回家，没办法，她和男人离了。

男人正在屋里给女儿说话，女儿在做作业。男人问一句，女儿答一句。女儿态度淡淡的，想理又不想理的。男人知道女儿为什么这样，他为了另一个女人把她娘俩都丢了，女儿不照脸扇他就算很给他脸了。

男人见女人进屋，忙站起来，讪讪地说，你，去地里了？男人的声音怯怯的。女人抬头看了一下男人，这个男人以前属于她，可在两年前，这个男人却属于了别人。男人的头发乱乱的，胡子拉碴，脸也不像以前那么红润，容光焕发的，而是有了些蜡黄。女人本来想骂男人的，骂歹毒那样的话，不多，几句也行。可女人没有骂出口。看到男人的这个样，女人有些心疼，隐隐地疼。女人想男人和自己在一起的时候，哪这么狼狈过？在女人心里，男人就是自己的责任田，她侍弄得眉清目爽。家里的地里的活儿她从没有让男人伸过手。在家里男人穿得干净清爽，就像是做客。有时男人想伸手做点什么，女人不让。女人说，我是你老婆，老婆是收干晒湿的，就是顾家里顾地里的。

男人在县城里做着一个小生意，生意不是很大，凑合着过的那种。开始的时候女人不知道男人在外面有人了，这样的事往往女人是最后知道的一个。有好心的邻居就告诉她，外面乱，男人在外面，要当心！她说，他不是那样的人。她相信他。他不会背叛他，她对他放心。自己的男人，有什么不放心的呢？可后来她感觉出来了，先是从那个事上。以前男人一个星期回家一次，有时还要长，一到家的时候就黏着她，要她，很馋；可后来，男人不太那么馋了，她要的时候他才给。开始的时候她以为男人累了，在外面挣钱养家的男人，哪有不累的！就没太在意；再后来，男人回家不像以前那么勤了，有时到了家她要的时候，男人有些不想给。即使

一路莲花

给，也有些力不从心，偷工减料似的。她也没往心里去。自己的男人嘛，不能什么都那么贪。挣钱了，再要快乐，自己太不该了。可后来，男人来家里给她摊牌，她才明白过来。

男人先给女人道歉，说自己对不起她。之后男人说得很坚决，说你离也好不离也好，我的心反正都在她身上了。反正我不愿意给你在一块儿过了。女人那个时候一下子傻眼了。女人没哭也没闹。只是狠狠地抽了男人两巴掌。男人没动，男人就那么伸着脸让她扇。男人看女人不抽了，长出了一口气。之后男人就骑着摩托车走了。走的时候男人说，什么时候办手续，我等你的信儿。

她不吃不喝睡了一天。之后，又睡了一天。第三天她就睡不下去了。她感觉心里好空。空得她难受。豆地里的草该拔了，地瓜秧也该翻翻了。她就去了地里。和那些庄稼在一起，这样才感觉自己心里不空。在地里久了，她就感觉自己也是一株庄稼了。

之后男人回来了，男人问她想好了吗？她说想好了。她说，我要女儿跟我。男人说行。她说这个家是我的命，我不能离开。男人说行，离婚不离家。男人说，只要你愿意离，我什么都答应你！我反正在城里和她在一起，这个家都是你的就是。

话都说到这个地步了，女人知道男人不爱她了，心里没有她了，那自己还死要着那个婚姻有什么意思呢！手续就是一张纸，很好办。签个字，摁个手印什么都交代了。她就和男人去县城办了手续。

临分手时，男人说，我没想到，手续会办得这么顺利。女人没有说啥，只是眼里的泪要止不住地往外流。

看到女人的眼泪，男人的头低下了说，对不起，是我对不起你！

女人擦了泪说，这个时候，说这些话还有什么意思呢！

男人说，你还有什么需要我做的，你说，我答应你！

女人想了想说，我想再扇你两巴掌！

男人想也没想，就把脸伸了出去，当然男人的眼是闭着的。

女人把手举起了，后来又放下了。女人长叹了一声。

男人睁开了眼。男人问，怎么了？女人什么也没说，转身走了……

女人是刚从玉米地里回来的，玉米地里有些草，女人去薅草了。玉米现在正是灌浆的时候，女人身上就都是玉米的味道，清清凉凉的香。男人抽了一下鼻子问，玉米灌浆了吧？女人想不理，只是用鼻子嗯了一声。男人有些局促起来。虽然这里曾是他的家，可现在不是了，是女人的家了。女人是这里的主人，他是客人了。男人坐着有些如坐针毡。女人眼睛虽没看到，其实心已经感觉到了。女人有些可怜男人了。不问怎么样，他毕竟当过自己的男人，给过自己很多的快乐和美好的时光啊！女人的心一柔，轻了一下声音问，听说你的生意做亏了？男人点了点头。脸上都是痛苦。女人唉地长叹一声说，钱财身外物，只要人平安，就不算亏！

男人头低着，双手插进头发里，无颜见江东父老的样子。本来女人想再说男人几句的，看男人那个样子，想，算了，老天已惩罚他了。老天是最清楚的，什么也瞒不过他的眼。做错事，他就惩罚你，当然，时间也许早，也许晚。

女人的心软了下来。她了解男人的脾性，要没有很要紧的事男人是不会到她这里来的。又说了一些别的话，当然是一些女儿的事。最后男人沉不住气了，小声说，求你件事。

女人没有吭声。男人知道女人在听着呢。男人说，她快要生了……我想，我想……我想让你去侍候她！

男人说完眼巴巴地望着女人。女人听了这话心一紧，她想狠狠地骂男人几句。女儿在跟前，她没有张口。男人说，她是个外地人，在咱们这儿没一个亲人。我想了想，只有你最亲。所以就来求你了！

女人听了心里一阵哆嗦。是啊，男人自从给她离了婚，没有人理了。亲戚邻居都说男人没人味儿。男人说，你知道，要是有一分办法我是不会求人的。我知道你的心好。说着男人眼里流出了泪。

女人的心一酥，在心里骂了一句，小冤家啊！可女人还是开始为那个女人担心了。不论如何，都是女人。生孩子是女人的关口，这个时候最需要人啊！再说，那个女人在这里又举目无亲的，谁能帮她？她替男人和女人想了想，也只有自己了！

女人就想现在挺着大肚子的那个女人。是的，刚一听说她和男人好的时候，她连杀她的心都有呢！可如今，不知怎么回事，她却在为那个女人担心。她也不知这是怎么了。是啊，男人不来找自己找谁呢？

女人问，还有多长时间生？

男人说，就在最近几天。

女人问，谁在家里照顾她呢？

男人说，没人。她一人在家。

女人急了，说，这个时候怎能放她一个人在家呢？要是出了意外怎么办？

男人说，你答应了？

女人唉了一声说，也许，我是前世欠你们的吧！

男人说，那，那咱走吧！

女人点了点头。然后说，你稍等，我出去一下。说着女人出去了。没多大一会儿，女人回来了。骑着的自行车的前车筐里放着一包东西。

男人问：你干什么去了？

女人说，我安排了一下女儿的事。然后去了趟地里。给你掰了几个你最爱吃的嫩玉米。你看，现在正灌着浆，好嫩呢！

看着女人手中的玉米。男人闻到了玉米的香味。那香味是那样醇郁厚重。他知道，那是乡村的芬芳。

泪不知不觉从男人眼里流了出来，像这个季节的梅雨。

唐诗之《锄禾》

锄 禾

李 绅

锄禾日当午，汗滴禾下土。

谁知盘中餐，粒粒皆辛苦。

苏石一巴掌打到儿子小宝的脸上。小宝五岁的脸上马上长出五根又粗又鲜的香肠。小宝怯怯地望着爸爸，两滴胖胖的眼泪就在眼里晃荡。苏石指着儿子小宝丢下的馒头说：给我捡起来！

老婆从厨房里跑出来，她看了一眼丈夫，又看了一眼儿子，当弄清苏石为什么生气时，就白了一眼丈夫，说：你怎么能这样呢？不就是丢了一个馒头吗？值得这么生气吗?!

苏石问：还有比这更大的事吗？妻子说：什么大不了的事？孩子不愿吃了，就丢了。丢就丢了呗，你哪来这么大的火气!?

苏石说：这是丢的东西吗？我感觉他这是骂我！

妻子问：你怎么能这么想呢？给你说过多少遍了，你别这么敏感好不好？我知道你是从农村走出来的，你有自卑感，我处处都小心着。可孩子知道什么？

苏石说：我要让孩子知道，谁不爱惜粮食，谁就是骂我！说着，苏石用手指了一下墙上的一幅字说：知道我为什么把这首《锄禾》诗挂墙上吗？我就是时时刻刻提醒自己：我就是个农民。我吃的粮食就是我已经七十岁的父亲顶着烈日收割的。苏石说着泪止不住地流出来，他哽咽着说，

191

在我们家，你们可以打我骂我，但我不允许你们不尊重粮食！

女人看着苏石，唉地叹了声说：你这是何必呢！然后对小宝说：拾起来，对爸爸说对不起！

孩子怯怯地拾起馒头，低声说：爸爸，对不起……

苏石用手捧起孩子的脸，柔声对孩子说：小宝，你要永远记住，馒头是让肚子不挨饿的，是让你长大的，你要永远对它尊重！尊重它，就是尊重爸爸！

孩子不知爸爸为啥这么说，可爸爸这么说，有爸爸的道理，小宝点了点头，似懂非懂地点了点头……

周一，苏石起晚了，没在家吃早饭就去了单位。科里的两个同事也没吃。苏石说，我请你们吃早点！

单位门口有个糁汤馆。糁汤就是在熬好的鸡汤里再放上去了皮的麦糁而做出的粥。苏石最爱喝了。为保证一天身体需要的营养，苏石一般是在热糁汤里打一个鸡蛋。他们这儿都是这个吃法。今天苏石也跟他的同事要了两碗和他一样打了鸡蛋的糁汤，还要了一小筐包子。三个人就吸溜吸溜地喝起来。可那两位吸溜吸溜着就不想吸溜了。苏石看到了，问怎么回事？一位说：不想喝了。另一位说昨晚吃得多，今天早上不太饿。看着这半碗鸡蛋糁汤要糟蹋，苏石心里说不出的气愤。可他没显示出来。只是说，对了，今天早上我作了一首诗，很好玩的，要不要听一听？两人说好啊。苏石说：我说了，你们两位听了不要取笑啊！

两人说：哪会呢。你说吧，我们听着呢！

苏石说：这首诗叫《锄禾》。苏石慢慢地说：锄禾日当午，汗滴禾下土，谁要不喝光，谁是二百五！

两人听了诗看了看苏石，苏石此时正含着笑看着他俩，他们又看了看自己面前的半碗糁汤说：我们可不想当二百五。就都又趴下头，吸溜吸溜喝起来……

晚上回到家，苏石把这件事当做笑话给老婆和儿子讲了，老婆听了笑着说：你呀，亏你能想出这个法子来！苏石说：好好的糁汤，说不喝就不喝了，这样做也太有点说不过去了吧！他们两人要是我的孩子，我非得像扇小宝一样扇他们的耳光！说着叹了一口气说：为了让他们喝光，只好用这个不是办法的法了！

老婆说：你呀，怎么说你呢！我知道你对粮食有一种情结，可有情结是你自己的事，你不能把你的情结强加给别人，这样不好，你知道吗！

苏石说：不论是谁，你能吃多少就吃多少，我没意见，但有一样，我不允许他糟蹋粮食！

老婆说：你呀，唉，你呀……

这一天，老婆打电话告诉苏石：儿子的学校开联欢会，本来她答应儿子去参加，可单位上有事，就让苏石去。老婆说，你去吧，有儿子的节目呢！

苏石只好说遵命。儿子的学校离他的单位不远，苏石正好赶上下午也没多少事，就慌忙赶去了。活动刚开始，儿子正眼巴巴地看着门口呢。看到他进门，儿子脸上绽出笑容。他微笑着给儿子点了点头。儿子安稳下来了，没过多大会，就到儿子的节目了。

儿子的节目很短，不像另外那些孩子的节目那么长。儿子到了讲台上，说：各位老师，各位叔叔阿姨，我今天的节目就是给大家朗诵我写的一首诗。这首诗的名字叫《锄禾》。说完，儿子稍一停顿，接着儿子一字一句抑扬顿挫地说：锄禾日当午，地雷埋下土，鬼子来扫荡，炸他个二百五！

儿子话声未落，大家都哈哈笑起来。接着掌声也哗地响起来。苏石此时看了看手掌，他稍一停顿，也跟着拍起来……

脸上露出幸福的笑容

　　老汉一笑起来，沧桑的脸就像岁月开出的花。老汉一大把年纪了，该经的都经了，风了，雨了，苦了，忧了，所有这些都蕴在了这花里。这花就有了内容，就像陈年的老窖，很浑实、很醇厚、很耐嚼。

　　老汉抽了口烟，想想过去，跟在眼前似的。光腚时的乐，入洞房时的羞，添子时的喜，当公爹时的板，一一呈现出来。老汉就像老一辈人常说的话：人是苦虫，到世上就是来受罪的。这话前几年他琢磨着真对，说到家了。想想自己所经的事，战乱了，挨饿了，出的苦力，流的黑汗，哪一样不是苦，不是像牛一样在不停地蹬拉？即使那样拼死拼活地干，可饱饭吃不上几口，新衣穿不上一件，今年穷，明年还是穷，年年一个样，奶奶的，白过了！从哪年开始呢，哦，想起来了，开了三中全会那年，生产队里把地分了把什么都分了那年，家里开始变样了，一年一个样。先把草屋换到了砖瓦屋。搬进新屋的那天，他还清楚地记得，那砖房真宽敞，真明亮。奶奶的，以前村里的地主住的房子也没这房子亮堂，你看这窗子多大，这玻璃多透明，就给什么也没装的一样，现在的人真能，奶奶的，能死了。老汉知道自己一高兴就说奶奶的，是口头语，就觉得自己这样不好。遇到晚辈说奶奶的，人家可原谅，不跟一般见识，可遇到平辈，人家还不烦死了！这毛病不好，得改！老汉就暗暗地下决心，奶奶的，得改。

　　从住上了新房的那天起，老汉就觉得自己像地主一样，以前地主才住这样的房子呢！老汉想，今天我也住上了，看来我也成了地主。以前受的那些苦，值！老汉想，你看这屋，铁壳似的，住个十辈子八辈子绝对住不倒，真的，以前他住的土墙的草屋不是他爷爷交给他父亲、父亲又交给他的吗？住了好几辈子。这浑青的瓦屋住个百八十年绝不成问题的。谁知，没几年，瓦屋又不行了，村里人人都盖了楼房，奶奶的，楼房是你们住的吗？从前七品以上的官才配住楼。小二孩也沉不住气了，有了两个钱，烧得睡不着觉，就把住了没几年的瓦屋拆了。拆得真可惜，他心疼了好几天。小二孩这几年养山羊，几百只地养，一年落个三两万块，像从锅底里掏芋头。小二孩说盖就盖，从城里请的建筑队，一个多月就起来了。哎，这楼房真他娘的够味。听小二孩说叫将军楼。他娘的只当了几天兵，就住将军楼，烧包死他了！

说起来，这楼比屋好多了也方便了，不说别的，就说晒粮食，以前把麦用镰割了，再用打麦机打，然后在场里晒，可现在，用收割机把麦收了直接运楼顶上晒，从收到入仓不落地，不沾一滴土。不像以前，土里拌雨里淋的。还有，现在的麦子粒粒都饱满，个个像子弹。黄澄澄沉甸甸，面也出奇的白，雪似的。不像以前的麦子，瘦得像麻雀舌头，打面净出糠。

想想过去，再看现在，日子过得真似神仙，以前做梦不敢想的，现在都轻巧地办到了。就说看戏吧，过去一年到头除了过年那两天能看上，还得跑上十里八里去镇上戏园子里看。现在好，小二孩买了彩电、影碟机，把戏园子、电影院都搬家来了！想看京剧看京剧，想听梆子听梆子。奶奶的，真过瘾！

唉，这叫什么来着？以前说的共产主义社会是楼上楼下，电灯电话，自来水管大喇叭。现在，做饭煤也不烧了，更别说柴火了，都沤肥了。现在烧的叫煤气，一小罐能用一个多月，想什么时候用什么时候用；还有洗衣服，再多的衣服放进个箱子里，只一会儿就洗完了，你说人怎这么能呢？这么个能法还了得？小二孩这小子还不满足，说咱这算什么，存款还不到八位数呢！还没有小车呢！这小子有野心呢！

这段时间我就纳闷，咱现在是不是到了共产主义社会？村长说不是，说是小康。说以后的日子比这还好呢！还好能怎么个好法？你看现在顿顿都是白馍馍，有肉有鱼的，那以后还能个怎么好法？

想了好大一会儿，老汉也没想出来，老汉就又笑了，奶奶的，费那劳神劲干啥，走，回家听两段去。

老汉就丢了烟，哼着二黄，回家去了。

完　了

　　张山和李珊是两口子。两人结合很久了，久得两人都把日子过成了白开水，平平淡淡，无风无火。

　　张山是一个部门的科员，整日碌碌无为的，时间相对很充足，充足得让他难受。张山就想换种活法，张山想活得开心一点充实一点，在朋友的鼓动下，张山到了网吧。

　　张山爱上了网，成了网虫。

　　开始，李珊还能忍受。可后来，张山一门心思都在网上了。李珊虽是淑女，对张山也有了看法。看法归看法，李珊想，如若家里有电脑，张山就不会这么下了班不入家了吧？

　　李珊想错了。自从家里买了电脑，张山迷得更厉害了。只要下了班，张山就端坐在电脑前，一直坐到深夜，都深到第二天的黎明了。

　　李珊就烦。李珊想，网，难道真的这么有诱惑？因自从张山迷上了网之后，他们夫妻之间温习功课的时间和次数越来越少了。

　　李珊就决定到网上看看。一上，李珊才明白张山为什么痴迷网络。看来，不怨张山，是网络太美妙了。那真是一个缤纷的世界啊！

　　结婚这十几年来，两人的日子过得水波不兴波澜不惊，就连夫妻之间温习功课也都平淡潦草，缺乏创意和激情。上了网后，李珊才发觉她为得到淑女这个美名把自己活得太拘谨太老实了。李珊这时才明白，这样活太亏了。其实，她内心一直有个想法在活着。

　　李珊就想把这个想法活一次。当然活是在网络上，与现实无关。李珊很明白，网络虽然很方便很快捷，但那毕竟是一个虚拟的世界，人人都说真话，其实都是戴着面具在说。网络说到底是一个假面舞会啊！进入到电子时代，人们越来越空虚孤独，急于找一个可以倾诉的对象，吐吐自己心中隐藏的苦与忧，使自己轻松。可人们就是不敢对身边熟悉的人说，一说，就把自己暴露了，就把自己的破绽露出来了。有了网络，人们就放心了，就可以把自己心里的苦闷什么的发泄出来，丝毫不加设防，因和你在一块面对面聊天的是素不相识的知心人。

李珊化了一个网名"苦闷孤独的嫦娥"进入了聊天室。刚进入就和"月宫里伐桂的吴刚"聊上了。李珊把她的苦闷及她的一切告诉了"月宫里伐桂的吴刚"。"吴刚"也把他的一切告诉给了她，并把他现在苦闷的原因告诉给李珊，并说自己现在整天想找一个可倾诉的人述说，因为他对妻子完全失去兴趣。李珊也说，她对丈夫没信心了。她说了丈夫一卡车的缺点。她说为了名誉，她必须要维持，真累啊！"月宫里伐桂的吴刚"也说妻子没激情，并把她妻子的缺点及毛病说了一火车。最后说，我这是在忍受啊。两人大有相见恨晚之势，并约定，明晚八点，继续在聊天室里见，不见不散啊！

第二天，李珊吃过晚饭就对张山说她去看个女朋友。张山巴不得她赶快走呢，就忙说去吧去吧！

李珊其实是去了网吧。"月宫里伐桂的吴刚"正在网上呼她。"吴刚"问她为何来得这么晚？李珊说，家里有点事。两个人就开始聊，越聊越想聊，越聊越投机。"吴刚"说，我真想长了翅膀，马上飞到你身边，见到你，拥着你。李珊说，我也是。李珊就问"吴刚"家在何方？"吴刚"说了一个城市的名字，李珊问，你真是这个城市的人？"吴刚"说千真万确啊。李珊说我也是这个城市的。吴刚不相信说，李珊骗他。李珊说真的。吴刚说，在一个城市里，那咱们就见见面吧？李珊说好啊。两人接着就约了时间和地点，也就是第二天上午十一点在他们那个城市的文化广场东边的红玫瑰咖啡厅见。届时，李珊拿一本她最爱看的《知音》，"吴刚"拿一本他最爱看的《杂文选刊》。

第二天，李珊按时到了红玫瑰咖啡厅，红玫瑰咖啡厅里人很少，在他们说的那个位置上就有一个人，咖啡桌的边上摆着一本《杂文选刊》。那个人不是别人，是张山。

　　李珊看是张山时一下子呆了。张山也是。张山看到了李珊手中的《知音》杂志。他什么都明白了。他的脸就红了。但他还是说了，怎么，你是"苦闷孤独的嫦娥"？李珊有些不自在。李珊知道自己不自在了。李珊知道自己没必要隐瞒了，就说，你是"月宫里伐桂的吴刚"？张山就笑了。张山笑得很假。张山干笑了几声，说咱们回家吧！

　　两人就回家了。在路上，两人一言不发。回到家时，李珊说话了。

　　李珊说，张山，没想到，网络这么有意思。

　　张山说是有意思。

　　李珊找不出话了。李珊就觉得张山越来越陌生，越来越不是张山了。

　　李珊就问，张山，你怎么有点不像你了？

　　张山知道李珊为什么这么问，就说，李珊，我不知道。

　　张山其实心里明白得很，他已清醒地意识到，他们的缘分到头了。

　　提出分手是张山开的口。这是两个月后的事了。张山说，李珊，你别再折磨自己了，咱离了吧！？

　　说完这句话的时候，李珊想哭，就有泪流了下来，湿了脸。

　　张山说别哭。哭啥呢？张山就替李珊拭了泪。张山有一请求，想再和李珊温习一下他们的功课。

　　没想到李珊同意了。

　　那次的功课做得意想不到的好。张山意想不到。李珊也意想不到。做完后，两人都长出一口气。

　　接着，就各自收拾好自己，走开了。

　　那时太阳在天空朗朗地照着。

一路莲花

谁把我的门开了

　　首先告诉你我是一个仓库看管员。我的工作很轻松，除了材料、成品的入库和出库，需要填写进出单外，剩下的工作就是把仓库的门看好。仓库的门其实是很好看的，只要你把一颗心放正，心正了，那就是一把锁，是仓库的一把结实的锁。这些年来，我一直把心放得很正。因为我知道，我这人没什么技术，又没背景，人又不灵活，还不会拍马屁，就还有一颗正心。我有时都为自己捏把汗，我常想，若我们这个厂子不要心正的人，我下一步找口饭吃都难。

　　二十多年了，我和这座仓库结下不了之缘。一天不见，心里慌慌的。我喜欢仓库里的那股子说不上是霉味还是产品味的气味。一日不闻，心里就空荡荡的，难受得很，就像很多天没偎女人似的。老婆说我是爱上仓库了，和仓库有恋情了。我说仓库又不是女人。老婆说了一句很让我很受听的话，她说，多亏不是女人，要是女人，你早就把我甩了。

　　可就在最近这段时间，我看管的仓库门接二连三地在夜间被人打开了。今天我一进厂门就被叫到厂长办公室。厂长说，你这个看门的是怎么回事，仓库又被人进去了。我知道又被人进去了是什么意思。厂长说话艺术，常把很严重的问题说得很轻。可我却没有认为轻。轻了厂长就不找我谈话了。厂长是什么人，是我们这厂的最高长官，是日理万机的人。找我谈话，这说明已是非常严重的事了。我说，厂长，我走的时候都是把仓库的门锁得好好的。厂长说你真锁得好好的？我说天地良心，真的锁得好好的。厂长说这么说我是冤枉你了。我说哪能呢，你是厂长，你永远是正确的。厂长说，这样吧，你随我去仓库看看，看看你就知道了。

　　我就随着厂长到了仓库，库门就像诸葛亮唱的空城计，洞开着。我说这是怎么回事？厂长说我正要问你呢。我说我昨天下班时把门锁得好好的。怎么会没锁呢？

厂长问，这是第几次了？我说是第三次了。厂长说我都不想说你了，该说的我在前两次都给你说了。我说厂长你千万别这样，你还是该说的说。你要是不说我可就坏了。厂长说，我要是再说你，我的厂子可就坏了。你坏只是你一个人，我要坏了可是这个厂子啊。咱这厂二百多号人，二百多号人将要因为你而坏了。我说厂长，我我我该怎么办？厂长说，很好办，下岗。

我说厂长千万不要这样啊，我老婆下岗了，我再一下岗，我家的日子怎么过呢？厂长用手一指厂子上方的标语：今天工作不努力，明天努力找工作。我说我知道。厂长说你知道还要我说什么？我说厂长，再给我一次机会吧！

大伙一看都替我求情，说厂长，再给他一次机会吧。不论怎么说，他在咱厂二十多年了。没苦劳也有疲劳，咱们厂不能太没人情味了呀！厂长想了想说好吧，就再给你一次机会，如再出现这种事情，就怨不得我了！我说如果再出现这样的事，不用你说，我会一言不发，主动走的！

接着厂长又问我，谁还有仓库门上的钥匙。我说就两把，你一把，我一把。厂长说，你还怀疑我？我说怎么会呢，打死我都不敢。厂长说，我是说，除了你我，谁还有库门上的钥匙？我说没有了。厂长说你再好好想想。我说不用想，就这两把钥匙。厂长看着我，好像不认识似的。厂长说，我知道了，我知道了。我问厂长，你知道什么了？厂长说，你说我知道什么了？

进了仓库我就仔仔细细想所有给我接触过的人。库门的钥匙就在我腰带上挂着，除了睡觉我就好好看门。钥匙一直没有离开我的身。再说了，我这人不爱喝酒，不热扎堆，下了班就回家，天明了就上班。我这一辈子就是两点一线，仓库到家里家里到仓库。

我把脑袋都想大了，就是没想出钥匙什么时候离开过我的身。一共两把钥匙，我这边没问题，会不会是厂长那边出问题呢？一这样想，我猛地清醒了。在我们厂，谁不知道厂长是个吃喝嫖赌抽五毒俱全的人呢？和我们厂里很多女的都不清不白的。往往和他好的女的说不想在二线上干了，想进化验室。过不了两天，和他好的那个女的准会进化验室。看库门的差使会不会是厂长的另一个相好的看中了呢？这样一想，我豁然开朗了：敢情这是厂长做下的一个套，让我钻啊！

厂长啊，你也太小瞧我了。有些事我虽然不说，可我不是憨蛋啊。你如果把我当憨蛋待，你也就太愚蠢了！

在下班时，我把门锁得结结实实。之后又检查了一遍。然后我喊办公室主任来看了。我说主任，我把仓库的门锁好了吧？主任看了说锁好了。我说你再看看，锁好了没有？主任说你这人有病，明明锁好了，一个劲地让我看你什么意思？我说没意思，关键就是让你看看我把门锁好了没有。主任说锁好了锁好了。我说好了，只要你承认就行！

回到家我越想这事内里越有弯。库门我锁得再好，厂长也能开，因为他有钥匙呀。躺在床上，越想这事里面越有阴谋。奶奶的，我非要弄明白不行。于是，我就起来了。老婆问我干啥去，我没给老婆说。这事八字还没一撇呢，是不能给外人说的。我直接去了仓库，我去的意思就是要守株待兔。等抓到那个偷开库门的人，看他厂长还有何话说。

外面的夜真黑，黑得我真有点像个地下工作者。这事真的有点很刺激，进大门时，我把脸一蒙，看大门的以为是上夜班的，连看也没看，让我进去了。

我就向仓库走去。来到仓库跟前，我发现库门又开了。我想到里面抓个现行，进了门一看，厂长正坐在里面。我说：厂长，你怎么来了？

厂长说：我正要问你呢？

我说：我是来抓开库门的人的。

厂长说：我也是来抓开库门的人的。

我问：你抓住了吗，厂长？

厂长说：你给我装啥呢？你不就是吗?!

我说厂长你弄错了，我也是来抓开库门的人的！

厂长说：你再编。我亲手抓住你了你还不承认？

办公室主任这时像鬼一样出现在了我的面前。主任说：我说昨天下班时你一个劲地让我看库门锁好了没有，还让我承认看到锁好了。我当时纳闷，原来偷开库门的是你！你是监守自盗，贼喊捉贼！

我说你们听我说，你们听我说好不好？

厂长说：我都亲手抓到你了，你还说什么？你还有什么可说的？

我说我就不说了。厂长说你说呀？谁不让你说了？

我说我说什么？我说什么呀？

厂长唉的一声，说我早就知道你这个人经常在深夜光顾仓库的，本不想揭穿你，可你这个人呢没自知之明。

我说：厂长，我怎么办呢？

厂长说：你是梦游症患者，你已不再适于仓库看管员这个角色。

我就自己问自己：我是梦游症患者吗？

老婆说，你是，你咋不是呢！你要不是那大家都是了！

我问老婆，我的库门到底是谁开的呢？

老婆说，这不是秃子头上的虱子——明摆着的事吗？当然是你自己开的。

我知道，老婆说得对。

东张西望

　　这是冬天的事儿，兔子黄儿走出家门的时候，太阳正懒洋洋地照。这个冬天没有雪，只有风，很硬很圆，车轮一样在原野上滚，衰草就在滚中抖，抖成了旗。

　　黄儿饿。黄儿前几日生了一窝崽。有九个，一个个红嫩嫩肉豆豆的，那么健康、红润、活泼，可喜人了。不用多久，这些孩子将会成为他们这个家族中最英俊的后生。孩子们可贪吃了，只要嚌住奶头，就一个劲地吮，吮得黄儿的奶头痒痒的。奶着孩子，黄儿发现，才几天，这几个孩子就比生下时大了一倍，身上也渐渐长满了毛儿。看着几个无忧无虑的孩子，黄儿开始愁。因为，黄儿现在饿。地里的草枯了，鲜嫩的草儿没了，她的奶头瘪，孩子们一嚌，她的心就慌。她想起孩子的爸，就是那只用甜言蜜语哄了她的灰兔子，那次亲热完就走了，从此杳无音信。也许他有他的事儿，可再大的事儿，也不能不尽责任啊！黄儿想：要是他在身边，该有多好啊！黄儿就抱怨，你把孩子带到尘世上，然后就跑得远远的，不管不问了，你怎么能当好这个爹呢？

　　怨有什么用呢？日子还得过。他走了，有我呢！黄儿摸了一下瘪瘪的肚子，知道该到外面吃点草了。把肚子吃得饱饱的，有奶，孩子就可以很快长大了。想到这，黄儿一脸的幸福，她想，不论有多难，一定把孩子拉扯大；不论有多险，一定得去外面吃草。黄儿把几个孩子哄睡后，就走出洞口。

　　风很硬，打在身上，很疼。走出洞口时黄儿不禁打个冷战，接着到了洞旁不远的小高坡。这是她的瞭望台。黄儿有个习惯，出了门先到小高坡上瞭望，确信没危险才去吃草。站在高坡上，黄儿抬起前爪，踮起身子，东张西望。远处几个猎人带着猎狗在搜寻，黄儿暗叫不好。说起来门口有很多的草，比远处在风中飘扬的枯草不知要年轻多少鲜嫩多少，张口就能把肚子吃得滚滚圆。可黄儿明白，不能那样做，若做了，洞口就暴露了，她和孩子们就有危险了。这样的教训太多了！和她一起长大的姐妹中有个叫懒儿的，刚生了一窝孩子，又累又乏，懒得寻食，伸嘴吃了窝边的草。草去洞口现。猎人发现了，用布袋把懒儿捉了，并挖出了洞内的几个正吱吱唱歌的孩子。孩子们还不懂事，都望着猎人笑呢，结果让猎人的狗打了牙祭。

黄儿知道，洞口的草再丰美，饿死也是不能吃的，要吃就得跑远点。有饭别嫌晚，有路别嫌远，只要有鲜嫩的草儿，远点怕什么？

黄儿重新回到洞口，用土培好出口，又衔来枯草伪装。一般兔儿是很难发现的，黄儿想，人和兔子差不多吧，兔子发现不了，人也就很难找到了。黄儿很高兴，唱着愉快的歌，又站到远处向洞口张望。洞口伪装得和周围的环境一样，猎人是发现不了的。

黄儿又站到洞口前的高冈上张望，那个小心，连她自己都觉得好笑。可她明白，不机灵不行，到处都是猎人，到处都有枪口。她如今不光是为她自己活着，重要的是为她的那几个刚来到尘世不久的孩子活着。不远处有几个猎人正在旷野中寻找猎物，黄儿心儿稍微松了一下。想，他们发现不了我呢！可待她转身向后一望时，放下的心马上提到了嗓子眼，有一个猎人带着一只狗儿正向她这边来呢！

黄儿的心就开始慌了。虽然她伪装得妙，可狗有贼灵的鼻子呢！万一发现，她的孩子不就坏了？黄儿想现在唯一的法儿就是引开他们，不然，她的那些孩子就要遭殃！

黄儿先仔细打量着猎人，俗话说，知己知彼，百战不殆，猎人带着只不大不小的狗。一看到狗，黄儿头上就不住地冒冷汗，昨天她差一点成了狗的口中餐！

昨天也和今天一样，她走出家门时，太阳公公早已笑红了脸。她早早地来到那块草地，刚吃到半饱，就见一个猎人和两只猎狗向她跑来。她拔腿就跑，开始是往家的方向跑的，当她看到洞口时，猛想到自己正在犯一个大错误，她这不是故意把猎人和狗儿引向家里来吗？她忙掉转了方向。直看到猎人和两只狗儿跟上来，悬起的心才放下。

那两只狗儿如离弦之箭，有两次差点被他们咬着。多亏她跑的是"S"线，曲着跑，才把狗甩开干瞪眼。但这两个狗儿和她较上了劲，不论她到哪，都跟到哪，有几次甩开了，但猎狗用鼻子还是嗅到了她藏身的地方。后来多亏她想起母亲交代的话：如果被猎犬缠住不放，用鼻子嗅你踪迹时，你千万不能再和它赛腿，这时你就得往水边跑。只要一进了水，猎犬的鼻子就失灵了，你就可以脱身了。于是她就往经常饮水的溪边跑。沿着溪水跑了一大段路，那两只狗果然没有追上来，她知道，她脱险了！再摸头上，都是冷汗。她捂着狂跳不已的心口，暗叫好险啊！

想到这儿，黄儿的心又咚咚跳了起来。望着朝她走来的猎人和猎狗，她看到这个猎人比昨天的好对付多了。第一，只有一条狗，狗还不大；第二，这个猎人戴着眼镜，文质彬彬的。戴眼镜说明这个人眼神不好，还有文质彬彬的人心地都比较善，因为他们有文化。黄儿心里有了底儿，她看到猎人和猎狗正向她伪装好的洞口走去，此时，黄儿明白了，又得把他们引开了！

黄儿知道现在得跑了，早跑早得先机。她故意把脚步跑得吧吧响，以引起猎人和狗的注意，果然，猎人看到了，吹了一声呼哨，猎狗便箭一样向她射去。

黄儿向后望一下，猎狗正在自己身后不远的地方，而猎人跟在狗的后面急急地跑着。黄儿不由窃喜，猎人和狗儿已被她引来了。

黄儿抬头望着前面的路，把眼瞪得很圆。她知道，不论身后如何，一定要看清前方的路。眼为什么长在脸上？目的就是看路，看清前方的路途，才能跑得安全轻松舒适。不能似她从前的一个同类，本是能躲开的，由于在跑的时候光转头看身后追赶她的猎人了，结果一头撞在树桩上，把自己撞死了。后来，还落了一句成语，叫"守株待兔"。当然这是猎人们起的，其实黄儿不知，他们是在说自己愚蠢呢！

黄儿在跑。双眼虽看着前方的路，两只耳朵却支棱着，江湖侠客似的耳听八方。猎人和狗在后凶凶地追，有点气急败坏。黄儿不用转头就知道，这只狗和她保持着不远不近的距离，还有，她往哪儿跑，那条狗却早赶在她之前跑了，弄得她很被动，险象环生。黄儿知道，今天碰到的这只狗儿，一定是经过专门训练的，一开始小看他了。她昨天碰到的那两只老实，只知道死追，不会动脑子。而今天这只，不光跑得快，且有心机。他紧紧地跟住了她，不急也不火，黄儿明白，这只狗是在和她比耐力呢！

不能再和他这样比了，现在得改变策略，得出奇招，否则，她很有可能成为这只狗的战利品。想到这儿，黄儿先调整了心态。因为这一招是破釜沉舟，稍一疏忽，就可能失败。失败意味着什么，黄儿再清楚不过了。黄儿加快了脚步。狗儿也加快了脚步，此时狗儿看样到了最后的冲刺，黄儿凭耳朵就听出狗儿在身后那急促的喘息声。时机成熟了，该使招了，黄儿猛地掉转身子向狗射去。狗儿吓了一跳，呆住了。狗儿明白，这只兔子被他追急了。因为狗儿知道，狗急跳墙，他的同类只要急了，什么事都能做出来，狗儿都能跳墙，何况兔子？兔子急了要干什么呢？就在他动脑思考这些的时候，黄儿已一溜烟似的飘远了，既而又飘过了不远处的小溪。等狗儿明白过来时，黄儿已消失在视野尽头的茫茫草丛了！

狗儿那个气啊，气自己，当时这么好的机会，只要一张嘴就能把兔子咬住。自己怎么就愣住了呢？真混呀！狗儿气急败坏地叫了一声，汪！

猎人气喘吁吁地赶了上来，一看狗那表情，就知道兔子逃脱了，就照狗儿腔上踢了一脚。狗儿吱吱地叫着，很委屈。委屈有什么用，现代人注重的是结果，而不是过程。狗儿只好夹着尾巴跟着猎人走了。

此时躲在小溪那边草丛里的黄儿正伏在一个隐蔽的地方偷偷地瞅着猎人和他的狗儿，当看到他们那失败的样儿时，心里不由自主地漾出了笑。

黄儿现在又来到了她的那块草地。吃着那些草儿，异想得有点天开，要是自己是一匹骆驼有多好啊，因为她们可以先把一些东西吃了，把食物放到肚里储藏，等饿时再反刍，再咀嚼。可她不行，她是兔子。生下来就是不停地吃草，不停地逃命。想到这儿，她不由得感谢她的祖先，多亏了他们给了她这四条好腿。

黄儿不由自主地看着这四条腿。前两条短促，是全身的支撑点，后两条稍长，很有劲道，一蹬，就能使身子像箭一样弹射，黄儿很为自己能有这样强壮有力的两条后腿高兴。

就在黄儿为自己两条后腿高兴的时候，她发现，在身后不远的地方，有一猎人举着枪正向她瞄准，而猎狗正偷偷地向她摸来。黄儿知道，现在，她又该跑了！

地瓜啊地瓜

地瓜是一个不英俊的男人。这年头，不英俊也不是什么缺点，想想，大家都是凡人，凡人还想要多潇洒？就说现在的影视明星吧，都是百里挑一的，但真正英俊的有几个？地瓜这样一想，也就把自己不英俊不当回事了，况且还有了一点沾沾自喜。当然地瓜有他的理由，那就是他家境好。地瓜的爹是东边一个小煤矿的矿长，管着三百多号人呢，所以地瓜不英俊也没什么了。

所以，地瓜能理直气壮地看上谷儿。

谷儿是前庄上李家的闺女，长得好，要多俊有多俊，仙女一样的。就是家里穷，一穷，俊就不值钱了。

地瓜喜欢谷儿，是真喜欢，都害了相思病。地瓜的爹知道了，先骂儿子一句没出息，骂了之后儿子还没振作，还是想谷儿。地瓜的爹大手一挥。地瓜的爹喜挥手。地瓜的爹挥手很有风度，伟人似的。地瓜的爹说不就是喜欢个人吗？又不上天摘星星，好办，找人说说就是。

就找人说了。

谷儿开始是不愿意的，谷儿没看上地瓜，你看他那个形象，是标准的"地瓜"呢！可爹愿意，娘愿意。谷儿没辙了。爹说，妮，俊不能当饭吃。娘说，妮，人不能光看丑俊。女人找男人，要看他能不能养活你。娘看谷儿低了头，就叹了声说，妮，看男人要看他对你真不真。

和地瓜接触了几次，谷儿知道地瓜是一门心思地喜欢她。谷儿的心就哆嗦了，就在心里骂地瓜，你浑呀，你真是浑到顶了呀！爹娘收了人家的东西，让谷儿拿主意，表个态，给地瓜家个态度，谷儿就流泪了。谷儿就把自己关屋里三天，三天里，谷儿流了两水桶的泪。

后来谷儿开门了。谷儿的两个眼肿得像铃铛。谷儿望着娘说，娘，我亏呀！

娘也知道亏，就这么俊的闺女怎能不亏呢？可娘不能说亏。娘知道她一说亏女儿就真亏了。娘说，妮，有些东西是注定的。是命啊！

谷儿知道娘说的不是真话。可娘这么说了，谷儿明白，是命就只有认了。谁能逃脱命运的安排呢？这样一想，谷儿心平了不少。

谷儿就嫁给了地瓜。出嫁那天，谷儿见那个人站在村口树一样地望。车子走了，那人在后面跟。跟着跟着，那人就小了，就没影了。可在谷儿心里，那人却越来越清晰。谷儿想这样不好，这样的日子，心里装两个男人，不好。谷儿想甩掉那人，就狠劲地甩头。可那人却黏上似的，总也甩不掉，谷儿就狠狠地骂了，冤家呀冤家呀！

地瓜很高兴。地瓜如愿以偿。地瓜觉得他真是世上最最幸福的人了。这么俊的谷儿都是我媳妇了，我还有什么理由不幸福呢？我真是幸福死了！

地瓜就一心一意地爱谷儿。死心塌地地爱，爱得很瓷实。地瓜知道，谷儿是个好女人，肯嫁给他的绝对是好女人，不是好女人能让他娶吗？做梦去吧！地瓜没有做梦，说娶就娶来了。地瓜想，有这么个好女人不爱那才是傻瓜呢！地瓜不是傻瓜，所以地瓜爱谷儿爱得很忠心。

开始的时候，谷儿感到很新奇。虽说亏点，但有这么个男人爱着，爱得这么一尘不染，谷儿也就觉得还不算多亏。再说生活上有了大变化，从前是穷日子，现在日子不穷了。心里就想能过到这样，这多亏嫁了地瓜。谷儿就觉得亏也亏不到哪里去。

那时谷儿就把那人稍稍忘了。也没全忘，忘一个人哪有那么容易。当然有时谷儿也把那个人像六月晒衣服一样翻掇出来，翻掇出来和地瓜比较。一比较谷儿就觉得地瓜真是个"地瓜"，一点也不像那个人。

地瓜不知道这些。地瓜不是谷儿肚里的虫虫。地瓜过得很恣。看地瓜那神情，真像过上了共产主义社会。真是美好的生活啊！

俗语说花无百日红。俗语说月有阴晴圆缺。俗语说人不能总在浪尖上……说这些话无非想说：地瓜的爹出事了。说准确一点，是小煤矿出事了。地瓜的爹是矿长，是法人代表。

是塌方，死了十二个人。人命关天，这不是小事。地瓜的爹也不挥手了。地瓜的爹孬了，头勾着了。

地瓜家一落千丈。可地瓜还是那样爱谷儿，爱得比从前更厉害了，内里有了一些巴结的味道。谷儿让干啥，地瓜就屁颠屁颠地干，显得很下贱，很没男人味。谷儿有些看不起，谷儿想，地瓜，你是男人呢！这个时候，谷儿才明白，地瓜的腰杆是他爹撑起来的，他爹毁了，他也就塌了。

谷儿就又想起了从前。想想从前，再看看地瓜，谷儿知道亏了，真亏了！

谷儿就又见到那个人。那个人叫高粱。高粱现在变了，几年工夫，高粱已成了一个私营企业的老板。高粱说，谷儿，我不服呀，我真的不服。为什么我不能娶你？那天我跟着你，看着你进了那个人的家里。我的心都碎了呀谷儿。

谷儿没有做声。谷儿心里颤颤的，很难受。谷儿不知道她该说啥，但有一样谷儿做得很好，就是把该外流的泪往里流了，流心里去了。

高粱说，我就压着一口气，我想，我一定要让自己行。我受了很多苦，流了很多的泪，吃了别人很多的白眼，目的就是让自己行。谷儿，这些罪我没白受。

谷儿知道高粱在平静地望着她。谷儿的心就酥了，雪一样的说化就化了。谷儿明白高粱眼神里的东西，明白了高粱为什么到如今还没成家。

高粱说，谷儿，谁也代替不了你呀！

谷儿再也控制不了自己了。谷儿说高粱，你太傻了呀，你太傻了！

高粱上前给谷儿拭去了泪，像从前一样，然后轻轻地拥了她。高粱说谷儿，我知道自己为什么这么做。我很清醒，很清醒。

地瓜不是"芋头"，地瓜什么都知道了。地瓜就真的呆成"地瓜"了。

谷儿平静地说，我考虑很久了，地瓜，咱离了吧，我不能一个人心里装着两个人。那样，我太苦，也太累。

地瓜说，谷儿，我是全心全意爱你，一点杂质也没有呀！

谷儿说，我知道。

地瓜说，我这样爱你，你还往心里装别人？谷儿，我真想不明白。

谷儿说地瓜，我知道你对我好，可我就是控制不住，我还要爱别人。

地瓜说，谷儿，只要你不离，过去的就让它过去吧。咱们还是在一起过日子，我就当什么也没发生。

谷儿摇摇头。谷儿说地瓜，咱那是自己骗自己，还是离吧，对你好，对我也好。

地瓜说谷儿，我不和你离，你要和那个人好就好吧，只要你别和我离。地瓜说，我常听上岁数的人说，每个人都是来世上做一件事的。谷儿，我来到这个世界也许是专门来爱你的，谷儿，我离不开你呀！说到这儿，地瓜腿一软，给谷儿跪下了。

谷儿知道自己的心要软。谷儿想不能软，一软，就走从前的路了。一软，她还得亏，她不能再亏了。谷儿没扶地瓜，走开了。

地瓜流了很多泪，女人似的，有两水桶。地瓜流泪的时候发觉，谷儿铁心了。女人一铁心，八头牛也拉不回，别说他一个地瓜了。

地瓜对着谷儿的背景说，谷儿呀，谷儿呀我的谷儿呀……

谷儿回到家，是三天后的黄昏。三天了，什么事都会想清的。谷儿想，地瓜一定知道自己该如何做。

此时的地瓜已消瘦得面目全非。

地瓜问一定离吗？

谷儿说一定离。

地瓜像泄了气的猪尿脬，霎时就蔫了。地瓜说谷儿，从咱们结婚的那天起，我就怕这天。我知道你亏。你嫁了我你就觉得亏。没想到这天来得这么早。

谷儿没有言语。

地瓜说，谷儿，我想好了。我什么都想好了，是我的就是我的，不是我的永远不是我的。

谷儿明白地瓜话里的意思了。

地瓜接着说，谷儿，我不能接受你和别人在一起。那样，还不如杀了我，不如让我死了呢！

谷儿不明白地瓜为什么说这些没头没脑的话。谷儿知道地瓜心里难受。

谷儿不忍心看到地瓜这样，就转身给地瓜倒了一杯水，又加了糖。可在此时，谷儿听到身后扑通一声。回头看时，地瓜滚在地上，一股子药味弥漫开来。是剧毒农药。

地瓜喝了农药。一瓶子农药地瓜喝了半瓶子多。

谷儿说地瓜呀地瓜，你为什么要这么做呢？

地瓜说，我说过的，我活着是来爱你的。你走了，我也该走了。

谷儿说，你不该这样啊！地瓜，你不该这样啊！

地瓜说，谷儿，这几天，我什么都想了。我爱你爱得自私。真的，我不愿想象你和别人在一起的样子。可你亏，你终于得走。谷儿，我选了这条路，对你，对我，都好。

谷儿说，地瓜，你太小心眼了！

地瓜说，谷儿啊，我的谷儿呀……

谷儿的泪汩汩地流了出来，湿了眼，湿了脸，湿了她整个人。

地瓜走了。一想起地瓜的走，谷儿的心就哆嗦。高粱劝谷儿，说谷儿，过去的就过去了，活着，就该向前看。

谷儿说，高粱，我办不到呀，办不到。

高粱说，谷儿，那样，你可要苦一辈子了。

谷儿长叹一口气说，高粱，我不苦。说着，谷儿的泪又滚了出来。

高粱望着谷儿，想用臂膀去拥她，可谷儿躲了。高粱说谷儿，你不能再亏自己了。

谷儿说，以前是亏，那时觉得自己亏死了。现在，我才明白，我不亏。地瓜亏呀！

高粱听不明白了。

一
路
莲
花

花 无 语

——评闵凡利新禅悟小说三题《花开过》

裴 争

　　以《神匠》《行路的和尚》等作品在"新禅悟小说"这一新兴领域打下坚实基石的闵凡利，又一次以《花无语》为题的"新禅悟小说"为这一新型小说品种添砖加瓦了。已经对"新禅悟小说"驾轻就熟的闵凡利这次选择了一个常见的意象——"花"来表现这一题材。用"花"来写禅悟小说比较容易把"新禅悟小说"跟禅宗拉近，因为禅宗和"花"有着不解之缘，据说，在禅宗起源时"花"扮演了举足轻重的角色。佛教典籍中记载了这样一个故事：释迦牟尼在灵鹫山法会上正准备说法，这时大梵天王来到座前，向释迦牟尼献上一朵金色波罗蜜花，释迦牟尼接受了献花之后，一言不发，举起这朵金色波罗蜜花给在座的所有人看。当时聆听说法的人间天上诸神有百万之众，可大家都不明白释迦牟尼是什么意思，唯有十大弟子中的摩诃迦叶破颜微笑。于是释迦牟尼对大家说："我有正法眼藏，涅槃妙心。实相无相，微妙法门。不立文字，教外别传。现在，我把这无上的大法，托付给摩诃迦叶。"同时还把自己平时所用的金缕袈裟和钵盂授予摩诃迦叶，此即"衣钵传真"的由来，由此，中国禅宗把摩诃迦叶列为"西天禅宗的第一祖"。这就是著名的"拈花微笑"的故事。"拈花微笑"的故事隐含了怎样的宗教教义千百年来已经不仅仅是佛教弟子探寻的话题，几乎成了一个哲学命题，每一个学者文人都在用自己的方式给出答案，闵凡利也用《花开过》这一"新禅悟小说"给出了自己的回答。

在具体论及《花开过》之前，我们必须先廓清"新禅悟小说"和禅宗的本质关系，尽管"新禅悟小说"并不是宗教文学，闵凡利也无意对禅宗的宗教教义进行宣传，但实际上"新禅悟小说"和禅宗并非毫无联系，二者的关系不是简单的名称的借用，而是一种内在本质精神和思维方式上的相通。说起来，无论是禅宗还是新禅悟小说，二者关注的都是心灵的感悟，情感的自然流露和展示，而非形式上的弹精竭虑地冥想和行为上的不遗余力地追求。

在这一基础上我们再来读闵凡利的《花开过》就能有新的发现。"花"这个世界上最美丽最纯净的事物，它沉默着、静谧着，却同时也在诉说着、宣讲着。只有当你静下来，用心去聆听，才能听到花无语的诉说，闵凡利的《花开过》就是让我们静心去聆听花的心声和话语的。释迦牟尼在灵山上拈花微笑静默不语时，是否也是想让世人静心聆听世间万物无语的声音呢？这篇总共七千多字的小说是由三个更小的短篇——小小说组成的，这也是闵凡利写"新禅悟小说"最常用的一种体裁，但篇幅的短小丝毫也不影响它意味的隽永。它向我们诉说了一个关于人间最伟大的情感——爱的真理，告诉我们什么是爱，如何去爱，爱的价值在哪里。这或许就是闵凡利在"拈花微笑"的故事中领悟到的真谛吧。

《花开过》中第一个故事的题目叫《梅花瘦》，它通过讲一个小和尚养梅花的事情来讲述什么是真正的爱、实在的爱。小说通过先生的话语告诫小和尚，要想收获爱一定要投入感情，"树和人一样，你要对它投入感情，并把之作为底肥。你投入得越多，树就会长得越旺，花就会开得多，开得大，开得香。"但真正的爱并非虚无缥缈的幻想和刻骨铭心的思念，在现实中它可以化作最简单最真实的行动，就像小说中老和尚所说"对梅来说，发酵好的粪便就是最好的爱啊！对我们来说是粪便，可对梅来说，却是最好的爱啊！说着他闭上了眼，深深地吸了一口梅花的清香说：这些就是佛。因为它们是真啊！"这个故事彻底否定了"两情若是长久时，又岂在朝朝暮暮"式的爱情，告诉人们，真正的爱是最平实的，她所需要的可能只是你每天陪伴她散步、吃饭这样平常的事。这样简单平实的爱才是真实的爱，就像你只需给梅施以发酵的粪便它就能开出芬芳的梅花一样。其实，小说还暗示我们完全不必把这种爱仅仅拘泥于男女之情爱，这种爱可以扩大到各种各样的人与人之间的关系。它告诉人们，在任何情况下，适宜的爱才是真正的爱，给予他最需要的爱，否则就可能事倍功半，甚至南辕北辙、适得其反。在这个世界上，并不乏打着爱的旗号制造的伤害，甚至摧残。

第二个故事题目叫《桃花笑》，只看题目我们就能猜到这大概是一篇写女子的文章。因为在中国的文学作品中，桃花代表薄命的红颜女子几乎已经成了一个固定的符号，果然，《桃花笑》中出现了像桃花一般绚丽的女子的身影，也出现了像桃花一般薄命的女子的命运。那么，我们是否就可以确定地说这就是一篇用桃花来象征性地写女人命运的文章？这样理解或许没有错，但却可能失去文章最具价值的部分。在我看来，这篇短文不是用桃花来象征女人的命运，而是用桃花和女子来象征世间一切美好的事物，包括世间一切的生灵，就像老和尚所说"小狗小鸟是生灵，树也是啊，花也是啊，这些美好的东西也是啊！"这样，对待桃花的态度也应该是对待世间一切美好生灵的态度。老和尚阻止小和尚攀折桃花实际上就是阻止人们对世间一切美好生灵的毁坏。从这个意义上来说，这篇作品几乎可以看做是一篇"生态文学"作品，就像生态文学的研究开拓者王诺先生所说，它是"以生态整体主义为思想基础，以生态系统整体利益为最高价值来考察和表现自然与人之关系和探寻生态危机之社会根源的文学"。在这类作品中，人类并不是视角的中心，人类的利益也不是价值判断的终极尺度。其实，这正是人类之爱的最好的方式，只有这样的爱才能让这个世界更和谐更美好，能以这样的眼光来看待世间万物，足见作者心胸之广阔。

第三篇题目叫《菊花痛》。写老和尚悟了禅师养育了满园的菊花，秋天到来，禅院里弥漫了醉人的菊香，村镇上的人们被这份美丽所吸引，纷纷向老和尚讨要菊花，悟了禅师慷慨地把菊花分给每一个向他开口讨要菊花的人。当小和尚心疼满园的菊花都被送出时，老和尚说："与大家一起共享美好的东西，即使自己什么也没有，心里也是快乐的。因为这才是快乐，这才是真正的幸福啊！"在今天这个人人都在追求快乐幸福的时代，真正能够体会到幸福的却并不多。究其原因，就在于多数人把索取和获得的多少来作为幸福快乐的标准来追求，这就使目的和行动恰恰是南辕北辙的，真正的快乐和幸福应该是给予，是付出，是分享，而不是索取。可惜的是，世人真正能够领悟到这一点的还很少。

　　世间的情感关系是复杂的，但真理往往都是很简单的，关键在于我们是否能够领悟到。如果这篇意蕴隽永的"新禅悟小说"能够让被浮尘遮挡住视线的众生看清楚一些前方的路，那恐怕是对"新禅悟小说"寄予厚望的闵凡利先生所欣慰的。

一路莲花

命运的禅机和玄妙

刘玉栋

给闵凡利带来声誉的，是他的一系列禅悟小说。从 1996 年在《天涯》杂志发表《神匠》开始，他的这种以佛道中人为故事背景的写作就没有停止过，并且经过十年的历练，已渐趋蔚为大观，从而形成了他自己的特色，像《死帖》《三个和尚》《木鱼里的天空》《寻剑》《杀人时代》等在《大家》《红岩》《芙蓉》《莽原》等期刊发表后，又被《小说月报》《中华文学选刊》《读者》等杂志转载，反响颇佳。其中，《死帖》还被安徽电影制片厂改编拍摄成电影《江湖道》，在央视电影频道播出。

这一系列小说的成功并非偶然，闵凡利把自己在人生经历中的磨难和痛苦注入小说里的人物中，以新奇的构思、诡异的想象、深厚的哲思、悲悯的情怀，诉说着各色人等的生活状态和心路历程，展示了生命的禅机和玄妙，为自己，也为读者开拓出一片净朗的天空。相比之下，闵凡利的乡村官场小说就没有这么突出了。他的中篇小说《解冻》写得已经很不错了，又被转载，又被太原电视台改编成电视连续剧，但我觉得还是不如他的禅悟小说读起来带劲儿。仔细想来，原因恐怕在于这一系列的禅悟小说更近于文学的本质，它提供很大的空间和张力，让人思考、解悟。

作为同龄人，我在读闵凡利的小说时，时时被他的成熟和老练所打动。我想，他的小说构思肯定是与他坎坷经历分不开的。闵凡利出生在滕州市鲍河镇的一个普通的农民家庭，初中毕业后，搞过建筑，学过钣金，干过理发，后到镇上从事新闻报道，机构精简后回家；1994 年开始，他做过报刊投递员，接着从事报纸发行站的管理工作，在滕州市文艺创作室搞创作，市文化局招至局秘书，后又回到家中，从事自由写作；2004 年，闵凡利被正式调入市文化馆从事专业创作，可谓三出三进。这么一份简历，如果对其他人来说，将是很可怕的，但对于一个作家来讲，却显得非常宝贵。丰富的人生经历成就了一个作家。在这里，磨难和痛苦成为了闵凡利小说创作中的双翼。

如今，在经历波折、焦虑艰难的跋涉后，34 岁的闵凡利终于稳下心来，他正在创作他的第一部长篇小说《闵家庄》。不管怎么样，34 岁对于一个作家来说，还是很年轻的，闵凡利有理由写出更为优秀的小说。

开放我们心花的万紫千红

闵凡利

每个人都有一种想象活在心中。这想象如同三月的春花一样漫山遍野，灿烂于我们内心的沟沟坎坎。花是那样的清香，那样的艳丽，蛊惑着我们寻找的目光，导领着我们行进的步伐，使我们一生都在为它辛苦，为它欢乐，为它歌唱。

作为一个写作人，这种想象的结果是我一个个的作品，过去的、现在的或者以后的。每一篇作品的受孕或诞生，就如心中花儿的孕蕾与绽放。每一滴心血的浇灌，每一次深情的关注，每一回笔墨的抚摩，都将使心花的颜色更加鲜艳，更加缤纷，更加姹紫嫣红。

我出生于二十世纪七十年代初，那是一个政治氛围火辣和热烈的年代。我的童年在经历了一幕幕闹剧和无奈后变得善感而脆弱，我的神经变得异常的敏锐。那个时候，我极力地想走出我的闵楼这个襁褓似的村庄。在朗朗烈日下收割麦子，那辛苦中拼命劳作的场面让我一次次的心疼。那种被汗水淹没、被炎热包围的感受像子弹一样击中了我成长的要害，击中了我要扎根农村在广阔天地大有作为的幻想。我知道，要想实现那些目标，那得需要胆量和勇气。我很孬，我像叛徒一样没有骨气。怎样走出农村，怎样把自己过得出人头地这种想法像阴魂一样缠绕着我。于是，拿起笔成了救我的一根稻绳，在茫茫漫漫中创造出了我生活的希望。我的希望是那样的暗淡，是那样的辛酸。在这个时候，我的笔就把我内心的矛盾、挣扎、碰撞、欢乐一一展示了出来。就像三月田野里一朵一朵绚丽的花儿，那么微不足道而又富于个性。一朵朵花儿的绽放让我感到自己的心田的荒芜和寂寞、自己的浮躁和任性，面对我的田园，我明白，我已远离了我的乡村，可我却必须在乡村生活，这是我的苦与羞，这是我的痛与忧。

于是，我就试着用笔来耕种我心中的这块无垠而丰腴的庄稼，好让自己吃饱，好让自己走出农村，好让自己活得与众不同金光灿烂。我把我的故事一个一个地倾诉，我把我的智慧一个一个地展示，我把我的技巧一个一个地泄密。我发现，我的农人们全用一种不解的眼光看着我，眼光很陌生，鞭子一样抽打着我脆弱的刚强。那个时候，我才发觉，我外表的成熟是那样的不堪一击。在那些眼光里，我变得体无完肤一无所有。我深深地低下了头，因为我已背叛了我的庄稼我的田野，我是父母的逆子，我是乡村的叛逆。

那时我发现我所有想象中的花儿在瞬间都枯萎了，欲放的苞蕾低下了自己美丽的头颅。这个时候，我明白了自己的残酷和迷失，我所追求的另一种活法竟是那么的不合时宜，我知道自己真是浑蛋透顶。于是在2002年的春天，我毅然从城市回到了乡村。躺到乡村的怀抱里，我发觉我心中的花朵正在孕蕾，正在含苞，正在茁壮而旺盛地开放。

这是我的幸福，是我猛然醒悟后的涅槃和欢乐。

我就又一次植根于我的田野。我把目光瞄准了我那亲爱的庄稼和那些我错失的人们，在那个时候，我发现他们的真诚和善良，淳朴和信任。那个时候，我才发现他们就是我苦苦寻找的宗教，他们是我的主，是我的神，是我的佛。爱他们的日子里，我吉祥啊！

于是我发现我的心田广阔起来，土地肥沃起来，我的灵感也一个一个地葱郁生动起来。我的笔儿灵动而欢乐，心花一朵一朵地充满了生机，就像三月田野里那万紫千红的花儿，缤纷而绚丽。

创作年表

（主要作品）

1996 年

　　·短篇《神匠》发表于《天涯》第六期。被《中华文学选刊》1997 年第一期、《小小说选刊》1997 年第五期等全国 10 多家报刊选载，获1997—1998 年度《小小说选刊》优秀作品奖。

1997 年

　　短篇《魔人》发表于《莽原》第三期；

　　短篇《小米的婚事》发表于《山东文学》第五期；

　　短篇《背女人过河的汉子》发表于《热风》第十期。

1998 年

　　短篇《三爷之死》发表于《小说月刊》第六期。

1999 年

　　短篇《王朝村事》发表于《广西文学》第五期；

　　短篇《下山虎》发表于《广西文学》第十一期。

2000 年

　　短篇《醉了》发表于《江南》第一期；

　　短篇《死帖》发表于《红岩》第五期，《中华文学选刊》第十期选载，由安徽电影制片厂改编拍摄成电影《江湖道》在中央电视台电影频道播出；

短篇《三个和尚》发表于《大家》第六期，被《小说月报》第二期选载。

2001 年

短篇《上学去》发表于《时代文学》第三期；

短篇《血声》发表于《西南军事文学》第三期；

短篇《地瓜啊地瓜》发表于《绝杀》《红岩》第二期；

中篇《解冻》发表于《红岩》第五期，《中篇小说选刊》第六期转载，《小说精选》第十一期选载并被改编成戏剧《大出殡》；

短篇《油钩子，油撇子》发表于《天涯》第六期，《小说月报》第二期选载；

《坐水观鱼》发表于《红岩》第二期。

2002 年

短篇《活在冬天里的雪》发表于《红岩》第一期；

短篇《杀手时代》发表于《红岩》第二期；

中篇《一个杀手的童话》发表于《章回小说》第四期；

中篇《木鱼里的天空》发表于《大家》第三期。

2003 年

《短篇三题》发表于《鸭嘴兽》第八期，其中《玉葬》被《小说月报》2003 年第十期选载；

中篇《名字叫阴谋的门》发表于《红岩》第一期；

短篇《浑》发表于《红岩》第一期；

中篇《天下大事》发表于《红岩》第六期。

2004 年

短篇《高局长的手段》发表于《长江文艺》第二期;

短篇《马县长送礼》发表于《四川文学》第二期;

短篇《闵楼村的先生们》发表于《长城》第二期;

短篇《张三讨债记》发表于《芙蓉》第二期;

短篇《新禅悟小说五题》发表于《广州文艺》第五期,《莲花的清香》等三题由《小说精选》第六期选载;

短篇《真爱是佛》发表于《文学港》第三期,《小小说选刊》第七期选载;

短篇《张三的面子》发表于《时代文学》第四期,《小说精选》第八期选载;

短篇《太阳的光芒》发表于《广州文艺》第十一期;

《静静伴你》(组诗)发表于《时代文学》第一期。

2005 年

短篇小说《永远的幸福》发表于《短小说》第六期,获首届"吴承恩文学奖"三等奖;

短篇《活镖》发表于《四川文学》第十期;

短篇《找啊找啊找啊找》发表于《红岩》第六期;

短篇《新禅悟小说二题》发表于《北京文学》第十期,其中《真佛》被拍摄成同名电影参加中国大学生电影节;

《冬日的身后就是春》(六题)发表于《朔方》第九期。

2006 年

中篇《荤书记》发表于《小说月刊》第三期;

中篇《五月迷案》发表于《小说月报·原创故事版》第二卷;

中篇《找爱的猫》发表于《温州文学》第一期;

短篇《东张西望》发表于《西南军事文学》第二期;

短篇《一直向东走》发表于《阳光》第一期；

短篇《手上的天堂》《小麦的幸福》发表于《青春阅读》第二期；

短篇《给翅膀找一个天空》发表于《山东文学》第四期；

短篇《大宋男人》发表于《安徽文学》第八期；

短篇《望远镜》发表于《天津文学·青春阅读》第九期；

短篇《吸血的蚊子》发表于《福建文学》第十期；

《望山跑马》发表于《文化月刊》第二期；

《风中亮出自己的旗》发表于《文化月刊》第七期。

2007 年

短篇《我是幸福的》发表于《短小说》第二期，《小说选刊》第三期选载；

短篇《面子问题》发表于《福建文学》第四期；

短篇《背上的幸福》《如烟缥缈》发表于《广西文学》第七期；

短篇《丢不开手中的那粒果》发表于《时代文学》第三期；

《看看咱的庄稼去》发表于《阳光》第三期；

《人生三句话》发表于《雨花》第七期；

《人生是一棵爬满猴子的树》发表于《雨花》第七期；

《给儿子买鱼吃》发表于《散文》第八期；

《童年记忆》发表于《文学港》第二期；

《永远的愧疚》发表于《中国铁路文艺》第十一期；

《中秋月下，我领着玉米回家》发表于《草原》第一期；

《我是麦子》发表于《中国铁路文学》第八期；

《红荷》发表于《时代文学》第五期；

《牧歌2007》发表于《词刊》第十期。

2008 年

短篇《将军谣》发表于《福建文学》第四期；

短篇《小开小开回家来》发表于《山东文学》第二期；

短篇《英雄帖》发表于《红岩》第二期；

短篇《我是谁》（二题）发表于《广西文学》第七期；

《像桃花一样胜利》发表于《散文》第六期；

《亲亲我的杨柳风》发表于《阅读与欣赏》第五期；

《汶川啊，我的汶川》发表于《西藏文学》第四期；

《声音》发表于《少年作家》第七期；

《汽笛响起》发表于《鸭绿江》第十期；

《我的父亲母亲》（组诗）发表于《时代文学》第五期。

2009 年

2月　小小说作品集《心中的天堂》由新世界出版社出版，获2009年度冰心儿童图书奖；

短篇《烂社员闵庆霸的快乐时光》发表于《山东文学》第四期；

中篇《宋朝的歌谣》发表于《东京文学》第七期；

短篇《玄缘记》发表于《作品》第六期；

短篇《大宋侠仇》发表于《章回小说》第九期；

《我的春日》（二题）发表于《文学港》第六期；

《格桑花在歌唱》发表于《山东文学》第十期。

2010 年

短篇《芬芳的村庄》发表于《北方文学》第一期；

短篇《桃花瘦》发表于《天津文学》第二期；

中篇《树上的麻雀》发表于《山东文学》第三期；

中篇《大信访》发表于《章回小说》第四期。